能村研三随筆集

飛鷹抄

コールサック社

飛鷹抄
(ひおうしょう)

目次

第一章「沖」五百字随想

第二章「俳句・NOW時評」／「操舵室」

飛《ひ》鷹《おう》抄《しょう》

能村研三

第一章　「沖」五百字随想

初日の出

平成十一年一月

先日の新聞で、最近の子供たちが、日の出と日没を見なくなったことが載っていた。塾通いが忙しく、そんな事への関心が無くなってしまったのか、子供たちの間に昔ほど、時間的な余裕や心のゆとりといったものが失われてしまったからであろうか。

たしかに、日の出が見たくても建物が密集して、物理的に容易でなくなってしまったことや、裏の小高い丘といった所が無くなってしまったことも原因しているのだろう。

ところが、正月になると初日の出を拝むために昔から日本人はわざわざ伊勢の二見ヶ浦などに出掛けるなど、太陽に対しての信仰心といったものが篤く、初日の出が見られる所へ臨時列車も運行されるほどだ。「日本」という国の名にも、「日出づる国」という意味があるように、日を崇拝する気持ちは日本人に潜在している気持ちなのだろう。初日の出は、元日の初日を拝むものであるが、新しい年を健康で迎えられたことを身にしみて感じるものである。

初明りそのままいのちあかりかな　　登四郎

私も、今年で丁度五十を迎えるが、元旦には小高い丘にでも登って初明りを拝したいものだ。

職住近接

平成十一年二月

私の職場は自転車で五分の所にある。通勤といっても、満員電車に揺られることもなく、時間的には正確に行ける距離なので、いつもギリギリに滑りこんでいる。

最初のうちは、通勤電車に乗れば本を読んだり、俳句を考えたりも出来ると思って憧れた事もあったが、通勤に費やす力を消耗しないで済んでいることを有り難く思っている。

その分、出勤前に一仕事出来るのも、職住近接の大きな強みである。仕事に遅刻しない時間を考え、やらなければならない仕事の分量に合わせて、起きる時間を決め、減っていく時間を効率よく使うのである。

父も約四十数年の教師生活時代は職住近接であったので、親子二代で同じ町で働き、同じ町で暮らしていることになる。

私が毎日暮らす町のまちづくりを、自分の仕事として出来ることは幸せでやり甲斐のあることである。

私の住む市川には、万葉集に詠まれている、「真間の手児奈」が有名であるが、今度これに因んだ「全国俳句大会」を開催することになり、手児奈の名を全国的に広く知らしめることができることを喜んでいる。

こんなことを考えたのも、職住近接しているが故のことである。

江戸川、船の旅

平成十一年三月

仕事の関係で建設省の巡視船に乗せてもらった。江戸川の行徳橋のたもとから東京湾の河口に出て、今全国的にも話題になっている三番瀬、浦安のディズニーランド沖を廻り、さらに旧江戸川を遡って、松戸の矢切まで行く船の旅で、自分のまちを船からぐるっと見聞したことになる。

江戸川が東京湾にそそぐ河口は、川の真水と東京湾の海水が入り混じることから、いろいろな魚介類が生息し昔から江戸前の魚の宝庫として三番瀬と呼ばれ親しまれてきた。海苔づくりも盛んで、以前に私が俳句に詠んだ海苔篊《ひび》の句もここらあたりの様子を詠んだものだ。

最近、三番瀬の埋立て計画があるため、諫早や藤前干潟などと共に自然環境を守ろうという声があがってマスコミを賑わせている。

この三番瀬に接するように、皇太子のご成婚の時、デートの場所としても有名になった宮内庁の新浜御猟場があり、ここには鴨や鴫《しぎ》などの野鳥が多く飛来するところでもある。

この日は、まだ風が冷たい日であったが、海面を往く野鳥の群れがひかり輝きながら飛翔するのを見ることが出来た。

普段陸からでは気がつかない、わがまちの魅力を発見することが出来た一日であった。

北九州市と俳句

平成十一年四月

二月の十六日は旧正月の元日、関門海峡に面した門司の和布刈《めかり》神社で深夜行われる和布刈神事を見に行った。「俳句朝日」と北九州市の俳句支援事業の共同の企画で実現したもので、「沖」を含めた超結社の句会となった。

北九州市には、平成八年の「沖」の勉強会でお世話になったが、その時は従来の勉強会とは違って、吟行地の案内を始め、句会における作品集の作成印刷など、北九州市にさまざまな形で支援をしていただいた。この時、お世話いただいたコンベンションビューローの方々とは、現在でも親しいお付き合いが続き、担当の方が上京されると必ず市川にもお出でになり、お話をさせていただいている。今回は「俳句朝日」のご支援をいただき立派な吟行会となったが、句会の終了後何人かの人たちと北九州市の末吉市長にご面会いただいた。四期目に当選したばかりのお忙しい時期であったが、私たち一人一人にも気さくにお話をいただき、特に俳句の事に関しては熱っぽく話され、さすがに俳句の街をめざす市長さんであると感心させられた。

今年の七月には、北九州市のお世話をいただき「沖」の九州大会も予定されている。

市川の文化

平成十一年五月

私が職住をともにする市川は、「東の鎌倉」と呼ばれるほど文化的にも香りの高いまちと言われている。

都心から下町を過ぎ、電車で江戸川を渡ると南側に向いた緑の小高い丘と、まちの中に点在する黒松の並木が目に入り、都会の景観とは趣を異にするが、そんな環境の変化も文化のまちと言われる由縁となっているのである。

東京に至近であることから、古くから文人や画家が市川に住まいを構え、かつては永井荷風や幸田露伴も晩年市川に居を構え終焉の地でもあるが、現在でも全国的な文化人としては、東山魁夷、藤田喬平、山本夏彦、宗左近、水木洋子の各氏等。そして父能村登四郎もその一人だ。

しかし古くからの歴史的な資産を抱え、こうした多くの文化人を抱えながらも決してこれらを活かした街づくりが行われてきたとは、言えなかった。それは市川の魅力に対しての市民の関心の薄さも、その因と言われたこともあった。

この四月に文化課長の辞令を受けた。技術職で入職した私には青天の霹靂とも思われる人事だが、市川の文化には強い思いがある私にはやり甲斐のある仕事である。初代の文化課長は「沖」同人の森田旅舟氏が務めたことがあるが、今年からは教育の分野からではなく市の企画政策の面から文化を捉えることになった。

いずれにせよ、しばらくは市川の文化を担う仕事をしながらの、作句生活になりそうだ。

東山魁夷逝く

平成十一年六月

日本画の巨匠で市川市名誉市民でもある東山魁夷氏が亡くなった。

東山さんのお宅は、私の家より東に車で五分位行った小高い丘の上の中山にあるが、中山法華経寺にも近く、通りに面した背の高い生垣に囲まれ静かなたたずまいを見せている。

市川には、東山さんの作品を展示するギャラリーも常設されており、仕事の関係で亡くなる十日前位にお宅をお訪ねする機会を得た。

すでに病院に入院されていたので奥様にご挨拶をさせていただいたが私たちが通された応接間は、元はアトリエであった所で天井も高く、窓枠一杯に広がるお庭には白樺の木が青葉をつけていて正に東山さんの一枚の絵を見ているようであった。

　さやけくて魁夷描きし橋に遇ふ

一昨年私がドイツへ旅行した時にできた句であるが、ハイデルベルグのネッカー河に架かるカール・デアオドール橋の景色で、昭和の初期にこの地を訪れて描かれた東山さんの絵と少しも変わっていなかった。

東山さんは多くの画家たちがパリを目指すのに、ドイツへ留学されたのも特徴的なことで、ただ絵の世界だけの勉強でなく広く文学にも興味を持たれていたのも理由の一つだったという。

東京で行われたお別れの会には、東山さんの代表作の「道」を模した祭壇に遺影が飾られたという。

市川の文化会館の緞帳は東山さんの「緑の微風」という作品で作られているが、東山さんは具象的な風景画を描きながらも、風景の中に「心」を描く作家であった。

宗左近宇宙

平成十一年七月

詩人の宗左近氏は市川にお住まいで、私たち「沖」にも何度か記念号に玉稿をいただき、平成七年の二十五周年大会では講演をお願いするなどお馴染みで、何より「沖」を毎号温かくお読みいただいている方である。

今年から、市で企画した「市川の文化人展」が市川文化会館で開かれる。第一回目は七月一日から八日までで宗左近さんに登場していただくことになった。

新しい職場での最初の大きな仕事となったことと、それを直接担当できることに何か因縁めいたものを感じ、なおさら力が入ってしまうようだ。この二ヶ月間は、まさに宗氏宅通いの連続であったが、準備もほぼ整いオープニングを待つばかりである。

企画展の一つ目は「古美術幻妖」と題し、宗左近氏が独特の美意識によって集められた東洋美術のコレクションの展示である。古美術といっても公共の博物館や美術館に展示されるものと違って、宗氏が所有される骨董で、宗氏は「国立博物館が所蔵するものだとせいぜい国宝どまりだが、宋の青磁の〝雨過天青〟を映し出したものなどは、宇宙の美しさで、いってみれば『宇宙宝』といえるもの。」という。二つ目の柱は宮城県の中新田の縄文太鼓の演奏で、宗氏が作詞し三善晃氏が作曲したもの。他に宗氏の講演会も予定されている。この二ヶ月間は、雑誌社の企画で宗氏や真鍋呉夫氏などの座談会の司会をやらせていただいたり仕事をしながら勉強させていただくことができた貴重な時間であった。

朴の木

平成十一年八月

天上の母灯るごと朴ひらく

句集『磁気』に収めた句で、平成九年の作である。高山の方から二十年前にもらった朴の木が、我が家に根づいて初めて花をつけてくれた感動を詠んだものだ。朴の木は枝先に芽をつけてから、まるで高速度カメラを回しているような速さで葉をつけ大きくなるが、その成長力にはつくづく感心させられる。そんな朴の木も、我が家のものは絶対に咲かない品種であると諦めていたのだが、突然三年前に花をつけてくれたのだ。朴の木の二十年の歴史の中には家の新築なども行ったため、元あった位置を動かして木には大きなダメージを与えてしまったりしてそんなことも花をつけてくれない原因なのかとも思った。

又、朴の木は母が亡くなった時も庭の真ん中にあって我々家族を静かに見守ってくれていた。母の亡くなった日は、梅雨明けの雷がなり、荒れた空模様であったが、葬儀の日は前日の天気とはうって変わって、二階の屋根まで及ぶ朴の高枝につけた葉は炎天の灼熱の太陽に焼き付けられ焦げるような日であった。

父の『天上華』の代表句の

朴散りし後妻が咲く天上華

の句も、こうした朴の木への強い印象があったので生まれた句と思うが、とにかくこの朴の木は残念なことに今年は咲かなかったが、我が家一番の家の木であることは間違いない。

この七月で母の十七回忌を迎え、先日、東京の谷中の寺で法要を行った。

永井荷風と市川

平成十一年九月

両国の江戸東京博物館で「永井荷風と東京展」を開催しているので、早速見にいった。今年は永井荷風の生誕百二十年、没後四十年にもあたるという。

永井荷風は、昭和三十四年の四月に市川の八幡の自宅で亡くなった。荷風の家は私の自宅からすぐの所にあり、当時私は小学校の四年生であったが、小学校の裏手の細い路地を入った所が荷風の家であった。荷風が亡くなった時は、小学校の裏側に東京から新聞社がかけつけ、一時は町が騒然となったことを記憶している。

荷風の家からすぐの所に、京成の八幡駅があるが、この駅前に大黒屋という料理屋があり、荷風は亡くなる前の日まで、ここに出かけカツ丼と日本酒一合を注文していたことが『断腸亭日乗』に記されており、さらに戦後市川に移り住んだことを「世を逃れて隠住むには適せし地なる如く」と綴られている。

今度の荷風展では、東京の街歩きの名人であったことが紹介されているが、市川ではシングルライフを送り、毎日のように京成電車に乗って浅草に通い、独りで生きる自由さを楽しんでいた時代だ。市川においても、足しげく周辺を散策し、それは『葛飾土産』や『断腸亭日乗』にも書かれている。

市川には亡くなるまでの二十二年間住まいを置かれているが、こういったものをもう一度読み直すことで市川の戦後の姿を見つめ直すこともでき、市川版の荷風展といったものも開催できたらすばらしいことだ。

祖母のこと

平成十一年十月

私がまだ小さいころ、私の家には祖母がいた。しかも晩年は寝たきりで、母がその面倒を見ていた。父、母、姉、私そして祖母の五人の家族で、三間しかない家では窮屈な生活を送るしかなかったが、祖母は、その小さな家の一間を占領する形であった。しかし、祖母は母に下の世話をさせながらも、余り卑屈になることもなく淡々と生きつづけてきた。祖母は、母の母で戦災で祖父を亡くし無一文となり、孤独そのものであったが、父の理解のもとに私たちの家族の一員として暮らすことになった。

母が煮る栗あまかりし十三夜　　登四郎
身ほとりに母ある甘さ霜月夜
冬弱日あまねく母の床浮かす
母の息ありやありけり菊暮色
母逝きぬ冬日に幾顆飴のこし

この事は、父の随筆集『花鎮め』の中の「菊暮色」の中で書いているが、二十年余りを一緒に暮らした祖母のことを、数多く詠んでおり、どの句にも父は「義母」といった表現は一切使わず、母そのものとして祖母を詠んだ。その暮らしぶりに隣人からは、父が養子ではないかと言われたそうだが、父は生涯に二人の母を持ったつもりで、祖母を愛情深く看取ったのだ。ところで句会などでみる俳句の表現で、「母」を詠む場合いろいろな書き方に出合う。「姑母」「義母」など。いずれも「はは」とルビを振って読ませるものだが、同じ母もこのように区別された拘りのある表現となってしまうことは寂しいことである。私の祖母は三十数年前の秋、庭に小菊が咲乱れるころ亡くなったが、一貫して「実母」「義母」といった区別をせず母は母として詠んだ父に最も人間らしい姿勢を見ることができた。

公民館の思い出

平成十一年十一月

私の住む町には、昔から古い建物の公民館がある。私の産土神でもある葛飾八幡宮の境内にある中央公民館で、「沖」では二、三年前まで同人句会を開催、現在は私が公民館講座の卒業生による「かつしか句会」と「四季句会」の会場としている所である。

この建物は、新潟の古い民家を移築したものと言われ、玄関の構えと木造の木組は重厚で趣きがあるが、近年基本的部分を活かしながら、現代的な仕様に改築された。

ところで、この公民館は「沖」にとっては、その原点とも言うべき思い出の所でもある。というのも創刊したばかりの「沖」の本部例会をやっていた場所で、創刊間もなくの「沖」に参加した私も、この公民館が俳句のデビューの場所でもあった。入会したばかりの頃は、河口仁志さんのもとで句会の採点の仕方を教えてもらったりした。

時代をさらに遡れば、「沖」の創刊以前の「森句会」や「市川馬酔木会」といった「沖」の前身ともなる句会の会場もここであった。そのころの人は現在では少なくなってしまったが、昭和の二十年代からずっとこの公民館で俳句の例会をやり続けてきた登四郎、翔両先生のお力には改めて感服する。

私が小学生の時、父登四郎から、俳句会の日の昼時、句会の道具と、その日の席題を半紙にしためたものと、冬は暖房用の炭四五片を公民館に事前に持っていくように頼まれた。私が自転車で持っていくと、その句会の幹事役の人が出てきて受け取り、早速、席題の紙を公民館の鴨居に張りだした。今でも、その時の幹事役の人の顔は覚えているが、その人はもういない。

案外こんなことをやったことが、今俳句をやっていることに繫がっているのかも知れない。

合掌句碑再訪

平成十一年十二月

父、登四郎の代表作でもある、

暁紅に露の藁屋根合掌す

の句が、飛驒の白川郷に建立されて六年になった。正確には建立された翌年にもこの地を訪れているので、私にとっては五年ぶりであったが、今回は「沖」の中部大会が高山支部のお世話で飛驒古川で行われたのを機会に、五十名近くの「沖」の人達とバスで訪れた。十一月の初旬で、例年ならば紅葉の時期も終わって冬の気配となるころなのだが、今年はいつもより暖い秋であったので紅葉の時期が遅れて、私たちが訪れた時が丁度よい見頃となった。飛驒古川からは、約百キロほどの行程なので、朝八時前の出発となり、途中の山道は霧の中の走行となった。六年前と大きく変わったのが、山道に沿って高速道路の建設が急ピッチで進められていることで、「東海北陸自動車道」がまもなく白川村のそばまで通じて、インターチェンジもできるというから、昔の秘境と言われたところも完全な観光地化することになりそうだ。

バスが御母衣《みぼろ》ダムや荘川桜のある所に近づいた頃は、すっかり晴れ上がって、もうすでに雪をいただいている山々が見え、白山の頂も少し顔を見せてくれた。

合掌造りの白川村も、最近世界遺産の指定を受け、年間に訪れる観光客も百万人を越えるそうだ。句碑のある合掌の里も日曜日であったせいか、多くの人々が訪れていた。句碑も、紅葉の山々を借景として、おちついた趣を見せはじめ、東京から赴任したばかりの学者出身の教育長さんに案内していただいた。まもなく、高速道路が開通するが、それまでは、父が訪れた頃と同じで高山からバスに二度乗り換えなくてはならない。この地にまで近代化の波が押し寄せるのも何となく寂しいものだ。

五十代へ

平成十二年一月

昨年の暮は、千九百年代の最後の年とあって、いつもとは違った賑わいのある年の瀬であった。コンピューターの二千年問題やミレニアム、カウントダウンなどという言葉がしきりに行き交っていたが、やはり、人々の間で、不景気でかつ暗いことの多い世紀末から、少しでも明るい新しい時代への期待感をもって、こんなことになったのだろう。

ところで、私自身も違った意味でのカウントダウンを行った。一九四九年の十二月の生まれなので、誕生日が来て五十歳となったのだが、私にとっては、二千年という意識より五十代に突入するという気持の方が大きく支配している。

年末になってから相次いで刊行された「俳句年鑑」と「俳句研究年鑑」の世代別の年間批評では、「俳句年鑑」が四十代の先頭グループとして、「俳句研究年鑑」が五十代の最年少として、それぞれ採り上げていただいた。世代の狭間に入ってどちらの世代にも採り上げられなかったりしなかったことは幸いであったが人生の大きな節目を迎えていることを実感させられた。

父登四郎の五十歳のころはというと、「沖」創刊の十年前で「馬酔木」誌上に「抒情鮮烈」などの論文を書き綴った時代で、代表句となった「枯野の沖」の句は既に作られていた。初学の手ほどきをうけた福永耕二は私の今の年齢に達せず四十二歳で亡くなっており、「舵の会」で指導をいただいた今瀬剛一さんはちょうど五十歳を機に主宰誌「対岸」を創刊された。

時代の状況も違うので、師や先輩のそれぞれの来し方とは違うかも知れないが「知命」という言葉の意味を身に添わせながら頑張っていかなければなるまい。ただ、一つうれしいことは、三十九歳違う父が今なお現役で頑張っていてくれることだ。

旅はじめ

平成十二年二月

一月の第三土曜、日曜日はめずらしく句会がなく空いていたので、思いきって大阪支部の句会と大分の句碑建立のこともあって国東の田辺博充さんを訪ねることにした。このころ新幹線に乗ると必ずといっていいほど関ヶ原付近は一面の雪景色となっているが、今年は暖冬であるのか、雪は見られず少し残念であった。

大阪には十二月の関西大会に行く予定をしていたのだが、所用で行くことが出来ず今回行くことにした。京都や奈良の人達と会うことができないのは残念であったが、会場となる太融寺の境内ではどんど焼きが行われていた。梅本支部長をはじめ十七人の出席があり、お正月の句会らしくそれぞれの特選句に持ち寄った景品を授与するなど和気あいあいとした句会であった。

大阪支部は若い方も多いので、三十周年事業では全国大会の作品募集の仕事をお願いしている。また句会の翌日が阪神大震災から五年目でもあったことから句の方もそれに関した句が見受けられ、改めて当時の被害の残酷さを感じさせられた。

この後大阪から大分に向かい、田辺さんと出会って両子寺に建立される登四郎主宰の句碑の下見をしてきた。句碑はまだ石屋さんにあったが句はすでに彫り上がっていた。石は国東で採れた硬そうな石で葛の蔓が石の面についていかにも山から切り出したばかりのようであった。

句碑が建立される両子寺は国東半島のほぼ真ん中にあり、格式の高い寺で金田一京助の歌碑もあるなど雰囲気もよいところである。いよいよ二月十九日には句碑の開眼式が行われるが、何とかして登四郎主宰の出席が叶えばよいと願いつつ大分を後にした。

俳句の英訳

平成十二年三月

二月十一日から群馬県の土屋文明記念文学館において「２０００年百人一句」という展覧会が開催されている。「沖」からは、この展覧会の最高齢の出品者として登四郎主宰が選ばれている他に、正木ゆう子、中原道夫、そしてわたしの四名の一句が百句の中に選ばれている。大変光栄なことと喜んでいたが、直筆の色紙の提出を求められて困ってしまった。この展覧会はこの後、岩手の「日本現代詩歌文学館」、熊本の「熊本近代文学館」においても巡回展示される他、イギリスにおいても展示紹介されるという。先日この展覧会についてインターネットで検索していたら画面に、ここに選ばれた句の英語訳が紹介されているのを見た。英語で見る自分の俳句というのも何となく奇妙なものに思えた。私の一句は、

川 を 生 む 山 の 力 や 幟 立 つ

という句だがこれを英訳すると

The power of the river-issuing mountain — carp-streamer pole

となった。登四郎主宰の句は、

火を焚くや枯野の沖を誰か過ぐ

で、この句の英訳は、

Kindling a fire... a wilderness, and its distance someone passing by

というふうになる。俳句は日本語のもつ特性や定型、切字といった特有の約束事で成り立っているもので、これを訳するには句の余情、余韻といった言外の言葉をどのように扱うか心配な部分もあるが、日本の俳句の現在を広く世界に発進していくにはよい機会であるようだ。ちなみに季語は「シーズンワード」、切字は「カッテングワード」と言われ、コロン（：）やドット（…）、ダッシュ（—）などを用いて表現されるそうだ。

父の旅の写真

平成十二年四月

千葉県全域にテレビで放送される広報番組で「俳句の世界・能村登四郎」というのが作られることになり先月はその準備でおおわらわであった。元々父も私も整理の良い方ではなく、何がどこにしまってあるのか判らず、テレビ局のプロデューサーが「先生の昔の写真を探して下さい」と言うことで、探し始めたのだが、父が川崎の姉の所に行っているので、余計に探すのには苦労した。

しかもその注文も、番組の構成上いろいろな場面の写真を用意しなければならず、中でも「先生の旅の写真をいくつか」と言われて、又困ってしまった。旅の写真と言われれば、やはり飛驒白川や八郎潟を一人で旅したのが最も相応しいと思ったのだが、この時代の写真はあろうはずがなかった。時代が悪かったせいもあるが、俳句の取材に精力を傾けていた父には写真を撮るゆとりさえなかったのは頷けることだ。

そういえば私も三十代の頃に一人で俳句を作る旅をした時は、カメラを持っていくことなど考えもしなかったことで、やはり俳句の創作活動には、写真というのは無縁なものなのかもしれない。

結局、父の旅の写真で出て来たのが、父が教師時代に京都、奈良に修学旅行の引率をした時の写真、それに「沖」を創刊した後、弟子が撮ってくれた写真が多く、テレビの番組の中では、修学旅行の時の薬師寺の前の貫主の高田好胤さんと撮った写真や、「沖」の創刊後、天草の崎津の教会の前で正木浩一さんが撮ってくれた写真などを使った。

しかし父が、俳句の創作の上で、心を傾けた旅をした時代の写真は、結局一枚も見つからなかった。やはりその時の景のスケッチは父の俳句を通してでしか見ることは出来ないのかも知れない。

街回遊展

平成十二年五月

四月中旬「市川・街回遊展」というイベントを行った。役所の仕事としてプロデュースをしたものだが、古くから万葉集に詠まれた手児奈の史蹟や大正時代に作られた西洋館などを活用して、さまざまな芸術文化の分野で活躍する方々に、絵画の展示や音楽公演を行ってもらったわけで、街全体にアートを拡げたかたちだ。

この街回遊展の発想は、北九州市へ俳句の仕事で訪ねた時、門司のレトロ地区で「港回廊展」というものをやっていたのにヒントを得て行なったものだが、市川においても昨年の中山に引き続き、第二回目の開催となり好評を博している。

従来の文化芸術の発表のかたちはどうしても受け身の形が主流で、大きな会場へ観客が来るのを待っていたが、この回遊展はアーチストが自ら街に出て、街かどのいろいろな場所をミニ博物館として市民の中に融合する形で繰り広げられた。

俳句協会では、市川グランドホテルのロビーを利用して、「春、市川を詠む」と題して、能村登四郎、林翔の色紙などを展示したのと、市川に点在する、「春ひとり」や「枯野の沖」「唐辛子」の句碑など二十点余りの句碑、歌碑を紹介展示した。

この他にも、市内の住宅地の中にある能楽堂を公開してもらったり、かなり大がかりなイベントになってしまったが、最近は自分の住んでいるところの近くにある街を歩きながら、街の魅力の再発見を試みるのがブームにもなっているせいか、多くの人々に楽しんでいただける企画となった。

同世代の主宰誌

平成十二年六月

四月二十九日、みどりの日に小澤實さんが新たに主宰された「澤」の創刊記念のお祝いの会があった。俳壇から多くの方々がお祝いに駆けつけ、さすがに小澤さんの人柄の良さというものを窺わせる会となった。雑誌も永年の編集長の経験を活かしてスマートなもので、既に創刊号と二号目が刊行されている。

小澤さんは、年齢的には私より六歳位下の方であるが、立派な活躍をされていつも羨ましく思っていた。主宰誌を出す決意にも、並々ならぬものが恐らくあっただろうが、若い船出に何かすがすがしいものを感じた。

小澤さん主宰の創刊と時を同じくして、私たちの「沖」は三十周年の大会に向けての準備をしているわけだが、創刊したばかりの初々しい気持と、三十年という歴史の重みの中で結社の活動をしている自分というものの距離の差というものを感じた。何も新しいものが羨ましいと言っているわけではないが、とかく歴史を積んでいくにつれ、やはりマンネリ化した気持が出てしまうことは否定できないことでもある。結社というものも、単なる雑詠選における師弟の交歓の場だけではなく、一つの雑誌が俳壇に向かって主張できる発光体にならなくては意味をなさず、それには常に新しい風が吹いていなければならないのだ。

三十年という節目を一つの出発点として、新たな文学運動というものを起こしていかなければならないと自覚させられる日でもあった。

能登と能村家

平成十二年七月

「沖」創刊三十周年の記念大会は、石川県の和倉温泉において、全国から二百五十人の人に集まっていただき盛大なうちに終わることができた。幸い、父も元気で小松空港から車で高速道路を通って能登に無事入ることができ、安堵した。

今回の記念大会は、我が家のルーツとでも言うべき能登に父の十五番目の句碑ができ、能村家にとっても大きな意義をもつものとなった。

句碑を建てるきっかけになったのは、今は故人となった七尾出身の天谷多津子同人が尽力してくれて、加賀屋の小田会長をご紹介いただいたことに始まる。小田会長も、能村家が和倉の出身であることにご理解いただき、観光協会に対して積極的に働きかけくださり、建立の運びとなったわけで、企画から六、七年の歳月を費やしたが、亡くなった天谷さんもこの建立をどんなにか喜んでいることだろう。

大会には、「沖」の会員、同人に加えて、今回は能村家の親戚も参加させていただいた。親戚といっても父の兄弟はすでになく、私の従兄弟たちが参加してくれたが、皆私よりずっと年上で、親子の関係といってもおかしくない位である。これは父が兄弟の中でも四男と年下の方であったのと、私も兄弟の中で一番下であったので、こんな具合になったわけだが、お互いに仲がよく法事などで顔を合わせる他に能村家の新年会をしばしば催すこともあった。

能村家の苗字も能登半島に多くある名前で、縁が深いわけだが、この句碑が、能村家と能登を結ぶ大きな絆となってくれそうだ。

作家と記念館

平成十二年八月

長崎の外海《そとめ》町にこの春、「遠藤周作記念館」ができあがったそうで、そのパンフレットを長崎の会員の方から送っていただいた。

外海町の出津《しつ》は東シナ海に沈む西日が美しい所で、以前長崎を訪れたときにも支部の方々にご案内いただいた。その時は、ドロ神父ゆかりの出津教会や遠藤周作の小説『沈黙』の記念碑などを見せていただいたのを覚えている。

〝人間がこんなに哀しいのに主よ　海があまりに碧いのです〟

遠藤周作は東京で生まれ、東京で亡くなったのだが、記念館は『沈黙』の舞台となった外海に深い思いがあり遺族もそれを望んで建てられたという。

作家にとって、その業績を顕彰するのに、生誕地や終焉の地を選ぶのも一つの方法だが、その作家がライフワークとして、作品に思いを懸けた地に建てられることはもっとすばらしいことだ。

最近は町起しを兼ねた記念館作りが盛んだが、こうしたものはやはり町の利害だけで建てるべきものではない。

画家では市川に住んでいた東山魁夷画伯も、その作品の多くが長野の善光寺の近くに建てられた「信濃美術館」に「東山魁夷館」に収蔵されていて、同じ市川に住むものとしては残念な気持がなくもないが、東山魁夷の作品の多くに、長野の緑豊かな山々が描かれていることから、むしろ魁夷の作品に触れたあとに、長野の山々が望めた方がその作家の心を読めるのではなかろうか。

私たち俳人も、一つの所に思いを寄せ、そこを訪ねつづけながら俳句にしていくような地、いわば〝私淑の地〟といった所があってもよいように思えた。

水木洋子さんの家

平成十二年九月

私の家がある八幡は、駅から少し北部に位置し、あたりは古くから屋敷町の面影を残すところだ。特に葛飾八幡宮の裏手のあたりは、車一台がやっと通れるほどの曲りくねった道に面して、大きな庭をそれぞれもったお屋敷が点在する。古くから東京の下町の社長さんなどの家があったところだそうだが、大きな通りから一歩中に入ると、迷路に入りこんでしまうような所で、初めて来られた方は、家を探すのに苦労されるそうだ。自宅と勤務先とは自転車で五分位のところにあるが、毎日この屋敷町の細い路地を駆け抜けて通勤をしている。

そのほぼ真ん中あたりに、脚本家の水木洋子さんの家がある。水木さんは、現在九十歳を越えて市内の老人介護施設で療養されていて家はお留守だが、十年位前までは朝通勤する時に、浴衣姿に襷がけで家の回りの落ち葉を掃いておられる姿を毎日お見かけした。決まった時間に、家の回りを掃き清めてから仕事に専念される几帳面さが窺えた。

家は、二百五十坪位の敷地に平屋の四十坪位の建物が建っているが一人でお住まいになるには十分な大きさであった。お子さんがいないので、家は将来的には市へ寄付をされる意向を示されていて、関係の方と記念館として保存活用できるように検討を進めている。

広島忌の八月六日に市の企画で水木さんの「ひめゆりの塔」の映画鑑賞会を行った。津島恵子、香川京子、岡田英次らが出演した昭和二十八年の作品だが、重いテーマでありながら女性らしい視点で捉えた救われる場面が折り込まれていて、水木さんの脚本のすばらしさに感動した。

映画鑑賞会には二百名を越える方々が来られたが、その大半が五、六十代以上の方で、改めて水木さんの根強いファンが多くおられることに驚かされた。

私の俳句姿勢――十年の俳句自分史――

平成十二年十月（三十周年記念号）

私の「沖」への初投句は創刊の翌年の三月号であるから、創刊から数えて六号目からの参加ということになる。

虎落笛ひとときは高く夜のジャズ
傷あらぬ雪原に顔埋めたし

右の二句が初入選した句であるが、これが活字になって発行された時の喜びは格別であった。この句は、福永耕二先生が「沖」の若手を育てるために句会を幕張でやられていたが、正月の会にはじめて参加させていただいた時に出句した句である。その句会には市川学園でも二級先輩の大関靖博さんや一つ先輩の丸茂和志さんなどがおられたので力強かった。初めて人の前に自分の拙い俳句をさらす時の気持は尋常でなく、前日よく寝つけなかったと記憶している。父には俳句は気恥ずかしくとても見せる気にはなれず、歳時記を片手に何とか「虎落笛」という季語を見つけ出したのだ。ところが、この句当日の句会でも福永先生が褒めて下さったばかりか、鹿児島で出されていた米谷静二さんが主宰する「馬酔木」の僚誌の「ざぼん」に私が俳句を始めたことと、この句を紹介してくださったのである。猿も煽てりゃ……ではないが、最初に作った句を褒めていただいたことは嬉しいことであった。

まだこの頃は大学に在学していたので、時間もあり、「沖」の市川や東京、千葉の会に積極的に参加し、さきほどの若手の句会も「沖二十代の会」として正式に発足し福永先生に指導いただくことになった。まだ、大関さんもお一人であったので、日曜日になれば一緒にあちこちに吟行にでかけ、ときたまは福永先生もお子さんを連れて参加しご指導いただいた。

福永さんは、私と一廻りも違わない十一歳年上で、師匠でありながらも兄のような気安さで接していただいた。これも、福永さんが昭和四十年に市川学園に奉職するために鹿児島から上京された際、しばらく下宿先が決まらず、私の部屋で二週間位寝起きを共にしたことも、親しさに繋がっていた。結局は福永さんは四十二歳の若さでこの世を疾風のように去ってしまったが、今思い起こしてみると、俳句に対して天才とも思える実力を持ち備えた方で、人格的にも心より尊敬できる方であった。句会の終わった後に、共に酒を酌み交わしながら聞く俳論も楽しいことであり、とことんまで飲み明かし、飲み屋の階段からころげ落ちるような破天荒ぶりも時にはあったが、それが却って私には野性的な匂いと親しみを感じることができた。

今にして考えると、福永さんは四十二歳という年齢が天寿であって、その四十二年間を燃焼し尽くした人であったと思う。私は、その福永さんの齢を遙に越える五十代に入ってしまったが、福永さんが四十二年間でやり遂げた仕事の心意気にまだ及ぶものではない。

今年わが虹を見ざりし日記了ふ　　耕二
春渚足あとのみな沖めざす
天寿とはいへぬ寒さの蕗の薹

掲出の句は、福永さんに「沖二十代の会」として指導を受けたころの作品である。

福永さんも父登四郎も又林先生も教師であったので、どちらかと言えば真面目人間で俳句を遊びとして考えることは抵抗があったに違いない。その一つの証拠として、三人の先生共いずれも本名をもって俳句に接しておられる。これには、自分の生き方そのものを投影させるように俳句づくりをされていて、その思想が私の俳句との関わり方にも重要な影響を持つようになったことは否定できない。これに至るには、この三人の先生共水原秋櫻子に師事し、秋櫻子や石田波郷の影響を受けていたことにも起因する。

――俳句は姿勢だ、と僕は考える。俳句はそれを生きて行ずる人の姿勢である。俳句という表現形式を愛し、それを人生と等価のものとして生きようとする努力が俳句の歴史を貫いてきたと思っている。――　（福永耕二「俳句は姿勢」）

この文は、福永さんが「沖」に執筆されたものだが、私も俳句に対する考え方の基本はこれを諾うもので現在も人間の生きることがすなわち俳句を作ることだと信じている。俳人協会新人賞を受賞した第三句集『鷹の木』のあとがきで、私は次のように記した。

――最近の若い世代では、俳句に自分の立っている足元を必要以上に見せまいとする、個に執着しないスタンスで詠まれているが、私にはこれはどうしても同調できない。現実にもっと対峙した、消すことのできない自分臭さの俳句であるべきだと思っている。――

この一文は、俳壇から予想以上の反響をよんでしまい、当の本人も当惑した位だった。

このような考え方の根本には、さきほどの福永さんの俳句姿勢にも多分に影響されたがやはり、俳句に関わる以前から父の生き方を見ていて、言わば「父の背中」を見て影響を受けた部分もあったことは間違いない。

父登四郎は、私の生まれた年の昭和二十四年に、一句十年という苦節のエピソードを持ちながら「馬酔木」の同人に推挙された。そのためか、父は教師でありながらも、それ以外の時間は俳句の仕事で出掛けることが多く、今のような家族サービスを行うような父親ではなかった。

幼い時の記憶なので、うろ覚えのところもあるが、父が『咀嚼音』を上梓のあと、自分の新たなテーマを求めて北陸の旅に出掛けているが、その時自分の俳句にかけるエネルギーとバイタリティは熱いものがあった。教師が生業であったので、夏休みとか冬休みになると旅にでかけていた。「俳句」の編集長に大野林火がいて、父登四郎や沢木欣一さんなどに作品を依頼して育てた時代であり、この時に北陸を始め、飛騨白川、八郎潟などを旅した時代であった。この頃のわが家は、決して経済的にも裕福な状態でなかったが、母は愚痴の一つもこぼさず、心よく父を一人旅へ送り出した。

私の初心時代にも、父が通った道と同じようなチャンスをもらうことに恵まれた。牧羊社で出していた総合雑誌「俳句とエッセイ」に、その時若手の作家として和田耕三郎さんらと俳句作品十五句を一年間連載させていただいた。このころは、自分の結社に投句をするのが精一杯であったが、チャンスをもらえたのは嬉しかった。すぐ一と月が巡ってきてしまい、句材に乏しい時などは、自分一人で吟行にでかけることもしばしばあった。

この頃は、まだ職場では責任ある地位にいなかったので、時々は二泊三日の俳句を作る旅に出ることもあった。

三十代になった時、このまま普通に俳句を作っていたのでは駄目だと一大決心をして、俳句を作る一人旅にでかけることにした。最初に選んだ旅は、雪の岩手県の遠野、花巻で「沖」の同人の大畑善昭さんを訪ねた。まだ、新幹線もできていなかったので、勿論夜行列車で訪ねることにしたが、一関あたりから、雪に覆われた東北を見ることができ、心が高まる旅になった。丁度、「俳句とエッセイ」で一年前に連載をしていた先輩の今瀬剛一さんに、毎月の句作りをいろいろアドバイスして頂いていたが、この東北に行く時も、行く以上は覚悟を決めて頑張って来いと激励された。そして、手帳に1番から100番までの番号を打って、そこを全部俳句で埋めて来いと言われ、言われるままに手帳に番号を打ってから出発した。結局は、目標の百句は出来なかったが、俳句への一つの覚悟が出来上がるきっかけの旅となった。

三十代始まる雪の旅一歩
雪の上に風紋は殖え民話の夜
本流の威をもて流れ深雪晴

仕事を休んで、一定期間俳句に専念出来ることは、大変幸せなことであった。旅先で新しい風物を見たり触れ合ったりすることは自分にとっては新鮮なことであったが、それにも増して時間に追われる日常の生活から解放されて自分の時間が持てることが何より嬉しかった。

芭蕉は奥の細道に旅立つ時、深川の家を払って旅に出たわけで、旅に全重心を懸け、旅することがすなわち生きることでもあった。しかし現代人にとっては、この限られた時間を作り出すことは並大抵の事ではなかった。職場には、「俳句を作るために旅に出る」などとは言える筈がなく、ちょっと所用で休ませてもらうことになったが、もう一つ家族の理解を得ることも気をつかうことの一つであった。幸い妻も、父に対して母がしたように私が創作のために旅に出ることには理解があった。しかし、職場や家族に大きな犠牲を払って出掛ける旅であれば、その成果が期待されるものであるが、必ずしも一人旅に出掛けたと言って良い収穫が得られる旅ばかりでなかった。

森澄雄さんが近江に、又角川春樹さんが吉野に出掛けられて俳句を作られるのも、たった一回の旅で詠まれているのではなく、その地に私淑するように通いつめてこそ始めて良い作品が出来るものであると理解し、たった一回で良い作品が出来なかった自分を自ら慰めるように言い聞かせた。

私が俳句を作るようになって、結社外からも先輩としていろいろと陰にひなたになり応援してくれた人がいる。

その一人が角川春樹さんで、春樹さんは、自分自身も角川源義さんの息子さんで、源義さんが亡くなられた後に俳句を作られるようになった方だが、同じような境遇の私を弟のように心配してくれ、いろいろな場面で温かく声をかけていただいた。特に処女句集『騎士』が俳人協会新人賞の有力候補となりながらも、落選した時などは、わざわざ私を銀座まで呼んで励ましていただいた。そして春樹さんから「河」の人々が吟行に出掛ける時も、声をかけていただき勉強の機会を与えていただいた。春樹さんが読売文学賞を受賞した時は、たしか二月で東京にも雪が降った日であったが、私は春樹さんが俳句にかける情熱にいくらかでも接しようと、私もパレスホテルの会場に参加させていただいた。私は東京駅に旅支度をあずけてパーティに参加し、その夜終了後春樹さんが詠んだ吉野へ一人で旅にでかけた。

夜遅く吉野に到着した時は雪をかむった吉野に出会うことができた。

鷹の目に一渓の雪燃えあがる

また亡くなった上田五千石さんも、私が第一句集『騎士』を出した時から温かく応援いただき、身に余るような書評を読売新聞に書いてくださった。そして亡くなる十日前に五千石さんの「俳句研究」の最後の座談会に出席させていただいたことも、今でも深く印象に残っている。

そして何より今日まで私を育ててくれたのは、父であり師である登四郎主宰と林翔副主宰、それに「沖」の諸先輩の方々である。「沖」では、創刊間もなくから発行所の仕事をまかされたのを始め、編集の仕事もいろいろ教えていただいた。特に編集の技術的なことより、編集長時代は編集部員と共に他の結社誌にはないような新しい企画を生み出すことも楽しくやり甲斐のある仕事であった。

平成十年からは、主宰に代わって「沖作品」の選を担当することになったが、結社の選と言うのは、その雑誌の要ともなる仕事で、より新しい力のある俳句作家を見いだし育てられるかという事を問われていてその責任は重大である。まだ、私は生業の仕事を持っている立場なのでいわゆる専門俳人という形はとれないので、結社の指導的な役割を十分にこなすことはできないが、出来る限りの時間をさいて全国の沖人と触れ合う機会を増やそうと考えている。

いずれにせよ登四郎主宰、林翔副主宰、そして「沖」の諸先輩が築きあげてきた「沖」の三十年の歴史的な重みを認識し、新しい時代にこれをつないでいくのが私の役目であると思っている。登四郎主宰の新しさへの希求は、自らの俳句作品と、その俳句姿勢をもって私たちに示してくれたが、この精神を受け継いでこそ新たな時代の「沖」が切り開かれてくるものなのだろう。

平戸・生月の旅

平成十二年十一月

今年の九州大会は長崎支部の二十五周年の大会を兼ねて長崎で行われた。

長崎は比較的よく訪ねている支部ではあるが、いつも一泊二日の忙しい旅であるので、遠くには余り行くことが無かったが、今度は幹事さんに無理を言って、平戸、生月へ貸し切りのバスでご案内いただいた。今年は日本とオランダの交流四百年を記念して、日蘭貿易の発祥の地である平戸は、綺麗に整備されていて、やや最初にイメージしていた幻想的な部分には期待外れであった。たしかに綺麗に整備することも良いのだが、何か昔の素朴さといったものが失われてしまうのは勿体ないように思えた。

平戸をさらに橋で渡ったところに生月島と言う小さい島がある。昔は捕鯨の島としても栄えたそうだが、キリシタン迫害や殉教の秘話が数々残る島で、今年の四月に「朝日俳句新人賞」を受賞した荒井千佐代さんが、この島を詠んで五十句をまとめられた所でもある。

島の最北部は玄界灘に突き出た「大バエ灯台」という、百メートル程の切り立つ断崖に無人の灯台が建っているが、その見晴らしの一番良い所に「馬酔木」主宰の水原春郎先生の句碑が建っている。

渡り鳥殉教の島綴りゆく

長崎は入り組んだ土地柄だけに、数えてみたら、玄界灘、東シナ海、大村湾、千々石湾、有明海という五つの海に面している所で、それぞれに海の表情が、太平洋側でいつも見ている海とは違っていた。とにかく、生月島の海に面した自然の風景の美しさと海の蒼さはすばらしかった。

焚火と座布団

平成十二年十二月

市川で行った「沖」三十周年記念祝賀会の記念講演として写真家の浅井慎平さんにお話いただいた。講演の演題については、こちらの方で勝手に決めて「瞬間を捉える」という題にさせていただいた。私は、先日この講演の前に千葉県の千倉にある浅井さんの「海岸美術館」を訪ねた。そこで「焚火の時間」という一冊の本を買ってきた。これはエッセー集で、国際焚火学会の会長さんでもある浅井さんの他にも有名な方々が執筆しておられるものだ。

浅井さんは「焚火は人が話をしたくない時でも、ただ火を見つめているだけでよく、言わば沈黙に耐えられるものである。そして、それを見ているとさまざまなイマジネーションが湧いてくる。焚火という装置は人間には忘れてはいけないありがたいものだ」と言う。

さらに、講演の中で浅井さんは、座布団の話に及んだ。それは、落語家の桂枝雀のことを述べながら、「写真にしろ俳句にしろ私たちはその座布団の上にいて、その上にいる間は安心をしていられるが、同時にどこかでそこを離れたいという叫びがあることも確かなことだ。かつての俳人が経験しないことを経験して、さまざまなものを聞ける時代に、現代人が俳句という座布団の重みに、どこまで耐えられるのか」という事を述べられた。

浅井さんが言われた焚火と座布団の話は、いずれも含蓄のあるもので俳句という表現形式に係わっているものには、真面目に考えさせられる話であった。

新世紀へ

平成十三年一月

今年は年末から年始にかけて新しい世紀を迎えるということで少々賑やかだ。あちこちでカウントダウンのイベントが繰り広げられ、マスコミも何故か浮足立ってこれを煽りたてている。

これも景気が低迷し、やや暗い世相を反映してのことなのか、そんな時代を吹き飛ばし新世紀に期待するものが人々の間で膨らんできているからなのだろう。

それにしても、私たち日本人にとっては、西暦による時代の括り方、つまり世紀ごとに時代を括っていく考え方は余り馴染まない。私達に最も身近な時代検証としては最近では、「戦後五十年」や「昭和時代」というそれぞれの時代括りがあり、それに伴って俳句世界の時代の流れもこれらのキーワードに沿ってそれぞれ検証されてきた。時代区分として最も人々の精神的な部分での変化があったのが、戦前、戦後の意識の変化で、俳句においてもこの時に大きな時代の変化点があったことは言うまでもない。いずれにせよ、時代を振り返るということは、それと同じ年数を展望することでもある。千年を振り返れば、これからの千年を、百年を振り返れば、これからの百年を展望することである。人の一生というサイズからすれば、個人として千年を展望することは不可能であるが、例えこれからの百年を生き抜かなくても、ある程度は自分なりに想像することができる。

私達の「沖」は昨年、創刊三十周年を迎えたわけだが、その記念号においていろいろな角度からこれまで歩んで来た足跡を振り返り検証をした。そして、ここを折返し地点としてこれからの時代を私達がそれぞれ、どのように関わり、どのように生きるのかということが問われることになるのだ。

父の成田詣

平成十三年二月

父は特に信仰深いというほどではないが、元日は必ずといってよいほど成田山に初詣にでかけた。元旦はやや遅くにおせち料理を食べたあと、にわかに着替えをして京成電車に乗って出かけて行った。時折私も付き合わされたこともあったが一人で行くことが多かった。

成田詣は、元禄時代に成田山で市川団十郎の興行がおこなわれたり、江戸深川に出開帳が行われたことから急速に江戸の庶民の人気を集めたと言われているが、信仰心よりも遊山目的もあったため盛んになったとも言われている。そんなこともあって、成田山は夫婦で出掛けてはよくないという俗信までつきまとうしまつであったが、父も母を連れて出掛けたことは一度もなかった。

特に「沖」を創刊する年の父は元旦から何か張り詰めた気合といったものが感じられた。創刊を志す同志との連絡も頻繁で、時には声を荒らげる場面もあったように記憶している。この年も元旦には成田山に初詣に出掛けた。そして大きな福達磨を買ってきた。早速片方に目を入れ、わが家の神棚に祀られた。それは勿論「沖」の創刊という大事業の成功に願を掛けていたのだ。

その年以後、前年の達磨にもう一つの目を入れて成田山にお返しし、代りにもっと大きな達磨を買って来るようになり、それが年を経るごとに次第に大きくなっていった。こんな所にも、「沖」が飛躍的に発展するよう思いをつのらせていたのだ。

早春の北鎌倉

平成十三年三月

土曜、日曜はほとんど句会の予定がぎっしり入ってしまって身動きがとれないが、建国記念日の振替休日は久しぶりに時間があいたので、北鎌倉へ行った。彫刻家の久保田俶通さんや、オペラ歌手の木村珠美さん、さらには役所の文化課の職員有志も参加しての旅である。鎌倉のことに大変詳しい吉井道郎さんにご案内をいただくことになった。

鎌倉はNHKの大河ドラマの「北条時宗」が放映されていることもあって訪れる観光客で賑わっていた。午後からでかけたので、多くを散策することは出来なかったが、北鎌倉の駅から、まず最初に訪れたのは山の内にある作家の高見順の屋敷で昨年冬に奥様も亡くなられて今は関係者が時々出入りされるとかで、ひっそりとしていた。そこからは、円覚寺の裏手の六国見山に登ったがここからは鎌倉の町並みが一望できて、頼朝が鎌倉に都をつくった地の利をよく理解することができた。六国見山から、明月院に降りたがここは紫陽花寺で有名なところだがちょうど蠟梅とみつまたの花が見頃であった。夕方になってしまったが、最後に駆け込み寺として有名な東慶寺を訪れた。ここは今がブームの時宗の妻の覚山尼の開山で、禅宗のお寺である。ここは裏手の山の斜面に、禅を世界的に知らしめた鈴木大拙の墓をはじめ、哲学者の和辻哲郎、西田幾多郎、谷川徹三、作家の田村俊子や高見順、岩波書店の創始者の岩波茂雄など文化人の墓がたくさんあった。それらの墓は極めてシンプルで、きらびやかなものはなかった。吉井さんの案内で、一人一人の文化人がそれぞれこのお寺との関りで、ここに墓が置かれていることを説明されたが檀家中心に置かれている今の寺や墓の関係とは違った、墓苑自身が文化圏を形作っているようで、その説明にすっかり時間のたつのも忘れてしまうほどであった。帰りがけには、謡曲でもその名が有名な「鉢の木」で精進料理をいただき、鎌倉を後にした。

桜のころ

平成十三年四月

今年はいつもより桜の開花が早いようで、関東地方は三月二十五日頃になりそうだという。

我が家の庭にも、父が植木屋で苗木から買ってきた牡丹桜があり今では二階を越える高さまで成長した。花をつけるのは染井吉野よりも遅いので、二度目の花見ができる楽しみがある。

家から一、二分歩くと真間川に出るが、その河畔には桜並木があり、花時になると夜桜見物で賑わう。中学、高校時代に通った市川学園は、家から五分くらいの所にあってこの桜並木のある真間川沿いの道が通学路であった。

ひらく書の第一課さくら濃かりけり　登四郎

父はこの道を数十年通って市川学園の教師を勤めたが、この句に詠まれた桜も、真間川河畔の桜を学校の窓から眺めて作ったものなのだろう。この句の自解によれば「私のように何十年教壇に立っていた教師でも、新任の教師のように羞じらいとときめきを感じるのである。」と述べているように新学期に新しい生徒と出会う期待と希望に満ちた純粋な教師の心もちが描かれている。

私が通った六年の間、父は教頭の職にあって、病気療養が多かった校長の代わりに朝礼で父の話を聞くことも多かった。最初はやや気恥ずかしい時もあったが、その何回かは朝食の団欒で話した事がネタとして、その日の朝礼の話題になって苦笑することもあった。市川学園は進学校としてイギリスの私学のような学風で、伝統的な男子校としての誇りがあった。しかし、そんな母校も最近の少子化には勝てず、長年の伝統を破り男女共学の学校として生まれ変わるという。しかも校舎も、真間川よりずっと離れた地だそうで、母校の思い出が、また薄れていくことはさびしい。

人が人を呼ぶ

平成十三年五月

父登四郎が市川に住み始めたのは『能村登四郎読本』によれば昭和十三年で、新設の市川中学に奉職するため下宿生活から始まったという。勿論学校に勤めるために市川を選んだのだが、もう一つ市川のまちを選んだ理由があった。それは父の師である水原秋櫻子が第一句集『葛飾』を詠んだ地で、そこに何かの憧れの気持を抱いたという。

真間山弘法寺境内には秋櫻子の、

梨咲くと葛飾の野はとのぐもり

という第一号句碑が建っている。こうして父は市川に六十数年以上住んでいるわけだが、父が「沖」を創刊してからは、「師が住むまち」として、上谷昌憲さんや松村武雄さんなどが、転勤を重ねたうえ市川に住むようになられた。まさに人が人を呼ぶ地縁が生まれたことになる。

市川という所は、芸術院会員が多くいるまちでも知られているが、一昨年亡くなった東山魁夷画伯も市川の中山に住まわれたが、その周辺には日本画の関主悦、ガラス工芸作家の藤田喬平、彫刻家の大須賀力などがいて、一種のコロニーのような芸術村を構成していた。居住地を決めるのは、単に師弟関係や、芸術への憧れだけでは決められないところもあるが、人と人との繋がりや、師伝を求めて移り住んだ人々の地縁の尊さはすばらしい。その傾向が最も色濃く残るところが鎌倉であるわけで、市川はその後東京に余りにも近いという地のりから、利便性を重視する単なる住宅都市と変わってしまった感はあるが、「あの人が住んでいるまちだからこそ住んでみたい」といった純粋な考え方も、合理的な現代社会の中にあってもよいと思うのだが。

畳のコンサート

平成十三年六月

市川は昔から東京にも近いことから、文化人が多く住んでいたことに合わせて東京に会社を持っている社長さんのお屋敷があるまちとしても知られていた。私が住んでいる八幡もそうだが、他にも真間や須和田、中山といったところには、三百坪から千坪を超えるような敷地には、庭の中に築山もあるような家もあり、閑静な住宅地としての様相を備えていた。しかし、最近は後継者の問題もあり、家屋敷を存続させるには困難なことがあり転売されることも多くなった。そして大きな敷地は小さな区画に分割され画一的な住宅として再生されているが、そうなると静かだったたたずまいも一変し、今まで備わっていたまちの魅力も薄らぎ始めている。

そんな中で、中山に昭和十三年に建てられた約六十坪の和風の建物が市に寄贈された。市では市民が文化芸術に触れ合うことができる文化活動施設として改築し、「中山文化村」という名前で公開することになった。大きな玄関、マントルピースやステンドグラスのある洋室は、美術品を飾るギャラリーとして活用し、炭火を使える炉をきった茶室も二部屋できた。

この五月の連休に文化村の開村式が行われ、ギャラリーには市内在住のガラス工芸作家などが作品を展示し、和室にはお茶席も設けられた。この中山は東山魁夷画伯が住んでいたところでもあるが、画伯の三回忌の六日には、画伯が生前大変好んでいた内藤敏子さんによるチターの演奏が、この文化村の八畳と十畳の畳の部屋で行われた。会場には約八十人もの人がつめかけ、超満員であった。コンサートは、画伯の思い出を語りに織りまぜての、チターのやさしい音色は不思議なほど畳の間に合い、そしてマイクやアンプを通さない直の音を聞けたこともよかった。

父の死

平成十三年七月

五月二十四日、父は永く患うこともなく亡くなった。川崎の姉の家で過ごしていたのだが、二十一日体の不調を訴え翌朝近くの病院に入院した。この時私は丁度中国に出張中で、帰国を前にした香港でそのことを電話で聞いた。すぐに駆けつけられないもどかしさに苛立ったが、その後小康を得ているとのことであったので、訪問団と一緒の飛行機で帰国することにした。翌日、帰国の報告に役所に出掛けた後、すぐに川崎の病院に向かったのだが、この時は集中治療室に入っていて、すでに意識はなかった。医学的な処置のもとに辛うじて、命だけは保たれていたが、私にとっては命のある父に逢うことができたことが幸せであった。出掛ける前の日、電話で、中国に行くことを伝え、その時「よかったね」とはっきり言ってくれた言葉が私への最後の言葉だった。三本の命の曲線とも言うべき、ベッドモニターの振幅に一喜一憂したが、結局病院に私が到着して三時間足らずで亡くなってしまった。

病気というほどでもなく、亡くなった原因も老衰ということであったが、自らがその余命を知り尽くし命明かりを静かに吹き消すかのようにこの世を去っていった。

昨年は、自分の命の限りを出し尽くし、「沖」の三十周年記念事業の三つの句碑の建立などを行ったわけだが、今年一月に卒寿を迎えてからは、体の限界というものを悟ったのか、読売新聞の選と、「沖」の主宰を降りたいという意向を漏らした。さらには、能村家の墓の隣に自分と母の墓を別に建立し、この三月に完成したばかりであった。ぎりぎりまで力の限りを尽くし、自分の生に対しての責任を全うしながら、俳句に情熱を注いできたのだが、その引き際は肉親としても見事という他はなく、その完璧さがむしろ悲しくもあった。私は父が三十九歳の時に生まれた遅い子であったが、五十歳を越えるまで生きていてくれたことは有難かった。主宰を継承してから三月足らず、父の引き際の速さは、「一日も早く自分の力で一人立ちしろ」という父から私へのメッセージなのかも知れない。

父の未完句集

平成十三年八月

父の七七忌は、七月十一日であったが、東京のお盆も近いことから少し繰り上げて、七月一日に行った。この日父の遺骨は、親族の手により菩提寺の谷中・延壽寺の母のもとへは、安らかに埋葬された。すでにこの四月、能村家の墓の隣に父と母二人の墓が出来上っていた。この夜「沖」の方々においでいただき、登四郎を偲ぶ会を市ヶ谷で催した。会も本当に父のことを知る人ばかりであったので、心から偲ぶにはよい会となった。墓所に納めたことで、本当の寂しさというものを感じたが、少しほっとした気持にもなった。

父は生前から、自らの手で第十四句集を上梓しようと角川書店の中西さんにお願いしていて準備が進められていたが、自選の作業が進んでおらず、そのままになっていた。先日登四郎三百句を選句するので、『芒種』以降の全作品をフロッピーに保存したが、これを改めて見てびっくりした。

というのは、平成八年から平成十三年の五月まで、実に千を越える数の作品が収まっていた。『芒種』は、平成十一年の暮に刊行されたものだが、その作品は平成八年の半ばで終わっているため、未完句集の分として足掛け六年分の作品があることがわかった。父は、今まで約三年毎に作品をまとめて句集を編むことにしていたが、『易水』あたりから積み残しが増えてきて、結局は二冊分に匹敵するほどの分量になってしまった。今度の句集は遺句集となることから、勿論自選は叶うはずがなく遺族として私の仕事になるのだが、晩年の二年間は姉の所で暮らすことが多かったので、姉にもその整理に加わってもらうことにした。出来ればなるべく早い時期に刊行したいと思っている。

結社の本卦還り

平成十三年九月

人間にも還暦という一つの大きな節目があるように、俳句の結社にも還暦のような大きな節目の時期があるようだ。人間だと、干支が一回りする六十歳を一つの区切りとして、ふたたび生まれた年にかえるという考え方から還暦を祝うものだが、これは人間が生を受けて、いろいろ成長する過程の全てを含んだ年月であり、結社の場合は俳句の志をもったもの同志が集まって形成されるものであるから、六十年という年月が相応しいとは思えない。だとすると、結社にとって「本卦還り」ともいうべき年数は、ある意味で三十年位が適当であると思えてきた。これは、昨年、創刊者の能村登四郎が「沖」の主宰として三十周年を迎えることが出来たことと、三十年をもって新たな体制というものを作らなければならない状況が生まれたことにもよる。

先日、栃木で関東大会が開催されたが、その折り支部結成の三十年のお祝いの会も一緒に行われた。栃木支部は、「沖」の支部の中では一番最初に結成されており、創刊の翌年の春に登四郎と翔先生と同行して宇都宮の結成大会に行ったことが思い出される。この時は今は亡き舘野たみをさんや、小野崎正二さんらが中心になって初めての支部が結成された。それから三十年、今では大森輝男支部長、中島あきら副支部長のもとに立派に引き継がれ、支部の活性化と結社の発展にお力をいただいている。このように支部の活動においても三十年という歴史の中で、先人が築いてくれた活動を継承しながら新たな気持ちで取り組んでいただいていることをうれしく思った。やはり結社にとっての三十年というのは「還暦」にも値する大きな節目であるように思えてきた。登四郎をはじめ多くの先人が築いてくれた、結社の志というものを風化させないためにも、新しい二十一世紀、新たな熱い志をもって取り組んでいかなければと思うのである。

句集『羽化』について

平成十三年十月

八月号のこの欄に父の未完の句集のことを書いたが、やっと第十四句集の発刊の目処がついてきた。今度発刊される句集は第十三句集『芒種』につづくものであるが、父が生前から準備していたこともあって、あえて遺句集とはせずに第十四句集として世に出すことにした。しかし自選は行われておらず、遺された約一千句の中からの選句と並べ替えの作業を行った。

『芒種』には、平成九年の春までの作品が収められているのだが、今度の句集では、平成八年の未収録であった句と平成九年夏以降から、亡くなる直前の平成十三年五月までの作品六六四句を収載した。最晩年は川崎の姉のところに居ることが多かったので、姉にも句集の編纂作業に加わってもらった。

句集を編集していて気がついたこともいくつかあったが、その一つとしては、正月の句が多かったことであった。これは、父のような長老の俳人となると、総合誌も顔見世的な扱いで新年号には必ず作品の発表の機会があり、それが数誌にも及んでいたから、当然多くなったようだ。加えて「沖」には、実際の新年を迎えた実感の句を発表するので、さらに増えることにもなったが、これらの句を句集へ入れるには、その並べ替えに苦労した。もし生きていれば自分自身で簡単に解決したことだろうと思いつつ、出来る限り父の気持に近づきながら作業を進めたが、結果はどうであろうか。

今度の句集名は『羽化』とした。以前に「瓜人先生羽化このかたの大霞」の句があったことや、父自身が好きな言葉であり、少しずつ霞を吸って仙人になっていったと思われるからである。

今月の下旬には発刊になると思うので、ぜひお読みいただきたい。

市川市民文化賞

平成十三年十一月

第五回の市川市民文化賞に林翔先生の受賞が決まった。今回は林先生と同齢で作曲家の村上正治氏との同時受賞で、このことも何か深い縁があるように思う。村上先生は市川交響楽団の創設者で、私が小さい時に林先生の奥様から誘いを受けた母と聞きに行った記憶があり、クラシックコンサートを初めて聞く機会でもあった。村上先生は、登四郎とも交遊が深く市内の小中学校の何校かの校歌を共に作詞、作曲したことがあった。

ところで、この市川市民文化賞は役所が出す賞ではなく市川に在住する文化人など民間の人々が集まって出来た、まさに手作りの賞とも言うべきものだ。第一回目は登四郎が受賞し、二回目は作家の山本夏彦氏、三回目は演出家の木村光一氏、そして昨年は葉山修平氏といずれも錚々たる顔ぶれでどの受賞者も大変喜んでおられることが嬉しい。

今回の林先生の受賞は「沖」が登四郎亡き後さびしさに打ちひしがれている時であっただけに沖人にも新たな元気が出るきっかけとなりそうだ。天国にいる登四郎も盟友の林先生の受賞を心から喜んでいるにちがいない。林先生は、ご高齢になられてなお元気で、この九月からは市川で開催する「沖」の本部例会にもご指導いただくことになり、私たちの励みになっている。

又、十月の初め市川市の企画で行った「大野街回遊展」では、先生の近くの万葉植物園で「大野ゆかりの文化人展」にご登場願い色紙、短冊など十点余りを出品していただき多くの市民に先生の偉業を紹介することが出来た。

十一月五日に市川市内で贈賞式が予定されている。多くの「沖」の人たちと共に祝いたい。

喪籠りのはずが

平成十三年十二月

父が亡くなって半年、月日は瞬く間に過ぎ、慌ただしい師走を迎えてしまった。ゆっくりと今年を振り返っている暇は中々ないが、二〇〇一年という二十一世紀始まりの年は私にとって生涯忘れ得ない年となった。四月に「沖」の主宰継承、そして五月の父の死去と、ある意味ではいずれ必ず私が通らなければならないことと以前から心の準備をしてはいたものの、いざそれが現実になった時はいささかの戸惑いがあった。しかし父を送り、しかも「沖」の運営に関して心の支えとなっていた人を失ってしまったショックは大きかった。しかし、そんな甘えや感傷に浸っている暇は全くなかった。直後に通常通り行われた倉敷での勉強会、七月の納骨、偲ぶ会、そして南信濃、北九州、東北松島、新潟と「沖」の支部を巡る旅がつづけざまにあった。よく元気だった頃の父が十二月の五百字随想の中で一年を振り返って、その多忙さを述懐していたが、主宰となってその気持がよく理解できた。四月からはカルチャーの教室などの回数を減らし、主宰としての仕事を怠らないようにしたはずであったが、役所の多忙さに加えて、「沖」の選句、新聞の選など一ヵ月のサイクルの速さが目まぐるしかった。このサイクルを潜り抜けるようにして同人会員の句集の序跋など書かなければならず、多くの人を待たせていることに気を揉んでいる。

しかし、こんなサイクルの仕事を父は長年愚痴を言うこともなく続けていたかと思うと、ただただ頭が下がる。しかし、来年になって仕事が減ることは無く、仕事に追われる日が今以上に続くことになるだろうが、せめて自分自身を励まし、前向きに取り組んでいくしか道はないと言い聞かせている。喪に籠って故人を偲ばなければならない半年も、その意を尽くせず過ぎてしまったが、却ってこの忙しさが自らを励ますことになったのかも知れない。

湾岸の初日の出

平成十四年一月

市の広報の一月一日号に文化特集をするというので、一面のカラーページをどのようなものにするか、いろいろ思い悩んだ。午年にちなんで、馬が出てくる絵画なども考えたが、新世紀二年目ともなることから、新しさと躍動感を表現したいということになった。そこで企画にあがったのが、二年目となった手児奈文学賞の短歌部門の大賞作品。

うろこ雲手児奈も見しと思ふ間に秋の湾岸とばし過ぎゆく　増田　啓子

この一首は、手児奈という万葉集で詠まれた古いテーマを、私たちが生きる現代に見事に蘇らせた。私は短歌については詳しくないが、この歌はうろこ雲を介在させながら手児奈の時代から、湾岸道路という車社会の現代へ展開させている。

この一首をイメージしながら、正月に相応しい写真を撮りたいということになった。灰色の排気ガスの漂う日中の風景より、暁の湾岸道路を赤い車が疾走するシーンが、新年を寿ぐのに良いのではということになった。十二月の日曜日、日の出前に湾岸道路まで車を走らせて、その撮影場所を探した。結局、太陽は進行方向からはあがらず、三番瀬の海の方からあがってくることがわかった。六時ごろ、薄闇から茜色の黎明の空に変わるころは何とも言えない美しさで、六時四十分頃に、凪渡った東京湾三番瀬の海から太陽が頭を見せはじめた。

結局は紙面に掲載する写真は、広報課の職員が体育館の屋上から撮影したものが使われることになった。この企画の意図するところが、元日の朝、どのように受け止められるか心配がないわけではない。

潔く

平成十四年二月

新年早々少し小言めいたことになって恐縮であるが、句会における出句の仕方について話したい。まずは私の苦い経験談をお話しすると、初学の頃「沖二十代の会」で福永先生に指導していただいていた頃の話。土曜日に行われた「二十代の会」で出句した私の句が福永先生の選に入り、他の人からも評判が良かったので、その翌日に行われた「沖」の中央例会にも、その句を出句してしまった。その頃の「二十代の会」のメンバーは皆熱心であったので、殆どの人が連日の句会に出席していたので、当然私の句であることを知っている人がいて、その何人かは再びその選に入れてくれた。

しかし福永先生をはじめ数人の人達は前日採った人も今度は選に入れてくれなかった。この時福永先生から「一度出した句を次の句会でもう一度出すのは止めなさい」と忠告を受けた。前日褒められたことでややいい気になっていて、たまにはこんなことも良いのではと思っていた自分を反省した。

最近、句会でも時折感じることであるが、事前にグループや仲間内の句会などで出した句を作者の名が判っていて再び採りあうことがあるようだ。句会での選句稿の披講を聞いていても、あのグループはお互いの句を採りあっているとはっきり判ってしまう。確かに折角句会に出ていて無得点で帰るより、せめて一、二点は取りたいという気持が判らないでもないが、やっぱり「句会は同じ土俵で」と言っていた登四郎の名言にはこんなルール違反は認められるものではない。

こうしたことは、大きな句会の新年大会や、勉強会で多く見受けられるようだが、句会は点が入ることが目的でなく、少しでも良い句を見抜く力と、見抜かれる力を養うための勉強であり、せめて句会では潔くいきたいものだ。

次世代への文化の継承

平成十四年三月

先日、千葉県の文化課と文化団体の主催で「芸術文化振興会議」が行われ、その中のシンポジウムにパネラーとして招かれた。当日は、文化行政を担う立場だけでなく、俳人の一人としての発言をしてほしいとの主旨であった。テーマは「次世代への文化の継承」ということで、私の他に書道家や郷土料理研究家などがパネラーとなった。私は現在市川市で取り組んでいる文化事業の活動状況を話しながら、コーディネーターからの問いかけもあって、俳句における次世代への取り組みの事例をいくつか紹介した。現在、俳人協会でも夏休みを利用して、小中学校の先生を対象に授業の中で、俳句をどのように扱ったらよいか、講習会が行われていることを話した。又、市川市俳句協会でも、今春から始まる学校の完全週休二日制をにらんで、総合学習の実験的な試みとして、ある中学校の二年生を対象に、前期、後期各十三時間の俳人指導による授業を行った。前期の授業では、第一回目と校外学習としての吟行会に参加したが、あとは同人の千田百里さんに指導をお願いした。指導を終えて千田さんから伺った話だと、生徒たちも真剣で、その感性のすばらしさと、物事への関心とその吸収力に驚かされたそうだ。私も吟行会の時に久しぶりに生徒に会ったが、人懐こくジャージ姿の中学生が手帳を片手に、植物の名前を聞いてくるのにも、まるで突進してくるかのようで、その意欲に感動させられたことなどを話した。

ひまわりよ天までとどけ水をやる　　花沢満里奈

この体験談については、今月の市川で行われる「学校教育と文化団体の連携をどう進めるか」というシンポジウムで、千田さんがパネラーとして発表することになっている。いずれにせよ、中学生が、このまま俳句を作り続けるとは思えないが、この経験が大人になっていつか花開くことを期待したいものだ。その意味からも、私たちは次世代の俳句のことも少しは頭のかたすみに置かなければならないだろう。

ＩＴと俳句

平成十四年四月

アナログ派世代と言われる年代であるせいか、パソコンの使い方が今ひとつ。

職場においては、庁内ＬＡＮのシステムにより、自席にはパソコンが置かれ、各課の連絡事項はペーパーレスになって殆どがメールによるものに変わってしまったが、未だ不安が残るのか紙に打ち出してから読む始末。

でも最近は、インターネットがつかえるようになったので、何か調べる時も便利になった。昔のように、百科辞典をひいて調べたり、重い本を引っ張り出したり、小さい字を苦労して読まなくてもよく、何よりすばらしいことは、時期を得た情報が得られることである。

自宅でも、今まで使っていたワープロを止め、パソコンを使いこなそうと娘の指導でいくらかは上達の兆しが見えてきた。

「沖」の同人も、最近ではお互いにメールのやりとりが頻繁に行われているようで、私宛にも時折メールが入ってきている。先日も、インターネットで、詩人清水哲男さんが開設している『増殖する俳句歳時記』というホームページを見た。これは、毎日、その日に相応しい俳句を一句紹介し、清水さんが鑑賞されているものだが、三月十二日能村登四郎の句に出会った。

　白木蓮に純白といふ翳りあり

調べてみると、能村登四郎の句だけでも、二十句も掲げられていてその鑑賞眼もすばらしい。

いずれにせよ、俳句とは余り無縁なものと思っていたパソコンも俳句に欠かせない道具の一つとなりそうだ。

若手の活躍

平成十四年五月

「沖」は創刊間もなくから、五月号に二十代特集か又は青年作家特集という企画を必ずやるようにしてきた。これは、能村登四郎が若い作家を育てなければいけないという意識が強く、それを継続してゆこうと考えていたからだ。

この父の考え方は昭和三十三年に角川新書として出版された『現代俳句作法　若い人のために』という本の題名からもわかるように、これからの俳句に若い人が参加しないようでは、俳句が滅びてしまうという不安を常に持っていた。

そんな考え方がやがて実を結んだのか、「沖」には若い人が多くいるという俳壇的な風評がどこからともなく聞えてきた。

最近は、若い人向けの特集はなくなったが、昨年四月号までの「汀集」、それに若い人に限らず、今熱心に俳句と取り組んでいる人が登場している「射手座集」がこれに変わった。

ところで、「俳句朝日」が送られてきて、びっくりしたというか大変うれしかった。それはその五月号に第五回の「朝日俳句新人賞」が発表され、惜しくも大賞は逃したものの二十三編の最終選考の中に「沖」から、小菅暢子さん、藤村真里さん、広渡敬雄さんの三同人が候補作として残った。

第三回の「朝日俳句新人賞」の大賞には荒井千佐代さんが入賞されたが、この受賞作品などを含めて『系図』という第二句集がこのほど刊行され、先日の朝日新聞にも紹介された。

いずれにせよ、若い作家たちが積極的に、こうした賞に挑戦し成果をあげていることはうれしい。間もなく能村登四郎の一周忌を迎えるが、これら若手の活躍をきっと喜んでいるにちがいない。

朴の開花

平成十四年六月

私にとって、朴の木ほど存在感のある木はない。我が家の庭の中心に位置する朴の木であるが、初冬最後の葉を落としてまもなく、冬芽をつける。冬、裸木になっても表情がある木である。今年は桜も例年より二週間位早く三月の中旬には開花し、びっくりさせられたが、朴の木も例年より早かった。芽が一斉に吹き出るのは、いつもゴールデンウィークの前半頃であったが今年は四月の中旬頃であった。冬の間に貯えられた力を現すかのようで、正に自然の力の美というものを感じさせる。芽立ちの頃、一日一日眺めていても楽しく、まるで高速度カメラを回しているかのようである。

朴の芽を鳥科植物かと思ふ

この句は朴の木の芽立ちを詠んだものだが、またたく間に葉は広がり鬱蒼とした葉ごもりの中に花をつける。私の家の朴の木は、ずっと花をつけることは無かったが数年前始めて花をつけた。

朴咲けり不壊の宝珠の朴咲けり

これは登四郎がこの時に詠んだ句で、感動が伝わってくる。ところで今年は、五月の連休中に木のてっぺんに花芽を付けているのを発見した。もう一つはかなり下の方で葉ごもりの中で見えにくいところにあったが、てっぺんの花芽の方は毎朝二階の窓から観察をつづけた。九日の朝、薄緑の殻に包まれた蕾がその殻を脱いで薄いピンクがかったクリーム色の花の蕾を見せてくれたが、まだ開こうとはしなかった。この様子も写真に収め、十二日の「門出の会」で皆さんに見ていただくように用意した。私は前日に吟行会があるので、東京に泊っていたが、十二日の朝家に電話をしたら、その朴の花が今朝開いたと知らされた。今日の門出の会に向けて、父が咲かせてくれたのだと思った。この花も大会の翌々日には散ってしまい、朴の青葉もさらに色を増している。

小さなミュージアム

平成十四年七月

市川市は、昔から多くの芸術家や文化人が住んでいる町で、そんなことから一時は東の鎌倉とも言われ、文化都市としての誇りをもってきた。現在、寄贈を受けた民家を文化村にして、ギャラリーやアンサンブルコンサートの会場として市民に活用を図っている。

私の家から、五、六百メートル行った所は、市川でも代表的な屋敷町で、映画「ひめゆりの塔」や「キクとイサム」のシナリオを書いた水木洋子氏の邸宅がある。ここはいずれ市に寄贈を受ける約束が出来ていて、五十人からなるボランティアの「水木洋子市民サポーター」の人達が、毎月三回集まってダンボール三十個分の資料（生原稿や取材メモ、新聞の切り抜き等）と蔵書の整理、また水木さんが普段の生活で使っていた、衣服や帽子などこまごましたものの整理も行っている。今の所、記念館として常時公開することは出来ないが、水木さんの誕生日である八月二十五日や、他のイベントの時に公開しようと考えている。昨年の八月も一日で千三百人を超える人が見に来られたという。

市では、東山魁夷画伯の終焉の地を記念館として整備を進めようとしているが、この他にも市川の文化的魅力の原石を磨くため、街中にミュージアムを点在させる「街かどミュージアム」の計画を進めている。民間からも広く公開していただける「登録ミュージアム」を募集しようと考えている。

現在、私の家も一階の父の部屋が空いているので、常時ではないにしろ機会があれば「登四郎記念館」的なものとして公開していこうと思う。二部屋にも及ぶ奥の書庫には、三千冊を越える古くからの蔵書があるが、まだ整理はされていない。残念なことに父が書いた色紙や短冊などは多くは残っていないが、登四郎が最晩年を過ごし、『長嘯』から『羽化』に至るまでの作品を生んだ現場に触れていただければと思う。特に「沖」の人は、会員、同人を問わず気軽にお訪ねいただければ幸いである。

声に出して読む

平成十四年八月

一月の川一月の谷の中　飯田　龍太

春ひとり槍投げて槍に歩み寄る　能村登四郎

この二つの句は、心地よいリズム感があって最も口誦性のある句であると思う。

十七音という、世界で最も短い詩と言われている俳句は、「ものを言えない文学」と言われている。事を述べるのではなく、韻文的な性格が生かされなければいけないものである。

五七という形は日本民族が古代から親しんできた韻律で古くは記紀歌謡や長歌、短歌などにも見られる口誦性の極めて美しい韻律で、この十二音は日本人が発声し誦することが可能な一呼吸の長さとしてピッタリしていて、最も心地よい感じを聞く方にも与えてくれている。元々こうした韻律をもった詩は、初めはうたう形であったものが次第に書く形になり、音楽性から文学性へと移っていった。

芭蕉の言葉に「句ととのはずんば舌頭に千転させよ」というのがある。「自分の句に少しでも疑問を感じたら舌の先で千回もくりかえして口に出してみる。」ことをいったものである。

俳句は十七音という字数が少ないだけに俳句を作るには言葉選びが大切で、一度声にして読んでみることで、「リズム感が悪い」「助詞や切字の手直し」「固い表現の手直し」といったことに気付き、さらには「表現の手直し」まで発展できるのである。

とにかく出句する前に、自分で声に出して俳句を読んでみることをお勧めする。

白の効果

平成十四年九月

秋は「白秋」「素秋」とも言うが、季節と色は昔から密接な関係があった。白は寂しく、空虚なイメージが「秋」に相応しい。そして白は汚れなく、清しいものとしての象徴でもある。

登四郎の句には「白」を読んだ句がたくさんある。

白地着て血のみを潔く子に遺す
白地着て行くところみな遠からじ
露なめて白猫いよよ白くなる
まつ白な初夢なりし何ならむ
白といふ他を押す色や白牡丹
白絣着て身の老を深くする

ちょっとあげただけでも、白という色が登四郎の心に一番適う色であったことがわかる。

白という色は俳句にした時、心を象徴する力をもった色である。

白をもて一つ年とる浮鷗　森　澄雄

白は時が流れても不変であることを物語っている句である。

海暮れて鴨の声ほのかに白し　芭蕉

この芭蕉の句も、鴨の声から感じられる淋しさ、寒さ、あわれさを表現している。

以前から俳句と色の関係に興味をもっていたが、俳句における「白」のはたらきということを改めて考えさせられる。

「超割」活用術

平成十四年十月

八月末、定例の句会が無いので、九州三支部との交流を深めようと少し強行なスケジュールであったが、超割の航空券を買ってでかけた。六時半の福岡行の飛行機に乗る。台風が九州に接近しているとの事で出発が危ぶまれたが何とか出発。途中大きな揺れもあったが、福岡空港に到着。JRを乗り継いで大分県中津へ。台風の影響で一時間ほど列車が遅れて昼前中津駅に到着。江渕支部長他、十名の支部の方々の出迎えを受け、駅前の殿畑さんの喫茶店で昼食をしながら懇談。古くから「沖」会員の田口舜さんが見えたのは嬉しい。一時、田辺さんの車で登四郎句碑のある国東の両子寺へ。登四郎に同行し雪の中の開眼式以来二年半ぶりであったが、こんなに緑に囲まれていることに驚かされた。父亡き後、全国の句碑を巡ることも供養の一つと思っている。杵築から再びJRに乗って博多へ向ったが台風の影響で途中折尾駅で二時間の足止め。結局七時半に博多に到着。玄界支部の梅村支部長、同人の大川ゆかりさん、安徳由美子さんとお酒を酌み交わしながら懇談。

翌朝、七時半博多から長崎の諫早へ向う。諫早公園の史跡にも指定されている眼鏡橋を見せていただき、中尾杏子支部長他、十名の支部の方と昼食をとりながら懇談。あらかじめまとめてあった句稿に目を通し、選句講評、特選は地元諫早の七島満喜子さん。今回は、一泊二日の短い時間であったが、九州三支部の皆さんと膝を交えて懇談出来たことで、「沖」主宰を継承以降の新しい体制での私の考えをお話することができ、また支部の皆さんからのご意見を聞けたことも大変有意義であった。これからも、新しい結社を起した気持になって全国の皆さんにお会いする機会を作っていきたいと考えている。超割の制度をどんどん活かして、「沖」の触れ合いを増やしていきたい。

九月十一日

平成十四年十一月

阪神大震災のあった頃からであろうか。多くの人々が亡くなり、家を失い皆が失意にある時に、俳人は平気で花鳥風月の俳句を詠んでいいのかを問われた。

小説、現代詩、短歌より短い表現形式の俳句は、時事的な事柄や機会詩といったものに適さないと言われてきた。よく初心者にも、「時事俳句を作るのはいいが、ただの報告にならないように、テレビ俳句に陥らないように」「いつまでも色褪せることなく後世に残る不変な俳句になりうるか」といったことを述べてきた。こういった事をつきつけられるとやはり簡単には時事俳句に手を出せなくなってしまう。

先日行われた市川市民俳句大会で私が特選にとったのは、

九月十一日うさぎ抱きしめる　　片山タケ子

というよその結社の人の句であった。

九月十一日というのは、いうまでもなく昨年のニューヨークのビル崩壊のテロ事件の不幸な記念日だが、最近この日の事を句として詠まれるようになってきた。今まで日本人の間で日付の俳句として多く詠まれてきたのが「八月十五日」と「十二月八日」であったが、遠い海の向こうの話であっても、世界中を戦慄させたこの日のことは、私達の心にも深く残っている。

この句、俳句が最も短い詩形であることを充分に認識した上で、無用に語ることなく、俳句が機会詩になり得ることを教えてくれた一句であった。

旅つづき

平成十四年十二月

父が生きていた頃、十二月号の五百字随想で一年間を振り返って、その一年に旅したことや主宰の仕事を回想していたが、私が主宰を継承してつくづくその忙しさを再認識させられた。今月は、三回旅に出かけた。

九日、十日は俳句総合誌の企画で吟行会に参加した。メンバーは「若竹」主宰の加古宗也さん、「ランブル」主宰の上田日差子さんをはじめ、「沖」から参加した十四名を含め総勢三十九名。発案は加古宗也さんで、奥三河設楽町に伝わる民俗的な祭の「参候祭」を見に行った。この祭は、室町時代の田楽が原型で今に伝わる夜の祭で湯を張った釜の周りを代わる代わる七福神が出てきて禰宜と問答と舞いを繰り広げる。

この吟行会には「沖」からは同人の荒井千佐代さんの他は全て会員の参加で、当日は茅野の矢崎すみ子さんや岡崎の柴田近江さんなど上位の成績をおさめ、収穫の多い会であった。

十六、十七日は東吉野の登四郎句碑が建立されてから五年が経ったのでこれを記念して同人研修会が開かれた。東吉野はちょうど紅葉の見ごろであったが、朝晩には冬の気配が感じられるほどであった。句碑もすっかりまわりの風景に馴染み、遥かかなたには高見山もその頂をのぞかせていた。研修会には、地元の会員を含め六十余名の参加となり、五年前元気で出席した登四郎の姿を思い浮かべながらそれぞれ心の中で偲ぶことができた。さらに今月末には、主宰の支部行脚として茅野の南信濃支部を訪れることになっているが、日常の仕事の合間を縫っての行動なので仕事の日程調整が中々難しい。来年こそは、もっと時間の使い方をうまくしたいと思うのだが。

雪の降る町

平成十五年一月

雪の降る町を　雪の降る町を　思い出だけが通りすぎてゆく…

これは「雪の降る町を」という歌で、だいぶ前に流行った歌だ。シャンソン歌手の高英男が歌っていたと思う。この「雪の降る町を」という歌には、特別な思いがある。というのはこの歌をよく父が口ずさんでいたからである。

父は、晩年になってカラオケが出来てからは、「沖」の忘年会などで、堀内孝雄や美川憲一の歌を得意としてよく歌っていた。歌の方は決して上手といえるほどではなかったが、気持よさそうに歌う姿に会員の皆さんも喜んでくれた。カラオケが流行る前は、余興に人前で唄ったりすることは嫌いであったが、この歌は、人に聞かせるというのではなく、小声で口ずさむように歌っていたのが、記憶に残っている。歌詞は内村直也、作曲は中田喜直である。父が口ずさんでいるのを聞いていたので歌詞を殆ど覚えてしまった。現代的には少し寂しい歌であるが、心にしみる冬の歌である。

父の音楽力は別として、歌詞を覚えるのは早く、単なる記憶力というより、やはり俳人として詩の構成を読み取る力が身についていたのであろう。

ところで、安住敦にも、〈雪の降る町といふ唄ありし忘れたり〉という句があることを知った。どうやら、この歌は俳人の心にフィットするようだ。

この十二月、関東地方に例年より一月も早く雪が降った。都会の人間はたまに降る雪にも大騒ぎをするが、いつも見慣れた風景が雪に覆われると、何か新鮮なものを感じる。このあたりが俳人の感性にぴったりと合うのだろう。

俳壇への風通し

平成十五年二月

十二月から一月にかけては、俳壇の動きが最も活発な時だが、結社に所属している人にとってどれだけそれを共有しうるだろうか。その一つは俳句総合誌が出版する「年鑑」。その年の俳壇の動向や主要俳人の作品、評論、さらにはその年の話題になった句集にも触れている。現在総合誌別冊として二、三冊出ているので一冊は手元に置いておきたいもの。「沖」が俳壇の中でどのように評価され、位置づけられているのか自分の眼で確かめて見る必要があるだろう。

現在、「沖」の誌面でも、俳壇の動向を伝えるため「現代秀句鑑賞」「新刊ブックサロン」等のコーナーを設けているが、「沖」だけの「井の中の蛙」にならないよう考えて創っている頁である。

もう一つ関心を払わなければならないのが、この時期に俳壇の年間賞が決まることである。俳人協会発行の新聞「俳句文学館」によれば、今年の俳人協会賞の最終候補に「沖」からは今瀬剛一さんと吉田汀史さんの二人がノミネートされている。いずれも自分の結社をもっている方であるが、沖人としては良い結果を期待したいもの。結果は一月二十五日に発表される。さらにその協会報によれば、荒井千佐代さんもあと一票のところで最終選考に残れなかったものの善戦したこともうれしい。

さらに年度始めの俳壇は各賞の受賞式を兼ねた新年会やパーティが催されるが、「沖」の人は引っ込み思案なのか、パーティにも出たがらない。今年は盛岡の藤村真理さんが、「俳句研究賞」に決まり、一月二十四日に「角川書店」の新年会で表彰される。「沖」からも二十数名の方々が出席する、真理さんの受賞をきっかけにこんなに多くの人が俳壇のパーティに出席してくれることはうれしい。

平成十五年三月

川柳と俳句

二月十五日に「第一二回市川手児奈文学賞」の授賞式が行われた。今回俳句の部門で、「沖」からは、渡部節郎さん、岡部玄治さんが秀逸に、樋口英子さんが佳作に入賞するなど活躍が目立った。

ところで、川柳の秀逸は、

柿ひとつ手児奈の想ひかも知れぬ　松下　弘美

であるが、これは俳句としても通用する句で、川柳と俳句の違いについて考えさせられた。作者の松下弘美さんは神戸の方で、学生時代に市川によく来られていて、その思い出から作られたそうだ。現在大西泰世さんに師事しておられ、一方で俳句も勉強しているという松下さん。師匠である大西さんは、俳句界からも注目されており、俳句部門で「中新田賞」をとったこともある。以前私も句集をいただいたことがあり、姫路にいる「沖」会員の柴田英彰さんなどとも地元では交流をされているという。

俳句と川柳の違いは、よく言われるのが「季語の有無」「題材の違い」「滑稽性の違い」さらには「切れの有無」なども掲げられている。

しかし、俳句でもおかしみというか滑稽味のある句は多くあり、その厳密な違いの境目がわかりにくくなっている。川柳でも、古川柳とでもいうのか、川柳らしい川柳というものも確かに生きつづけているが、現代川柳には両方の関係が少し曖昧になってきているようにも思える。これも時代を反映してのことなのかも知れない。

松下さんの句、「柿ひとつ」を俳句では「木守柿」とも言い換えはできるが、誰にも食べられることなく一つの柿が手児奈の思いと一つとなったことで、人々に感動を呼ぶ詩情が生まれた。

登四郎と校歌

平成十五年四月

今年の「市川の文化人展」は、市川の文化の礎を築いた彫刻家の藤野天光氏と作曲家の村上正治氏の二人を取上げ紹介した。イベントの最後を飾ったのは、「村上正治記念コンサート」で、村上氏が自ら作曲した歌曲が披露された。その中の一つの企画で村上氏が作曲した校歌が、その学校の生徒たちの合唱で演奏された。柏井小学校の校歌は、能村登四郎の作詞で、初めてこの歌を聞くことができて嬉しかった。

やわらかな雲　ぬるむ水／そよそよと風　春の丘／古き歴史の姥山に／あかるい梨の花咲いて／学ぶ姿もいきいきと／わが学校へ今日も行く

この校歌は昭和五十四年の四月柏井小学校が開校した時に合わせて作られたもので、父の現地への取材には私も同行したので印象深いものがあった。柏井小学校は市川市の北部に位置し、鎌ケ谷に近く、当時は水田や畑地が広がる田園地帯で自然環境に恵まれていた。近くには縄文人の住居があったとされる姥山貝塚があるなど、歴史的な史跡も残っているところだ。歌詞は三番まで続くが、三番までの一貫したテーマは「梨」で、春は「梨の花」、夏は「梨の袋」、秋は「実り」が詠まれていて、四季折々の変化の鮮やかな環境の中で子供たちがのびのびと生活することを願って作られた。

ところで、このあたりは桜の花が終わり、一週間も経たないうちに梨の白い花が咲く。梨棚に沿って満開となる花は、辺り一面に甘い香りを漂わせる。ムクドリが花をついばみにやってくる頃になると、家族総出の授粉作業で忙しくなる。当時よりだいぶ都市化が進んでしまったが、梨畑だけは今も多く残っている。桜とはまた違った、白い雲を敷きつめた美しさはすばらしい。能村登四郎の作詞した校歌は、他にも五、六校あるようだが、毎日多くの生徒たちに唄い継がれているのだ。

四月忽々

平成十五年五月

役所勤めの私にとって、四月は年度始めの慌しさを経験しなくてはならず、ある程度のことは覚悟していたのだが、今年はいろいろな事が起きて多忙を極めた。

一番下の娘の紗恵は美容師になりたいとこの春専門学校を卒業し、親元を離れ千葉で寮暮らしが始まった。子供が親元から離れたことがなかったので、子供よりむしろ親の方が戸惑うことが多く落ち着かない日々を過ごした。

そんな矢先、私の方も四月の人事異動で財団法人文化振興財団の常務理事として文化会館の館長への派遣の命を受けた。

今までの仕事とも大いに関連する所であるので、仕事に対する不安はなかったが、土・日曜が必ずしも休みではないので、今まで指導していたそれぞれの俳句会の調整に苦労した。当分の間はスケジュールをやり繰りしなければならないだろう。

そんな慌しい年度始めであったが、いつも元気な妻の悦子が狭心症で近くの病院に緊急入院してしまった。幸い十日間で退院することができほっとしているが、家庭の中で妻が居ない生活は初めてであったので戸惑うことが多かった。しかし、子供たちが女の子であるので、妻の入院中も家事はきちっとやってくれ助かった。

夫婦共々、日頃の多忙で睡眠時間が足りなかったり不規則な生活が続いたからであろう。

妻の一病も良く解釈すれば、神様からの警告であったのかも知れない。これからは、私も五十を過ぎているので、余り過信しないで体に気をつけなくてはいけないとつくづく反省させられた。

働く者の俳句

平成十五年六月

北上市にある日本詩歌文学館の今年の常設展は「働く人たちの詩歌」と題して、詩歌作家が作品を寄せている。私にも俳句の依頼があったので、出品することにした。

一日で橋を架け替ふ冬景色

句集『鷹の木』に収められている一句で、私はこの句を選んだ。その解説には、「橋といっても、土水路という小さな小川に架かる木製の橋だが、村人にとって日常の生活には欠かせない。橋の架け替え作業は冬の渇水期に行うのが普通で、蕭条《しょうじょう》とした冬景色に職人の手際よい動きが清々しい」。

この企画の趣旨は、「働く」ことは、古くは高貴な者のすることではなく、卑賤なこととされていたが、現代になってこの考え方が一変し、仕事そのものが多様化すると共に、自らの生きる情熱を傾ける場として「働く」ことを捉えられるようになり、これを詩歌のそれぞれのジャンルで表現されるようになった。私も俳人であると同時に、勤労者として現役でいることから、推薦を受けたのではと勝手に解釈をした。父が昔出版した角川書店の『現代俳句作法』の中で、「働く者の俳句」という表題を掲げて一項目を執筆している。その中で「我々人間のほとんどが働いて食べているものであるから、自然とその働いていること自体が俳句の中に表れてくるようになるのは当然のことで、このことは詩や短歌にも現れた著しい傾向で、毎日生きていることに感謝するとともに、働くことによって生ずる喜びを、この平易な短詩でつづっていくことは、なんといっても意義が深いこと」と述べている。

この本は昭和三十年代に出た本であるが景気低迷が続く現代にまた、人々が原点回帰の意味で「働く」ことに関心を払い、そこに喜びを感じることは大切なことであると想う。

なお、会期は今年の五月から来年の三月二十一日までである。

真砂女さんの思い出

平成十五年七月

鈴木真砂女さんが三月十四日、九十六歳で亡くなった。これほど親しみ愛された俳人も数少ない。「卯波」には、常連というほどではなかったが、何度か訪れることがあった。いつも和服姿に白の割烹着で店を切り盛りする姿からは、八十を過ぎた人とはとても思えなかった。真砂女さんがNHK俳壇を担当されている時、二回もゲストにお招きいただいたが、その収録を終えても、「私はこれから店に出なければ」と言って早々にスタジオを後にされたことも印象に残っている。

登四郎は明治四十四年一月の生まれで、真砂女さんは明治三十八年十一月の生まれであるから、五歳余り上ということになるが、晩年はその歳の差を越えて遥かに矍鑠《かくしゃく》としておられる真砂女さんが羨ましかった。登四郎も生前はだんだん明治生まれの俳人が少なくなるなか、真砂女さんの活躍は励みにもなっていた。父は下戸であったので「卯波」には行く機会は少なかったが、真砂女さんは正月近くになるとお手製の「おから」を野村東央留さんを通じてわざわざ届けて下さった。父は豆腐が好きであったので、「おから」も大変気に入って喜んでいた。そして何より真砂女さんの気持が嬉しかったようだ。いずれにせよ、お互いに明治生まれの気骨というものがあった。きっと今ごろはあの世で明治生まれ同士、俳句の話でもしているのだろう。

あるときは船より高き卯波かな　　真砂女

羅や人悲しますす恋をして

冬に入る己れ励ます割烹着

路地住みの終生木枯きくもよし

戒名は真砂女でよろし紫木蓮

岳父の死

平成十五年八月

七月に入って間もなく、やっと時間がとれたので、妻と次女、義母と連れ立って安房鴨川に入院している岳父を見舞った。四月に私が職場が変わったこと、妻の入院など落ち着かない日々が続いたので、三カ月ぶりの見舞いであった。鴨川までは市川から百二十キロ位あるので簡単に行き来できる所ではなかったが、一部高速道路も整備されたので、以前ほど時間がかからなくなった。

見舞いに行った七月一日から病状が思わしくなくなった。医師の話では急変する心配は無いとの事で、一応帰宅したのだが、四日になって病院より連絡が入り危篤状態に陥った。家族と共に再び病院に駆けつけたが、幸いこの日は小康を得た。病弱な義母が看取ることは無理なので、この日から何日間か妻と娘が病院の近くに泊まって看病することにした。

その後病状が落着いたので、疲労が見え始めた妻と娘を一旦市川に戻らせ、私の休みを利用して一緒に行くことにしていた。ところが十四日の未明、病院から亡くなったとの知らせを受けた。

岳父は、戦争中、中国本土の実戦にも参加したという。戦後は電力会社に勤めよい家庭を築いた。後年、私たち夫婦が子育てや病弱な両親を抱え、さらには「沖」の発行事務もこなさなければならなかったことから、近くに居た岳父は毎日私の家に来ては、子供の面倒を見ながら句集の発送などを手伝ってくれた。とても誠実な人で、父登四郎とも気さくに声を掛け合っていた。

葬儀の日、子供が小さな時に祖父と撮った写真をアルバムから持ってきたが、孫の世話をしている岳父の顔は穏やかそのもので、多忙な私たちを助けることに生き甲斐を感じているようであった。晩年は空気の良い九十九里の近くで余生を送っていたが穏やかな八十四年の人生であったように思う。

合掌

軽井沢の夏

平成十五年九月

今年は、八月に入っても余り気温が上がらず、景気の悪さと相俟って何となく淋しい夏だ。

文化会館はお盆にメンテナンスを行うので、思いがけずまとまった休暇をもらった。本当はこんな時こそじっと家にいて仕事をすればよいのだが、やはりじっとしてはおられず、家族の中で都合がつくものと一緒に軽井沢へ出かけることにした。

軽井沢へ行く理由の一つは、山荘で静養中の詩人、宗左近さんを訪ねることであった。宗さんの山荘には四年前にも訪れたことがある。

今回は、市川市との文化交流の足がかりをつけるため私が八月にスウェーデンに行くことになったので、渡欧前にスウェーデンの文化事情に詳しい宗さんから話を伺うことが目的であった。

宗さんはストックホルム大学の日本語学科で教鞭をとっておられたことがあり、親日家の多いこと、俳句も盛んであることなど語って下さった。

ところで軽井沢は子供が小さい時から、北軽井沢のコテージを借りていたが、今年もそこを予約した。周辺の観光スポットは、殆ど行っているので、「軽井沢高原文庫」の「谷川俊太郎展」と「浅間縄文ミュージアム」で開催している「武満徹展」を見に行った。

谷川俊太郎も武満徹も、こちらに山荘があり、親密な交流があったようだ。一つのジャンルにとらわれず、詩人、作曲家、作家などの交流があり、それがお互いの創作活動の領域を広げる結果ともなっている。軽井沢には他にもたくさんの文化人の山荘があるが、東京の喧騒を離れて、少しタイムスリップをした時空間の中で、真の心の交流ができるのだろう。

北欧紀行

平成十五年十月

八月終りの一週間、北欧のスウェーデンに旅行した。同行者は役所の関係で市長の他職員十名であったが、公務の出張ではなく、あくまでもプライベートの視察旅行であった。

ヨーロッパは今までに二度行ったことがあるが、北欧は初めてで、憧れの地でもあった。登四郎も『欧州紀行』というエッセー集を出しているように、三週間に渡ってヨーロッパを旅しているが、北欧までは足を伸ばすことが出来ず、今度行くなら北欧には是非行ってみたいと口にしていた。

今回は一週間という短い時間であったので、スウェーデン一国で、首都のストックホルムと二番目の都市で北海に面したヨーテボリという都市をまわった。日本からは十一時間、コペンハーゲンで乗り換えストックホルムに着いたが、飛行機の窓からは森と湖の続く景色を見ることが出来た。気候も日本の暑さと違って、十月の終りぐらいの気温で、Tシャツの人、薄いコートを羽織った人と様々であった。ストックホルムは、北欧のベニスとも言われ、バルト海の入口で海と湖が入り組んだ中に、中世の古い建物が建っていて歴史を感じさせる古都の街並であった。ノーベル賞の授賞式が行われる市庁舎などもストックホルム市長自らに案内をしていただいた。

ストックホルムでは、滞日中、俳句や日本文化に関心の深かったラーシュバリエさんにお会いすることが出来、今後俳句を通しても両国が交流できるように色々お話を伺った。

ホテルはガムラスタンという王宮がある旧市街で、海に囲まれた島の上にあった。期待していた白夜は、六月頃が一番良い時期だそうだが、それでも夜の九時ぐらいにやっと暗くなる。天気がよかったかと思うとすぐに時雨のような俄雨があったり、時ならぬ虹を見ることも出来た。

今回は慌しい旅であったが、近いうちに今度は北欧四カ国をゆっくり旅行したいと思っている。

自由に個性的に

平成十五年十一月

俳人として困ることは、色紙や短冊に揮毫すること。もともと書が苦手なので、公民館講座などにも通ったことがあったが、中々誉めてもらえないので長続きしなかった。筆を持つ基本が出来ていないのかと、やや悲観的な思いにも駆られた。

しかし、否が応でも、書かなければならない。

だからといって書道を基本から学ぶ時間もないので、娘の高校の書道の先生にお手本を書いていただくなど即席のご指導をいただいている。

先生は、私の時間がないことを百も承知しているので、無謀なお願いを聞いてくださり、ある時はファックスでお手本を送ってくださることもある。以前教わったときは先ず基本からと、言われたりしたが、今は、自由に個性的に書けばよいと励ましてくださる。

その言葉に勇気を得て、俳人は書家ではないので、自分流に下手でもよいから個性を出せばよいと思うようになった。

最近では、「沖」の句会などの賞に出す色紙、短冊の他に俳書展などへの揮毫の依頼もあり、あくまでも個性的に、自由にと自分に言い聞かせながら書いている。

書は齢と共に自然と枯れてくるものだと言われているが、果たしてそのようになれるのかと、少し不安を抱きながらも期待している。

今日もこれから高山の同人研修会用の短冊を書かなければならない。

一年の早さ

平成十五年十二月

十二月は俳句関係の出版社から相次いで「年鑑」が刊行されるが、ここに出す一年間の代表句などの締切りは、まだ暑さが残っている秋の初めころである。この依頼が来ると、つくづく一年の速さに驚かされる。「年鑑」の他にも十二月号の雑誌は、一年を総括するような企画が総合誌を飾り、いよいよ慌しさを増す。

私は、十二月が誕生月でもあるせいか、この慌しさが性にあっているようだ。元々追い詰められないとうごかない性格なので、締切りまでの時間があると思うと、すぐに仕事に取り掛かれない。締切り間際であれば、何とかそれに間に合わせるように集中力も増してくる。

十二月は公私とも忙しい時期ではあるが、一年の区切をつけるべく、溜まっている仕事は是非とも片付けたいと思う。二足の草鞋を履いていることにもよるが、時間の使い方の工夫をもっとしなければならないとも思う。

今年は勤務の関係で、土曜、日曜、祝日と連続して休めなくなったこともあって、句会の予定が大きく狂ってしまった。同人句会なども私のために日程を変えてもらったりして、すまないと思っている。ただ、火曜日が休みとなって、ここには、余り句会の日程がないので、思わぬ所で自分の時間が出来た。そのお陰で、長年纏めることができなかった自分の第五句集の整理にも着手することが出来た。こうした時間配分の中、毎月決められた仕事をこなす他に、どれだけ自分の時間を作り出すことが出来るかが問題で、とにかく頑張らなくてはならない。間もなく新しい年を迎えることになるが、自分に与えられた時間をうまく遣り繰りして、よい仕事が出来るように心がけていきたい。

父からもらった序句

平成十六年一月

この一月「沖」が四〇〇号を迎えることもあって、私の五番目の句集を出すことになった。『磁気』を刊行したのが、平成九年の秋であるから、六年が経ってしまった。もっと早く纏めたいと思っていたが、日常の忙しさにかまけて延び延びになっていたものである。

題名は「滑翔のちからを貯めて鷹渡る」の句から『滑翔』とした。「滑翔」は鷹が渡る時、羽ばたきを止めて飛翔することで、エネルギーを無駄に費やさない鷹の知恵でもある。第一句集の『騎士』以来、『海神』『鷹の木』『磁気』と硬質なイメージの題名をつけているので、この名にした。

今回の句集の刊行は私にとって、主宰の継承、父登四郎との別れと人生の大きな節目ともなったので、その感慨は深い。

今までに刊行した句集には、父からいろいろアドバイスはもらったが、序や跋を一度も書いてもらったことはなかった。

ただ、今度の句集には、あとがきの中でも述べたが、私へのメッセージとでも言うべき父の一句がある。

楪やゆづるべき子のありてよき　登四郎

父の最後の句集『羽化』に収められていて、私が平成十年に「沖作品」の選を行うようになった時の句で、今にしてみれば一誌を継承することの重みと責任を感じる一句でもある。

句集『滑翔』には、扉に序句を配する形はとらないが、私の心の中では父からもらったたった一度の序句にしたいと思っている。

地方歳時記の意義

平成十六年二月

三年前から、故沢木欣一先生の後を受けて金沢に本社のある「北國新聞」の「北國俳壇」の選を担当している。能村家が能登や加賀にゆかりがあるので、自分にとっても意義のある仕事と思って引き受けさせていただいた。新聞の投句は、北陸独特の祭りや行事、人々の習俗も詠まれているので、選をする方も勉強しなくてはならない。ところで、その「北國俳壇」の創設百年を記念して、「北國俳句歳時記」が刊行された。六百ページに及ぶ大冊で、一九〇三（明治三十六）年から現在に至るまでの二五〇〇人余りの作品約一万五千句で構成されている歳時記である。改めてこの欄の歴史的な重みを再確認した。新聞に俳句欄が設けられたのは明治時代で、現代のような俳句雑誌や結社などの媒体がなく、新聞が文学運動の論争の場としても大きな役割を果たしていた。新聞を中心とした俳壇隆盛の動きは、中央にとどまらず地方新聞にも次々と波及し、文芸的土壌が醸成されている金沢にも、そのうねりはいち早く波及した。

革命の裏切をして墓参かな　室生　犀星
蚤捨てし裏川蛍飛ぶ夜に　河東碧梧桐
吹雪く道ときに輝く木もありぬ　西村　公鳳
雪原に軍馬円舞の脚高く　沢木　欣一
月光が部屋に一杯林檎噛る　新田　祐久
風の中呼び止められし寒の僧　市堀　玉宗

ここに挙げた作者名だけでも錚々たる方々が続くが、今では見られなくなったそれぞれの時代の風俗、歴史が詠みこまれ、この歳時記から北陸俳壇史の百年がしっかりと浮かびあがってくる。また、北陸特有のあまめはぎや春鰯の句なども収載され、地方歳時記ならではの特色が生かされている。

小さな町の図書館

平成十六年三月

先日、本阿弥書店の二十周年を記念した新年会が開かれた。その冒頭で挨拶された歌人の篠弘氏が「沖」の話をされた。歌人が俳句雑誌のことを話すとは思ってもみなかったので驚いた。話は「沖」十一月号に書かれた林翔先生の五百字随想「老いの句」の中から、「老いの嘆きを詠むのでなくもっと前向きに」という文を紹介され、高齢化時代の詩歌の詠み方について話された。その話の内容もすばらしかったが、忙しい歌人協会会長の篠氏が、俳句の結社誌を詳しく読まれていることに驚いた。早速、お目にかかり、ご挨拶の中で「沖」を取り上げていただいたことにお礼を申しあげたら、「貴方の文章もよく読んでいるよ」と言われ、一月に書いた文章のことを話題にされた。面識のない私のことまで気にかけていただいていることを知り、冷や汗が出る思いであった。

その翌日仕事を兼ねて山形県の川西町にある「遅筆堂文庫」を訪ねた。市川に長く住んでいた井上ひさしさんが、故郷の川西町にご自分の蔵書十三万冊を寄贈したものを収蔵閲覧する図書館で、今でも毎月井上さんから本が送られて来るという。中には、井上さんが付箋や傍線を引かれた本もあり作家がいかに本を大事にしているかがわかった。そこには、俳句の本もあって、登四郎の『菊塵』など三冊の本も並べてあり、さらに私の第二句集『海神』と出会うことが出来たのが嬉しかった。当時、井上ひさしさんにお読みいただくために送ったもので、大切に収蔵されていることに感激した。小さな町の図書館でまで読まれているのは、大変ありがたくうれしいことである。私も句集や雑誌をいろいろ送って頂くが、忙しさにかまけてよく読まないこともあり、今回の篠弘さんや井上ひさしさんの本に対する愛情というか、本を大切にされる気持に感動し、反省させられた。

永井荷風展

平成十六年四月

三月十三日から市川市文化会館で「第五回市川の文化人展」として「永井荷風展」が開催されている。今回は「荷風が生きた市川」と題して、荷風の作品『葛飾土産』などに描かれているありし日の市川の風景や印象を紹介すると共に、当時の荷風を知る人の評言や写真なども展示し、市川での荷風の暮しぶりについても紹介している。

私も昭和三十六年まで荷風終焉の地から四五百メートルの所に住んでいたので、ほぼ生活圏は一緒で、馴染みの店なども共通して親しみを感じる。現在京成八幡駅から八幡小学校へ行く商店街の通りは、昔「荷風通り」と名付けようという話があったそうだ。

日本最高の日記文学と評される『断腸亭日乗』にも、「大黒屋」や「菅野湯」、「八幡三菱銀行」などが実名で登場し、私にとっては馴染み深いものがある。

今回の荷風展では商店街の文房具屋さんや和菓子屋さんに荷風が買い物に来た時の話も紹介されている。

まさにこの商店街には、今もなお荷風の面影を垣間見ることができる。

文京区の千駄木は、昔から森鷗外や夏目漱石が住んでいたことから街路灯の下に「文豪の町」というプレートが掲げられており、又、谷崎潤一郎記念館のある兵庫県芦屋市なども市民が一緒になって一人の文豪を顕彰している。

市川も今回の荷風展をきっかけに少しは「市川の荷風」という意識が高まり、何らかの形で顕彰される機運が生れてくれれば良いのだが。

白い車

平成十六年五月

三月十九日に同人の小沢きく子さんが亡くなった。二月に出先で倒れ入院、手術を行ない一時は快復されたと聞いて安堵していたが、急変して帰らぬ人となってしまった。

小沢さんは「沖」に入会する前から先師登四郎が指導する「平田句会」から、そのまま「沖」に参加された方である。

発行所に近いこともあったが、「沖」のため献身的に手伝っていただいた。発行所に集った同人投句用紙を林先生の所に車で届け、選句を終えたものを編集部へ、「沖作品」についても、私が選句を終える都度編集部に届けていただいた。この他にも近くの書店に「沖」を委託販売のために届けたり、句会の会場取りを何カ月も前からの予約抽選に朝早くから並んでいただいた。また勉強会などの大会では句集などを含めた販売の仕事を自らの車で運びながらやってくださった。

先師登四郎が元気だったころは句会場まで車で送迎してくれたり、地方に出かけるときも家に迎えにきていただいた。

あの小沢さん専用の白い車は今ごろどうなっているだろう。主を失ってどこかの駐車場で静かに休んでいるのではないか。

自分のことは二の次にして、こころよく手伝ってくれた小沢さんと、あの白い車に心よりお礼を申し上げたい。

川柳作家・久良伎の句碑

平成十六年六月

市川市の北西部国分の台地の、森に囲まれた中に建つ国分寺。現存する建物は江戸・明治以降に建てられたものだが、古くは天平時代聖武天皇の命によって全国に建てられたものの一つで、下総国分寺の中心は現在の国分寺とほぼ同じ場所にあった。

その境内の本堂の右手奥に、大きな矩形の川柳句碑が建っている。

五 月 鯉 四 海 を 呑 ま ん ず 志　阪井久良伎

作者の阪井久良伎《くらき》は明治三十六年頃から川柳革新の主軸を担った人で「川柳中興の祖」とも言われた。昭和六年から市川に隠棲しながら川柳の本道を説き、市川真間において昭和二十年に逝去した。

横浜で生れた久良伎は新聞「日本」の記者となるかたわら、同じ新聞社にいた正岡子規とも親交を深め、当時子規が俳句革新を終わって、和歌革新の機運が高まったとき、第一声『歌よみに与ふる書』に示唆を与えたのは久良伎であったが、しかし久良伎は子規に兄事した。最初は歌人を志したが、川柳作家に転じたのは子規の影響による。

句碑となった久良伎の川柳、自らの書を刻んだものだが、その筆勢のごとくに、深まる志を高らかに詠んだもので、五月鯉そのものに成り代わった作者自身の気持は、四海とは日本を取り囲む四海であるから、日本全土にその志を押し示したのだ。

「呑まんず」の「ず」は打ち消しの意味ではなく、文語でいう「むず」で「むとす」と同じような意味をもち、「む」より強い語調の時に使われるようで、こんな所にも作者の志の深さと強さがうかがえる。

なつかしい原稿用紙

平成十六年七月

毎月の「沖」や新聞の評など全ての原稿は、パソコンを使って、それを即、印刷所や出版社へメールに添付して送っている。少し前までは、ワープロ原稿をファクシミリで送っていたが、時代の変化に伴って、それに合わせるような対応が迫られている。確かに、このシステムは便利で、もう後には戻れなくなってしまったが、時代に馴らされていく自分に気付くと恐ろしくなる。

昔は原稿用紙の桝目を一字一字埋めていったが、今ではその頃がなつかしい。推敲していくうちに何度も消しては書き加えたり、朱筆を入れたりして、一つの原稿ができあがった。パソコンで原稿を作れば、どんなに推敲しても、その汗の結晶の部分は残らず、清書された原稿だけが残る。しかも印刷所や出版社に送られた原稿は、かつてのような植字工の手を経ず、原稿そのままが入力され、極めて合理的な処理がなされる。私の職場でも、朝出勤するとまず最初に、それぞれのパソコンにスイッチを入れてメールの受信をチェックする。昔のように紙に書かれたお知らせが回ってくることもなく、自己責任においてそのメールからのお知らせを見るのが日課である。職場の大半の人が、黙々とパソコンに向かっている姿はある意味で無気味で異常な世界でもある。

先日、文化会館で井上ひさしさんの文章講座を企画したが、井上さんが開口一番言ったことが、この講座の三日間はワープロやパソコンから離れて、原稿用紙の使い方を勉強してほしいと言われた。確かに、パソコンやワープロで書いた原稿からは字間、行間から溢れ出る息づかいは伝わってこない。余りにもいろいろな事が便利になって機能的にはなるが、人間に何かが失われていくように思えてならない。

井上ひさし先生

平成十六年八月

七月一日、市川駅の改札口で井上ひさし先生を待っていた。予め電話で約束していた快速電車からは、こまつ座の高林さんが降りて来られた。井上先生もご一緒と思っていたが、結局間に合わなかった。高林さんも、ここで芝居の台本を受け取ることになっているというので一緒に待つことにした。三月に三日間連続の文章講座をしていただいた時も、同じように市川駅で出迎えたので、遅れて来られるのは覚悟していたが、一電車遅れただけで、階段から降りて来られほっとした。

この日は、井上先生が私の勤務する市川市文化振興財団の理事長に就任される日で、市長から辞令の交付式が行われることになっていた。井上先生は、かつて二十年近く市川に住んでおられた。昨年の「市民文化賞」を受賞されたのを機に、市民からも井上先生が市川に関わっていただくことを熱望する声が起こってきた。

先生が就任されるまでには、私も「おっかけ」状態で、ペンクラブの懇親会でお話をいただく機会を伺ったり、浅草の木馬亭での浪曲の会で講演されると聞いてそこへ行ったりもした。井上先生が財団理事長に就任下さったことがまだ夢のようでもある。先生は、機会を得て文章講座や戯曲講座の他、「遅筆堂文庫」のある山形県川西町や館長をお務めの「仙台文学館」と連携して、蔵書を市川でも見られるようなネットワークシステムを作りたいとその思いを述べられている。

市川は、永井荷風や水木洋子の終焉の地であるにもかかわらず、文学館がない。そういった面でも井上先生のお力に期待するものは大きい。私にとって財団理事長としての、井上先生との関係を得られたことは、役所の仕事だけでなく、私の生涯にとっても、大きな潤いとなりそうだ。

美術館めぐり

平成十六年九月

この秋、市川に初めての美術館がオープンする。その管理運営を私が勤める文化振興財団に任されることになり、開設に向けての準備で大童だ。

そんなことで、夏休みのわずかな時間をさいて、又プライベートの旅行をしていても、ついその旅先の美術館や文学館に自然と足が向いてしまう。

八月の初め所用で金沢と能登に旅行した。金沢はさすがに文化の香り高いまちで、美術館、文学館そして文学詩碑がまち中に点在していて、訪れるたびに少しずつ見るのを楽しみにしている。今回は、室生犀星が幼少時代を過ごした犀川のほとりにある雨宝院と室生犀星記念館を訪れた。一、二階の吹き抜け部分には年代順に詩集の初版本が並べてあった。展示室には犀星が書いた書簡、原稿、初版本なども展示され、萩原朔太郎など犀星のもとに集まった仲間たちの軌跡をたどることができた。

お盆休みには、いつも家族と軽井沢に行くことにしているが、今年は、深沢紅子美術館と軽井沢高原文庫、さらには追分の堀辰雄文学記念館に行った。どこも軽井沢にふさわしく自然を満喫しながら美術や音楽に触れることができた。追分にある堀辰雄文学記念館は大きな庭に晩年を過ごした住居と愛蔵書を収めた書庫などがあり、この家の居間から病苦と闘いながら庭を眺めていたのだろう。

この夏は多くの文学館や美術館を巡り堪能できたことは有意義であった。

月山に登る

平成十六年十月

九月十一日、十二日に山形の藤島町で行われた「土田竹童顕彰全国俳句大会」に招かれた。山形県といっても、「沖」の山形支部がある河北町は山形新幹線で行くが、ここは新潟から羽越線で約二時間、途中村上からは車窓に日本海の海に浮かぶ飛島を見ながらの行程で、反対側には出羽富士と呼ばれる鳥海山の端麗な姿も見ることができた。鶴岡の駅には阿部月山子さんが出迎えてくれた。阿部さんは「春耕」の主要同人でいつも俳壇のパーティでお会いして親しくしていただいている方だ。

鶴岡の町を散策のあと、月山の八合目まで車でご案内いただいた。月山はこれまでは河北町、山形市側から見ていた山だが、庄内側から見る姿も美しい。芭蕉が「奥の細道」で

雲の峯幾つ崩て月の山

と詠んだ所で、山伏たちの修験場として尊崇されてきた。

八合目から木道を歩いて散策したが、秋の訪れが早いのか高山植物は見ごろを少し過ぎていた。阿部さんは、地元の方なので、多くの高山植物の名をご存知で、普通の人が行かないような行者道にも案内して下さった。昔、芭蕉は何合目かまでは馬を使ったようだが、月山の頂上まで登り、行場にまで降りていったというから、その健脚ぶりにも驚かされた。

月山の行場はすでに霧ごめに　研三

月山を下りると、夕方になってしまったが、羽黒山の五重塔を見せていただいた。森閑とした杉木立の中に聳える三層の檜皮葺、その素朴さがかえって重厚な感じを醸し出していた。冬は雪で閉ざされるというが、杉木立に囲まれた五重塔が雪を被った幽静な姿を想像し、今度はぜひ冬に訪れたいと思った。

俳句と読書会

平成十六年十一月

毎年十一月五日は、市川市民文化賞の贈賞式である。平成十年から市民が市民に贈るユニークな賞として始まったものだが、光栄なことにその第一回の文化賞を能村登四郎が、平成十三年の第五回目には林翔先生が、それぞれ受賞した。その後本賞にさだまさし、井上ひさしと著名な方が続いた。

そして本年の第八回目の市民文化賞の奨励賞は渕上千津さんが受賞された。渕上さんはもちろん俳人としての功績が対象になったが、この他に長年読書会活動をされていて、市や県の読書会連絡協議会の会長を何期も務め地域の文化発展に貢献されたという理由による。

渕上さんは、「沖」の創刊以前から私の家においでいただいている方で、個人的にも今回その功績が認められたことはうれしい限りだ。というのは、ほとんど父と旅行しなかった母を、読書会の一員に加えていただき、旅行に連れ出してもらったことがある。寝たきりの祖母の看病が終わり、母が旅に行くことが出来た時期は今から思うとほんの限られた短い期間であったが、その間にいろいろな所へ連れて行ってくれた渕上さんの温かさは本当に有難かった。

そして母が亡くなってからは、父が俳句の用で出かける時は、必ずといってよいほど北川英子さんと一緒に旅へ付き添ってもらった。登四郎は余り大きな荷物を持たなかったが小さなカバンを持つ役目は渕上さんであった。

渕上さんは「沖」の幹部同人であることはもとより、個人的にも能村家の近くにいて細かいことにも気を使ってくださる方であり、今回の受賞は登四郎も母も喜んでいるに違いない。渕上さん本当におめでとうございます。

母校で語る

平成十六年十二月

私が中学高校を過ごした市川学園は、先師登四郎や林翔先生が長く教鞭をとった学校であるが、俳句の話をしてほしいという講演の依頼があった。

市川学園は先代の古賀米吉先生の時代から、「個性の尊重と自主自立」を教育方針に掲げ、自分で自分を教育する「第三教育」を推進しているユニークな学校である。私立学校なので、生徒は土曜日も学校に来ることになっているものの、普通の授業は行わず、正に第三教育を推進する場として「土曜ゼミ」「土曜講座」に自らの意思で参加できるようになっている。

今回私は、その「土曜講座」のプログラムの中で一時間半の講演を行うことになり、在校生、父兄、教職員、それに一般市民の方も加わっての講演会となったが、俳句の魅力、楽しさについて、市川学園にゆかりのあった、登四郎、翔、耕二の句を掲げて話をした。目の前で居眠りをする生徒がいる反面、私の話すことを熱心にメモする生徒もいるなど様々であったが、高校二年生の生徒の二人が講演が終わったあと私の所へ駆け寄って来て、俳句を教えてほしいと言ってくれたことはうれしかった。この頃から俳句を始めて大人になるまで続けば、この上ないことだが、この後の受験、大学、就職という社会のプロセスを経て行く中で、とても俳句を続けなさいとは言えず、講演では、高校時代に一度俳句を創っていれば、いつか落ち着いた時に俳句に親しむようになるからと、半ば中断することを前提として話した。駆け寄って来た生徒たちには、若いうちから創り続ければ、若い時にしか詠めない俳句も詠めるからとアドバイスをしたが、果たして今から俳句を始めてそれを続けることが出来るかどうか気になるところだ。

今回、母校で話をする機会を与えられたことは、大変うれしいことであった。

音楽夢くらべ

平成十七年一月

ＮＨＫのラジオで「音楽夢くらべ」という番組があった。これはある音楽を聴いて、個人個人のイメージを随想風に感想を述べるものであるが、「沖」の創刊同人であった故久保田博さんも、この番組に出演したことがあった。

今のように映画やテレビの映像中心の考え方ではなかったので、五感のうちの耳で聴いた音だけで、自分のオリジナルな世界をイメージすることができた。

私が、市川学園に入学したときの一年生の担任は、新任の若い音楽の先生だったので生徒からも人気があり、中でも音楽鑑賞室でクラシック音楽のレコードを聴かせてもらう時間が楽しかった。そしてただ聴くだけでなく音楽を聴いた時の感想をノートに書き記すようにいわれ、しばらくそれを続けた。演奏の良い悪いなどよりも、さきほどの「音楽夢くらべ」のような感覚で曲のイメージを自由に書いた。そんなことをしているうちに、クラシック音楽が好きになり東京で開催される交響楽団の演奏会にも足を運ぶようになった。まだ学生だったので、チケットを買うお金もなく、テレビの公開放送を往復はがきで申し込みながら生の演奏を聴いた。一時は、ベートーベン、モーツァルト、ブラームスなどの交響曲は序奏だけで、曲名を当てることもできた。

市川市文化会館の仕事で、在京の交響楽団のＮ響、都響、東フィルなどの事務所をまわり室内楽アンサンブルの演奏会の企画交渉をしている自分の立場が不思議でもある。

クラシック音楽の専門的な知識など全くないが、中学時代からのささやかな経験が何とか今の自分を支えてくれているようにも思える。

日だまりの写真

平成十七年二月

暮の大掃除をしていたら、一枚の写真が出てきた。普段から整理の悪い方なので、探しているものが簡単には見つからず、時間と労力が必要だが、今回は神様が目の前に落としてくれたような偶然に出あった。その写真というのは、もうだいぶ前に亡くなった門岡木偶子さんが撮ってくれたもので、市川学園の日だまりで、先師登四郎と、林先生、福永先生の三人が休み時間に談笑しているもので、かれこれ三十年位前のものかもしれない。

私も卒業生なので、当時の校舎の配置はしっかりと記憶しており、撮影した場所がどこか特定でき、被写体の三人の先生もさることながら懐かしい一枚の写真であった。

この校舎は私の自宅から二、三分の所にあり、いつも始業ベルぎりぎりに走りこむ習慣がついてしまった。自宅より校門までは近く、校門へ入ってから校舎までの方が時間がかかったほどだ。

そんな懐かしい市川学園の校舎も数年前取り壊され、歩いて十分ほど奥に入った所に新しい校舎が建設された。少子化に伴う男女共学を導入するための建設であったが、卒業生の一人としてはさびしいものがある。

本号にも三十五周年事業の一つとして案内が掲載されたが、三月二十六日に登四郎、翔、耕二の三先生の「学園句碑」が建立されることになった。建立される位置は、三先生が奉職されていた時代、職員室があった付近で、さきほど偶然に見つかった写真の撮影現場でもある。いずれにせよ、三先生が長年通った市川学園に句碑が建立される縁は大変うれしい。句碑建立を喜んで賛成してくれた、市川学園のご好意もありがたい。この写真はいずれ、「沖」にも掲載されると思う。

編集部の旅行

平成十七年三月

「慰安旅行」という言葉は、現代にはおよそ似つかわしくない言葉になってしまったが、なつかしくもある。仕事の上司や仲間と、休みの時まで一緒に旅行をしなくても良いと思った時代もあったが、時間の調整が出来る限りなるべく参加することにしていた。しかし、最近の職場では合理的、個人主義的な考え方が大勢を占めるようになって、旅行積立もなくなり、職場の仲間と貸切バスに乗って、温泉旅館で宴会をするなどという考えは全く無くなった。上に立つものとしては何か寂しいものがあるが、時代の趨勢と考えると仕方がないことかも知れない。現在の職場は、交代勤務もあって一緒に休みをとれないが、せめて休館日に日帰りで、美術館などを巡るツアーを企画しても、限られた有志しか集まらない。しかし「沖」の編集部には、その習慣が残っていて、毎年比較的時間に余裕のある二月に行なうようにしている。私も誘いを受ければ都合のつく限り参加することにしている。

昨年は富山県氷見の「寒鰤ツアー」、一昨年は館山支部の遠藤真砂明さんのお世話で房州へ、かつては北川英子さんが編集長時代に韓国へ旅行したこともあった。「沖」の人たちとは、勉強会、同人研修会や地方大会など、旅行する機会は他にもたくさんある。編集部の旅行は、句会などの時間を設けず、自由に散策しながら親睦を深めるいわゆる「慰安旅行」的な旅であるが、俳人精神が備わっている編集部員だけあって、帰ってきてからの作品の出来もすばらしい。今年は、昨年の横手で行なった東北大会がきっかけで、池田崇さんのお世話で、二月十五日からの「かまくら」と梵天祭りを見ることができた。編集部は三十五周年記念号の編集を控え、これからが忙しくなるが、東北の雪景色の中で束の間の休息をとることができた。

耕二先生の思い出

平成十七年四月

落葉松を駆けのぼる火の蔦一縷

このほど、「学園三師句碑」に刻まれた福永耕二先生の句である。今度の句碑は、三人の先生が長年勤めた市川学園に建立される。学園に在学する中高生にもなるべくわかりやすい句を選び、それぞれの句の季節も、登四郎が春、翔が夏、そして耕二が秋の句の中から選ぶことになった。ただ、先生は若くして亡くなられているので、色紙や短冊に揮毫されたものを探してくるのも大変な作業であった。私も初学時代、「二十代の会」で指導を受けているときに揮毫していただいた色紙や短冊を何枚か持っていたが、そのほとんどは句会が終わった後、居酒屋で俳句の話に花が咲きその勢いで揮毫していただいたものが多く、その余白には酒の染みなどもついていた。

今回は耕二夫人、美智子さんのご希望もあって句集『踏歌』に収められている、尾瀬で詠んだ「落葉松」の句になった。この色紙を探すのにも苦労があった。「沖」や「馬酔木」で直接謦咳を受けた人たちにもいろいろ尋ねたりもした。郷里の鹿児島の文学館には、貴重な揮毫作品があるとも聞いていたが、今回の句の色紙は無かった。結局愛知支部の柴田さん、羽根さんが耕二先生宅に贈った、色紙状の御影石に刻んだものを夫人から借り受けて、それを写して石碑に刻んだ。石から写すので心配もしたが、出来上がりをみて安心した。

かつて鹿児島の、耕二先生の墓参りの帰り、東シナ海に面する千貫平の丘の上に建つ耕二句碑の筆跡をなつかしく思ったが、今度は自宅にほど近い、私の母校の思い出の地に三人の先生の句碑が建つことで、しばしば先生に出会えるようでうれしい。

登四郎と湘子

平成十七年五月

四月十五日、藤田湘子が亡くなった。十代で水原秋櫻子に師事し石田波郷の後を継ぎ「馬醉木」の編集長を務め、先師登四郎と林翔と三人が巻頭を競った同時代作家であった。「能村登四郎年譜」の昭和二十二年の項を見ると、〈三十六歳。「馬醉木」二句より三句に上り、新人養成機関である新人会に加わり、篠田悌二郎の指導を受けた。メンバーは藤田湘子、林翔、殿村菟絲子《としこ》、馬場移公子《いくこ》など、毎月丸ビルにおいて熱心な研究会が行われ、遅蒔きながら俳句に熱中できるようになった。〉とある。湘子は登四郎より十五歳年下であったが、良きライバルの一人であったことが窺える。

登四郎の句に、

敵手と食ふ血の厚肉と黒葡萄

というのがある。昭和三十七年の作品で句集『枯野の沖』に収載されている句である。その二年後の昭和三十九年に湘子は俳誌「鷹」を創刊したが、親雑誌の「馬醉木」とうまくゆかなかったようで、この成り行きを登四郎は静かに見守っていた。しかし「鷹」は俳壇を代表する結社となり、多くの俳人を輩出した。登四郎はその六年後の昭和四十五年に「沖」を創刊するが、その気持ちの中には「鷹」という雑誌の存在を十分に意識していた。後に私が編集に携わるようになってから、「鷹」の誌面の都会的で洗練された雑誌作りを勉強するように言われたこともあった。湘子は数年間、「鷹」誌上で一日一句を発表するなど、その闊達な活動は多くの人に影響を与えたが、登四郎が七十を越えて俳句総合誌に百句などの大作を発表したのも、湘子の一日一句から刺激されたようにも思える。湘子は、父と同門であったことから、私をも温かく見守ってくれた俳人で、「俺を親戚のおじさんと思え」と言ってくれたこともあった。代表句としては「愛されずして沖遠く泳ぐなり」。

きっかけは旅

平成十七年六月

火を焚くや枯野の沖を誰か過ぐ
春ひとり槍投げて槍に歩み寄る

『枯野の沖』の代表句と言えば、この二句がすぐに出てくるが、共にこの頃の句風を代表する特徴と言われ、句材を心に濃く投影させた心象俳句と言われている。制作年代は「枯野の沖」の句が昭和三十一年で、ルポルタージュ的な俳句を作った「合掌部落」の時代にほど近く、「春ひとり」の句は昭和四十二年で「枯野の沖」より十一年、句集では後半の部分に位置する。「枯野の沖」の句が、自らが言う「冬の時代」のトンネルの入口だとすれば「春ひとり」の句が出口であったかも知れない。しかし、登四郎は「冬が去って春がやってきた訳でなく、私は荒涼たる枯野の旅をつづけている」と言っている。

登四郎は第一句集『咀嚼音』、第二句集『合掌部落』そしてこの『枯野の沖』と、加齢と共にその時々の自らの作風に対して深い反省と沈黙と後悔があった。評価を受けても、自らの俳句に立ち向かう姿勢を厳しく位置づけた。「枯野の沖」の句を発表した昭和三十一年頃は、『合掌部落』で現代俳句協会賞を受賞した直後で、俳句を総合誌に発表する機会も多くあったが、その批評も厳しかったようだ。そして大きなスランプに陥り、総合誌で二、三回叩かれ、次は無視をされてお呼びがかからなくなった。しかし、この間虚しい気分を払いながら俳句を続けたが、それを克服するために幾度か大きな旅に出かけた。私は、登四郎にとって長い長いトンネルを抜けるきっかけは、やはり旅にあったように思う。

納戸神へとごきぶりの疾走す　（長崎）
火の国の火の山の今炎天時　（阿蘇）
桜島父とし仰ぎ烏賊を干す　（鹿児島）

昭和三十九年夏休みを利用して一人で九州に三週間の長旅をし、多くの雑誌に作品を発表した。この旅で鹿児島に寄ったことがきっかけで、福永耕二が上京することになる。

九十九里の前田普羅

平成十七年七月

千葉県人は、昔から気候が温暖で、米や農作物がよく採れた所であったため、気質はおおらかでハングリー精神に欠けており、歯を食いしばって世に出るような人がいないところと言われていた。千葉県が生んだ三大偉人と言えば、日蓮、伊能忠敬、長嶋茂雄の名がすぐに出てくるほどで、他の名が浮かばない。最近、妻の母が一人で房州の岬町に住んでいるので何カ月かに一度車で訪ねることにしているが、その道すがら、県内でもまだ行ったことのない所を訪ね歩いている。

つい先日も、九十九里にある白子町の玄徳寺を訪ねた。日蓮の開基の大きな寺で、山門を入ると右側に広い墓域、大木が茂り古寺の趣が漂う。この寺は俳人前田普羅の菩提寺で知られ、俳句とのかかわりも深かったようだ。明治初期に当地の人たちによって建てられた芭蕉の句碑もある。普羅の墓碑には、蛇笏の書による墓碑銘が記されていて、町指定の文化財にもなっている。白子町の解説によれば、前田普羅は明治十八年白子町に生まれ、早大中退後、横浜裁判所に勤めながら俳句を作り始めたという。（俳句辞典によれば東京の生まれとある。）また、国民宿舎「白子荘」の前には、

向日葵の月に遊ぶや漁師達

という句碑が建っている。普羅は、後に高浜虚子門下四天王と呼ばれた人であるが、大正初期に九十九里浜で詠んだ句。ここは昔から鰯漁の盛んな土地で、明治以後、二隻の船が沖合いで鰯網を巻く揚繰網《あぐり》が取り入れられたが、砂浜に漁船を出し入れするのに多くの人力を要した。集落をあげて船を押し出す仕事を九十九里の方言では「おっぺし」と言い、戦後まで続いたという。見渡すかぎりの砂浜と海にかかる月、そしてそこに向日葵と漁師達を登場させることで力強い抒情を生んだ。普羅といえば山岳俳句を得意とした富山県の俳人と思っていたが、身近な千葉県ゆかりの俳人と聞いてなお親しみが湧いてきた。

「沖」の夏

平成十七年八月

「沖」創刊号の「五百字随想」で先師登四郎は「夏惜しむ」という文章を寄せている。登四郎は元々寒いのが嫌いで自ら夏型人間を自負していたが、この文の中で「私は夏休みを楽しんでいる。殊に平素縛られた時間しか持っていない私にとって、自分の時間が自由にフルに使えることはたのしみである。」と述べ、「沖」創刊前の充実ぶりを「今が仕事のし時だという心がまえと責任感」と言う言葉で示した。登四郎にとって「沖」という結社誌をもつはじめての夏で、創刊号に掲載する主宰として初めての作品十句と、八十八名の「沖作品」の選を行なわなければならなかった。この年の夏は句集『枯野の沖』を出版したばかりで、句集の売りさばきや、俳句鑑賞辞典の執筆、俳句講座の講演、色紙短冊展など次々と仕事をこなさなければならなかった。この時私はまだ二十歳の大学生で「沖」には直接関わっていなかったが、気の張った登四郎の充実ぶりは傍から見ていても頼もしかった。

さて、今年の夏は私も忙しい。私は、職業柄財団の仕事の傍ら時間を作って動かなければならないのだが、六月、七月にかけて福岡、新潟、山形、静岡と各支部を訪れ支部の皆さんと親しく触れあいながら三十五周年に向けての支援と協力をお願いして廻った。中には人数の少ない支部もあったが、それぞれ先師の時代から「沖」に参加していただいている気概と誇りを持っており、その頼もしさに感動し、十月の東京での記念大会での再会を約束した。

「沖」の編集部からは例月号に加えて特集号に向けてコンクールの選や特別作品、随想など依頼も多い。幸い健康面の心配はないので、何とか乗り切りたいと思っている。コンクールも例年に比して応募も多く、創刊三十五周年に向けた皆さんの真剣な熱意がうれしい。

全国文学館ガイド

平成十七年九月

八月に小学館より「全国文学館ガイド」が刊行された。全国には現在五五〇余りの文学館があり、主要文学館七十五館を写真入りで紹介している。私は地方に行ったときなどは、なるべくその土地にある文学館や美術館を訪れることにしており、数えてみたらその七十五館のうち二十館に及んでいた。当然この中には東京例会の会場「俳句文学館」も含まれている。七月にいくつかの地方支部を巡ったときにも、山形県上山にある斎藤茂吉記念館、新潟市にある会津八一記念館、松島不二夫さんの追悼句会を行った浜松文芸館、また長崎では文学館ではないが新設の県立美術館と原爆資料館などを見学した。

ところでこの秋、市川に「文学プラザ」がオープンする。市川は古くから万葉集にも詠われ、近代になってからも多くの文化人が住み、市川を舞台にした作品が書かれている。永井荷風は私の生まれた八幡に長く住み、ここが終焉の地になった。以前、芦屋に行った時、谷崎潤一郎記念館を訪ねた。個人の名前を被せた文学館としては施設も立派で、谷崎と荷風との交流が紹介されていた。その時、文豪として共に並び称される荷風を想い、いつの日か市川にも文学館が出来ないものかと思ってきた。今回オープンする「市川文学プラザ」は「東山魁夷アートギャラリー」が「東山魁夷記念館」の開館により使わなくなったために、そこを利用することになったものである。小規模ではあるが、シナリオ作家の水木洋子さんの資料などを中心に市川ゆかりの文学者を紹介するなど、文学愛好者には楽しみな施設となるだろう。先師登四郎についても、まだ展示スペースは定かではないが、コーナーを設けて展示・紹介してくれるそうで、「沖」の三十五周年の年にも相応しいことと喜んでいる。

パレスホテルの思い出

平成十七年十一月

待望の「沖」三十五周年記念号が刊行された。私が主宰に就任してから始めての記念号で、その内容も編集部が創意工夫をこらしてくれたので立派な内容となった。今回は、私の希望もあって、三十五年間の年譜を別冊としてつけたが、これをインデックスとして活用し、古い「沖」の内容をもう一度見直してほしいものである。創刊号からの「沖」は俳句文学館と市川市の図書館にしっかりと保存されているので、何かの機会に見ていただければ幸いである。俳壇の方々からも、この記念号に対して大きな反響が寄せられ、温かいメッセージにしばし酔いしれることができた。

三十五周年のもう一つのイベントである記念大会もいよいよ近づいてきた。こちらの方も、実行委員会の方々の献身的な努力によって当日を迎えるばかりになったが、今度の会場となるパレスホテルは、ちょうど二十五年前の創刊十周年の記念大会を開催した場所で、その当時の写真を見て懐かしく思った。先師登四郎は六十九歳で、一番充実していた時期でもあったように思えた。長女の美緒が花束をあげている写真も出てきたがまだ三歳になる前で、時の流れの早さに感慨にふけるものがあった。

今回は周年大会の二度目の会場となるパレスホテルであるが、この頃の気持をもう一度思い起こしながら「沖」の原点を見つめなおしてみることも必要であるようだ。

節目の力

平成十七年十二月

「沖」の創刊三十五周年の諸行事が終った。パレスホテルでの大会と祝賀会も全国から多くの会員同人が集まって、再会の感激に胸を熱くする場面も数々あった。私もこうした周年行事は今までに何度も経験してきたが、これまでは父が主宰であったので、どちらかといえば事務局的な役割が多く、感激を実感している時間がなかった。今回はまさに主宰としての感激を実感し、これからの責任の重さも感じた。来賓としてお招きした百名を越える方々からも、祝意と励ましの言葉をいただいた。

ここに至るには、「沖」の多くのスタッフの綿密な計画と熱意溢れる努力や協力があったればこそで、心底より感謝を申しあげたい。

今回は、その記念大会を終って充実した達成感を得ることができたが、いつまでも酔いしれてばかりはいられない。

当日、私の講演の中でも述べたことだが、この大きな節目を力として心を新たに、新しい「沖」を作っていきたいと思っている。その所信については、新年号のメッセージとして詳しく述べたい。俳句の改革、結社の改革など様々な課題に取り組んでいきたいと考えている。

ルネッサンス「沖」

平成十八年一月（新春メッセージ）

昨秋の「沖」創刊三十五周年を迎えたのを機に、この一月から従来の枠組みにとらわれず、創刊結社のような熱い志で「沖」を運営していきたいと考えている。

三十五周年記念大会の挨拶と講演の中でも述べたことであるが、三十周年、三十五周年といった結社の節目は、会員、同人の意気を高めるとともに、新たな時代への意識と変革を求めることでもある。これは「沖」が創刊の理念として標榜している「伝統と新しさ」の考え方にも符号するもので、今まで結社が歩んできた歴史と足跡をしっかりと検証しつつ新しさを探求する機会と捉えなければならないと思っている。

「改革」という言葉が、社会での流行りとなっているが、昨今はバブルの時代と違って人々が暮らしていくにも、いろいろな人々が知恵を出し合って工夫しなければならない時代となった。これは、文芸の世界にも言えることで、大変厳しい社会の荒波は短詩形の私たちの俳句にまで及んでいることは確かである。「改革」という言葉を私なりに解釈をすれば、過去をふりかえりつつも、今という時代をしっかり読んで、それを未来につなげて行くことだと思う。

それでは果たして、今の時代何の問題もなく、どんな世界でも満足しているのであろうか。決してそんなことはない。俳句の世界では、もっと良い俳句に出会いたいという一心で私たちも勉強をしているのである。

俳句における改革、それは「沖」が創刊以来理念として掲げている「伝統と新しさ」という言葉に言い換えてみてもよいことであるが、それは、今の時代において、進化させる俳句、つまり先師を含め「沖」の先人たちが打ち立ててきた俳句を今の時代認識の中に置き、さらに進化させることを目標にしなければならない。

新しい年を迎えるにあたり、「沖」に集う皆さんと共に、これからは「人が作らない俳句、人が作れない俳句」をめざし、さらにそれは「人が納得する俳句、人が感心する俳句」でなければならないと思っている。「沖」という組織も、旧態依然のまま甘んじているのではなく、進歩・進展をめざす「沖」でありたい。それには現在の組織に安住することなく、常に新しい力を発揮できる組織をつくり、句会のあり方、支部のあり方などについても見直していかなければならず、地域ごとの「活性化委員会」なども考慮に入れて、中央と地方の距離を少しでも縮めていきたい。

沖人の仲間同士の研鑽の場は、従来中央の句会や地域における支部句会が中心であったが、今の時代インターネットなどの通信手段を使えば、地域に限定することなく中央と地方、地方と地方というネットワーク化も可能で、今まで以上の勉強の場が広がる可能性がある。

一月号からは同人選についても長年お努めいただいた林先生に代わり主宰選とさせていただく。主宰というのは「沖」という結社のリーダーで、時代をしっかりと読みながら適切な判断をする「時代を読む舵取り役」でなくてはならず、決してレッスンプロの主宰にはなりたくない。

本一月号は、ルネッサンス「沖」としての創刊号だと思っている。

団塊世代と昭和

平成十八年一月

今なぜか「昭和ブーム」だそうだ。戦後に生れ育った、私たち団塊の世代がやがて定年を迎えるわけだが、昭和三十年から四十年頃にかけては、のんびりしていた時代であった。今から考えると当然あるべきものが無い時代で、買物にしても車で乗りつける大型スーパーも無く、商店街の八百屋や魚屋が盛んで、街には賑わいと活気があった。そして当然そこには人々の絆や温もり、優しさもあった。私たちが効率性や便利さを得た代償に失ったものは計り知れない。

私の住む市川にも最近空港貨物の流通基地であったところが大型店舗として開業した。ホームセンター、ドラッグストア、家電製品店、食品スーパーなどあらゆる店舗が入っていて、郊外立地のため殆どが車利用者ばかりである。確かに、専門的な物も含めて、実に豊富な品揃えで、便利は便利なのだが、私たちがやがて年取って車に乗れなくなった時はどうなるのかと思うことがある。

これに引き換え、私たちの住んでいる町は、専門店や老舗などが閉じられ、ローンの金融業やパチンコ店の進出により、町の形態が変わってしまった。

市川は昔から文化的な香のある町として、公共の文化施設は整いつつあるのだが、かつてあった骨董屋、古本屋、そして画廊などが、いつの間にか一つ減り二つ減りというのは寂しい限りである。ただ私たちも寂しがっているだけでなく、もっと自分の町に誇りをもって良い町になるような努力と愛着を持たなければならないのだろう。

ものみなデジタル時代になりつつある今、私を含めた団塊世代はやはり温もりのある昭和のアナログ時代がなつかしく感じるのである。

ひとり吟行

平成十八年二月

「俳句研究」の二月号では、「ひとり吟行のすすめ」という小特集をしている。中堅俳人がそれぞれの体験を基に書いているが、中でも三村純也氏の「離見の見」という文章がおもしろかった。「離見の見」とは、世阿弥の言葉であるが、「花鏡」では、〈客席の方から見た自分の姿というのは、自分を離れた「見」（離見）である。そして自分の目で見る自分の姿というのは、自分の「我見」で見た姿であって、離見で見た姿ではない。「離見の見」とは、いわば主客一体の見である。このとき、真に自らの姿を見ることができる。〉

つまり舞台に上がって演技している自分の他に観客席から、その演技を見ている、もう一人の自分を作らないと演技力は向上しないということを説いた言葉である。

これを三村氏は「ひとり吟行の心得になるようにも思う。まずは、対象から距離を置いて、客観的に描写すること、そして出来た句を、今度は、もう一度、時間的に離れて推敲してみること、練ってみること、これが『ひとり吟行』の成果を本当に自分のものにする一つの手段、方法のように思う。」と結んでいる。

私も、初心の頃は、何度もこの「ひとり吟行」を試みた。一泊とか二泊したこともあったが、勿論、吟行だから自然や風物をしっかりと取材することもしたが、それよりも何日間か自分ひとりになって、自分を見つめなおすことが出来たのもうれしかった。

「ルネッサンス沖」この言葉を自分に言い聞かせるには、もう一度初心に帰って、今年は自分を見つめなおす「ひとり吟行」にも出かけたいと思っている。

達人の授業

平成十八年三月

東京・江東区のある中学校から二年生の二クラスに俳句を教えてほしいとの依頼を受けた。「達人の授業」という名前で、この「達人」という言葉にはいささか面映い思いもあったが、思い切って行くことにした。父は教師だったものの、私は学生の時、教職の授業も受けず、先生になることなど全く考えもしなかった。市川市内の小中学校には、何度か俳句の話をしてほしいと依頼を受け出向いたことはあったが、クラスごとの正規の時間割で授業を行うのは初めてであった。

江東区といえば下町で「金八先生」のイメージを少し描いて行ったが、去年改装されたばかりの綺麗な校舎で、生徒も洗練されたおとなしい子が多かった。まず、江東区には先人にすばらしい俳人が居ることを説明した。芭蕉と石田波郷で共に区が記念館を建てて顕彰をしている。あらかじめ俳句を作ってもらっていたので、最後の二十分位は名前を伏せた作品のコピーを回しミニ句会を行った。点が入ったり入らなかったりゲーム性も生徒達には興味があったようで、あっという間の五十分であった。「パチパチと火の子が遊ぶたき火かな」「北風がふいていたつてうでまくり」など。

俳人協会でも、ずいぶん前から小中学校での授業で俳句を教えやすいように、先生達に向けた講座を開催しているが、最近では俳人が直接学校に出向いて俳句の出前授業を行うケースが増えてきた。私も俳句や短歌を若い世代にしっかり伝えていくには、そのおもしろさ楽しさを理解してもらわなければならないと思っている。小学生、中学生に今、俳句や短歌を教えても、このままずっとそれを続けることは難しいだろうが、いつか、この時に教えてもらったことが蘇り、大人になって俳句や短歌に親しんでくれる人が一人でも多くなることを願いたいものだ。

能登羽咋の句碑

平成十八年四月

　早いもので、登四郎が亡くなって今年の五月で五年になる。父は亡くなる一年前の平成十二年五月、能登の和倉に建てた「春潮の遠鳴る能登を母郷とす」の句碑開眼のために能登を訪れた。父はこの旅が最後になると思っていたようで、和倉を後にして、小松空港までの帰路に、能登羽咋《はくい》の折口信夫、春洋父子の墓に詣でた。この最後の旅が、実は俳句の旅として最初に訪れた地でもあった。昭和二十九年、登四郎は第一句集『咀嚼音』の後記を書いた翌日、北陸の旅に出かけている。それは、父や祖父が育った金沢や能登を一度自分の目で確かめたかったことと、その二年前に亡くなった敬愛する折口信夫の墓へ詣でることにあった。

　　御墓辺に晩夏の潮声なさず　　句集『咀嚼音』昭和二十九年
　　遠弟子に空蟬ひとつ天ふらす
　　青き能登師の地祖父の地わが名の地　　句集『羽化』平成十二年
　　小判草さゆらぎ折口父子の墓

　私もまだ俳句をしていない学生の時に、羽咋から日本海側の松林を走る一両電車に乗って気多大社や折口父子の墓にも行ったことがあり、その後も能登を訪ねるときは必ず立ち寄るようにしてきた。句碑に刻んだ句「月明に我立つ他は箒草」は、この旅のあと平成十二年の九月号の「俳句研究」に発表した最晩年の心境を表した句でもある。今回、口能登の名刹「正覚院」に建つ句碑は「沖」同人会より贈られた感謝の意を基に、私と姉の発意で建立を計画した。なお、この句は本人の揮毫が無かったため、書家で篆刻家の那須大卿氏にお願いした。三月二十五日には、「沖」の方々にも同席いただき開眼式を迎えるが、父も折口信夫ゆかりの地に句碑が建つことを、きっと喜んでくれるに違いない。

現場主義

平成十八年五月

四月の人事異動で、三年間勤めた文化振興財団の館長の職を退任した。三年間という短い時間ではあったが、文化の現場の最前線で仕事が出来たことは私の人生でも有意義な事であった。もともと私は土木技師として役所に入り単なるデスクワークではなく現場を行き来しながら設計監督をしていたので、じっと机に座っているのが嫌いであった。

そんなことが文化の面でも役に立つとは思いもしなかったが、音楽の分野でもNHK交響楽団をはじめ在京の一流オーケストラの殆どの事務局を訪ね、単なるおざなりの企画を買ってくるだけでなく、直接演奏家とも話す機会を得て、地域にあった企画創りもすることが出来た。若いころから、オーケストラの演奏を聴くことは好きであったので、こんな仕事が自分自身の手で出来ることに興奮を覚えた時もあった。企画が当たりホールが満員になって、帰り際の客の満足した顔を見るのも嬉しいことであった。

文化会館の他にもホールやギャラリーなど十の文化施設を同時に抱える現場で忙しかったが、途中からはギャラリーが新設されることになって、全くの素人が企画から展示作業、広告宣伝活動などを見よう見真似でやったこともよい経験になった。

俳句を作っていく上では、単に文芸の世界だけに留まらず、音楽や美術のことなど広範囲に学ばなければならず、一流の芸術家たちと膝を交えて話すことができたことは大きなプラスであった

四月からは役所に戻って引き続き文化行政に関わっていくことになるが、今度は文学館建設に向けた仕事なども大きなテーマとなりそうだ。

二人の朴の木

平成十八年六月

早いもので藤田湘子さんが亡くなって一年が経った。先日、一周忌に合わせて、最後の句集『てんてん』を贈っていただいた。先師登四郎の『羽化』と同じくらいの六百余句が小川軽舟さんらの手によって選ばれたものだ。藤田湘子さんは、庵号を「朴下亭」と名乗っていたが、お庭には大きな朴の木があったようで、エッセイを拝見すると、年によっては百もの花を咲かせることが書かれていたので、よほど大きな朴の木なのだろう。句集『てんてん』の中にも当然、朴の木が詠まれている。

朴の木は風に富むなり夏神楽

この句集以前にも朴を詠んだ句では、

頭の上に雲ゆく重さ朴落葉

などがある。先師登四郎にとっても朴はなくてはならない木であった。母が亡くなった時に詠んだ、

朴散りし後妻が咲く天上華

は余りにも有名になったが、この木は我々が結婚した時、高山の句会から小包で苗木が送られてきたものを庭に植えたところたちまち成長し、今では二階の屋根を越す高さになっている。しばらくは花がつかない木と諦めて、春先に芽を出してから葉が大きくなるのを楽しんでいたが、植えてから十数年したある日、突然花をつける木になった。登四郎は、この時の状況を次のような句にした。

朴咲けり不壊の宝珠の朴咲けり

上五と下五で二度も「朴咲けり」と詠みながら、中七では「不壊の宝珠」という賞賛のことばで表現していることからもこの時の喜びがこの上もないものであったことがわかる。藤田湘子も朴の木を愛した。十五歳の年の差はあったものの「馬酔木」同門時代から、お互いに主宰誌をもち、後進を育成したことなど、登四郎にとってよきライバルでありよき友達であった。今頃は天上の朴の木の下で二人で俳句の話でもしているかも知れない。

渾身の握手

平成十八年七月

吉田明さんが亡くなった。吉田さんは晩年札幌に住み大学で教鞭をとりながら、「沖」の札幌支部を立ち上げて奥様の陽代さんと共に北海道の会員の句会指導に努められた。

吉田さんの思い出は古く、創刊間もない「沖」へ作品を投句されてきた時、誠実な人柄を表す実直な字で書かれていて、その葉書を見て先師登四郎も「字が上手な人は俳句もうまいよ」と言ったことを思い出した。吉田さんの誠実なお人柄から創刊間もない「沖」の編集や運営にもお力を貸していただいた。その頃は西船橋の印内にお住まいで、よくお宅に伺っては夜遅くまで「沖」の今後の運営に関しての熱い思いをお聞きした。そんな時も奥様の陽代さんが温かく迎えてくださり、まれに見る仲の良い理想の夫婦であると思った。私も結婚して三十年近くになろうとしているが、その仲人の労を吉田夫妻にお願いした。「頼まれ仲人」であったにもかかわらず、誠実にその任をお努めいただき、その後三人の子どもの成長についても心配されながら常にお声をかけていただいた。

吉田さんは、昨年の「沖」三十五周年の折、「沖」の功労賞を受賞されることになり、ご夫妻お揃いで上京された。お体の調子が優れないことは聞いており、痩せ細ったお体にショックを受けたが、久しぶりにお会いできたことに感激した。吉田さん自身、この上京が最後になると覚悟されていたのか、短い時間に昔からの知己の一人一人と目を合わせながら渾身の力をこめた握手をされた。私も思わずこみ上げる涙を抑えるのが辛かったが、この日が吉田さんとの最後になってしまった。今年の沖賞には陽代さんも選ばれたが、この受賞をご自分のことのように喜ばれ電話をいただいた。残念なことは吉田さんは句集を編まれていないことである。それも吉田さんらしい生き方だったのかも知れない。

宗左近先生を偲ぶ

平成十八年八月

詩人の宗左近さんが六月二十日に亡くなった。宗先生は、東京大空襲で手を取りあって逃げたのだが、焼死した母への鎮魂をこめた連作詩集『炎える母』で一九六八年に歴程賞を受賞。縄文土器を通じて戦死者たちの世界とつながろうとする「縄文」シリーズを精力的に発表した。

また、作曲家の三善晃氏と組んで全国各地の校歌の作詞をされた方でもある。芭蕉や一茶などの研究をはじめ俳句への関心も高かった。

「沖」との関係も深く、二十五周年の記念大会の折には記念講演をお願いし、その後も記念号の度にご執筆をいただいた。先師登四郎の良き理解者で、ふらんす堂から出版された『人間頌歌』の栞文「春の槍」の一文は味読したい名文である。その最後の部分を紹介する。

「じつに、人間がいる。その人間は傷んでいる。その傷みを通して、大地の生命＝自然が滲みこんでくる。しかも、その滲みかたの、何と艶なことか。これこそ、真の文芸の醍醐味である。」

登四郎が第一回目の「市川市民文化賞」を受賞したときも、絶大なご推奨をいただいたと聞いている。そして、先師が亡くなった時は、弔辞をいただき、読売新聞に追悼文までお寄せいただいた。

私も、公私共に親しくしていただき、文化課長時代の初めての仕事として、第一回目の「市川の文化人展」に「宗左近展」を開催できたこと、三善晃先生とのコンビで「市川賛歌・透明の蕊の蕊」をお作りいただき、その作詞原稿を軽井沢の別荘まで取りに伺ったことなど、その思い出はつきない。

昨年あたりから、市川の文芸人が集まる「風の会」を宗先生を中心に立ち上げ、私もその末席に入れていただき、「沖」の数人の同人との作品批評会を開催したことも良い思い出となった。

俳句醸造法

平成十八年九月

洋酒やワインは、寝かせると味が良くなるという話はよく聞く。熟成することで味に深みが増すからだろう。俳句も一定期間、寝かせておいたら、どのようになるのだろうか。

ある時、鈴木鷹夫さんが「総合誌から依頼を受けた時は、早めに作ってその作品をしばらく寝かせておくのだ」と言っていた。

私などは時間的な余裕が無いのでいつも締切りぎりぎり、もしくはオーバーランしてしまうのが常だが、ある期間寝かせておく余裕をもった作句姿勢ということが必要と思っている。

というのも作った句をすぐに発表するのではなく、少し寝かせておくと、直情的な思いを沈潜させ、自分を客観視出来るからである。鈴木鷹夫さんは熟成期間を一ヵ月置く時もあると言っていたが、せめて一週間位寝かせて置いたらどうであろう。ただ何も手を加えないでそのままにして置くわけではなく、その間にもう一度自分を見つめなおすことが出来るからである。人間の考えも時間的な経過とともに日々更新され、それらの俳句を作った時期より、ものを見る目は進歩していくはずである。

俳句を必死で作っていて、一晩寝た後、翌朝そのノートを見ると、自分の作品の稚拙さに情けなくなることがある。前の晩は全く見えなかったことが、一夜を経ることで何かが見えてくるからである。

何事にも忙しく追われていると中々余裕はないが、鷹夫流の「俳句醸造法」を真似て、俳句を作ってみたいものである。

秋櫻子・風生と市川

平成十八年十月

昭和四十五年十月の「沖」創刊号巻頭に水原秋櫻子は次のような祝句と小文を贈っている。

真間川をおほふ無花果熟れにけり　秋櫻子

「これは空想の句だが、むかし真間山下にはたしかにこういう景があった。今でもおそらくあることだろう。一日がかりで歩いてみたら何か得るところがあるかも知れない。時季は秋がよい。」短い文章だが、なかなか含蓄に富んでいる。「沖」の門出に相応しいあたたかい文章で、これから新しい結社に集う人たちが、具体的にどのように俳句を作っていくかを、この一文で暗示している。冒頭で「空想の句」とわざわざ断わっているが、水原秋櫻子は、高浜虚子の客観写生に異論を唱え、「文芸上の真」を求めて「ホトトギス」を離脱した人である。当然この句は「空想の句」であっても構わなく、それより一日がかりで歩いてみて、心に残る心象として俳句を作れば良いことを教えているようにも思う一文である。

水原秋櫻子は数多くの句集を作っているが、その第一句集『葛飾』は、代表的な句集であると共に、文学史的にも、重要で、その題名にも「葛飾」の名があることから、市川とは縁が深い俳人である。そして全国に百基を越える句碑が建立されているが、その一番目の句碑は真間山弘法寺に建立されている。

梨咲くと葛飾の野はとのぐもり

また、富安風生は昭和十二年虚子を中心に行われた「武蔵野探勝会」で真間を訪れ、境内の「伏姫桜」で知られるしだれ桜を詠んだ。

まさをなる空よりしだれざくらかな

この句も真間山の境内に句碑として刻まれている。秋櫻子、風生と昭和を代表する俳人が共に葛飾（今の市川）の地を詠んだことで、今の「沖」を含めた俳人たちが市川を舞台に活躍を始めたことに繋がったようにも思う。

なお、九月十六日から「市川市文学プラザ」で「秋櫻子と風生が詠んだ葛飾」展が開かれる。

文学展の企画

平成十八年十一月

昨年、私が勤める市川市に「文学プラザ」がオープンした。市川は万葉の昔から手児奈の伝説が歌に詠まれ、近年になっても永井荷風や幸田露伴の終焉の地であったこと、劇作家の水木洋子が亡くなった後、邸宅と文学資料を全て寄贈いただいたことなども開設の大きなきっかけとなった。

企画は歌人の神作光一氏、作家の葉山修平氏、秋山忠弥氏などの参加をいただき運営委員会で協議の上決まるものだが、この九月からは私の発案の企画が採用された。「昭和の俳人、水原秋櫻子と富安風生が詠んだ葛飾」という企画展で、真間の弘法寺の境内には、二人の代表作の句碑が建ち多くの人たちが散策に訪れる場所となっている。昭和の初め、この二人が市川とどのように関わりながら作品を詠んだかを近世から昭和にかけて市川の文芸風土の中で検証した。

ただ、私自身学芸員としての専門知識もなく、単なる行政マンと俳句実作者の立場から検証したものなので、やや素人の視点から見た企画展になってしまったかも知れない。

ただ、秋櫻子が『葛飾』で詠まれた風景が、小中学生であった時の原風景であったことなど、二人の作品の自註の文章や高浜虚子が弟子たちと吟行した「武蔵野探勝会」でも三回真間山の弘法寺に訪れたことなど、その記録を繙くと当時の町の様子が蘇ってきて興味を注がれる。企画展は一月二十八日まで開催されている。

モチーフのこだわり

月光のふりけぶらせり箒草

月明に我立つ他は箒草

俳句では、一つの言葉、一つの季語にこだわり何度も推敲を重ねることがある。

掲出の一句目は登四郎第一句集『咀嚼音』に収められている昭和二十七年の作品。そして二句目は登四郎最晩年の平成十二年の句で句集『羽化』に収められている。この二句の作品の間には五十年の歳月があるが、一人の作家が五十年の年月を経てもこだわりつづける何かがある。この二句は推敲を重ねた結果の句ではないものの、「月明」の句完成の五十年前に一つのモチーフが芽生えていたのかも知れない。絵画の世界でも、一つのモチーフにこだわって模索と推敲を重ねながら一枚の絵が出来上がっていく過程がある。市川の東山魁夷記念館で開催されている特別展「東山魁夷〈道〉への道」では、代表作の「道」の本画を展示すると共に、そこに至るまでのスケッチ、小下図、大下図、試作など十点余りの過程を一挙に見ることが出来る。東山魁夷の「道」は私が生まれた翌年の昭和二十五年、第六回の日展に出品された作品で、その前に描かれた「残照」と共に出世作といわれている。「道」の舞台となった場所は、青森県八戸の種差海岸で、戦前にここを訪れたときのスケッチを取り出して眺めているうちに、縦長の画面の中央に道だけを描く構図に思いいたった画伯は、ふたたび種差におもむいて、綿密な写生を重ねた。野をつらぬく一本の道。現実の風景では前方に立っている灯台も、ここでは省略されている。これは画家の心象が託された、象徴の世界。これまで作者自身が辿ってきた道であり、同時に、ここから歩んでいこうとする道でもあった。実景を描きながらも、入念な準備と、作者の深い思いが、省略をくり返し単純化した象徴の世界を創り出している。

平成十八年十二月

新年を迎えて

平成十九年一月

二〇〇七年新春、「ルネッサンス沖」を掲げ、昨年一年、新しい結社を創刊したつもりで取り組もうと意気込んだが果たして結果はどうだったであろう。私も定例の本部例会、同人句会、カルチャーなどの句会の他に地方にも時間のある限り出かけ、「ルネッサンス」の志をお話させていただいた。

雑誌の方も、編集部の皆さんの熱心な協力で新らしい企画も取りいれて、皆さんが勉強しやすい紙面を作ったつもりである。勉強会や同人の研修会、地方で開かれる大会についても、多くの人が集まっただけのイベントに終わらせることなく、意義のある勉強会にしようと大会のあり方についても、根本から議論して改革を試みた。本年の同人研修会は、いつもより早い二月に、中央でやることになり、東京市ケ谷の会場をとった。勉強会も開催時期を気候の良い季節にしようと十月頃に琵琶湖周辺の開催を計画している。また、本年五月は先師登四郎が亡くなって六年目となるため、七回忌の同門俳句大会を開催することにした。先師登四郎に謦咳を受けた弟子たちも徐々に高齢化しているので、「沖」という結社を越えて、かつて登四郎に教えを受けた人が集えることが、登四郎にとって何よりの供養になると思っている。「沖」から独立した、結社の主宰も皆賛成してくれて、同窓会的な句会が出来るのではないかと今から楽しみにしている。

更に、この時期に合わせての出版は無理かとも思うが、七回忌を機に『能村登四郎全句集』の刊行へ向けて準備を始めようと思っている。その他、中央の句会だけに留まらず、地方へも去年にも増して積極的に出かけようと思っており、大きな句会だけでなく、たとえ小さな句会でも機会があれば参加したいと思っている。「ルネッサンス沖」二年目、皆さんと一緒に全国に誇れる結社づくりをしていきたいと思うので、よろしくお願いしたい。

全集の編纂

平成十九年二月

昨年の暮、「馬酔木」編集長の橋本榮治さんから二冊の全集が送られてきた。梱包を解いてみると「海坂」六十周年記念の刊行ということで、『百合山羽公全集』と『相生垣瓜人全集』であった。二人ともかつて「馬酔木」の重鎮で、浜松で「海坂」という俳誌を創刊した。先師登四郎の大先輩で、登四郎俳句にも大きな影響を与えた人たちである。登四郎が、

瓜人先生羽化このかたの大霞

と詠んでいることからも先師との関係が深かったことがわかる。百合山羽公《ゆりやまうこう》は『寒雁』など五冊の句集があり、昭和四十九年に蛇笏賞を受賞している。全集には三三一九句が収められている。

桃冷す水しろがねにうごきけり

相生垣瓜人《あいおいがきかじん》は『明治草』など三冊の句集があり昭和六十一年に蛇笏賞を受賞している。全集には三一八四句が収められている。

春寒に入れり迷路に又入れり

二冊共、解題、年譜、季語別俳句索引が付されている。相生垣瓜人は昭和六十年に八十七歳で、百合山羽公は平成三年に八十七歳でこの世を去っているが共に没後二十年を越えた。「馬酔木」作家の顕彰を橋本榮治さんが熱心に手がけられたことはうれしい限りである。本年は登四郎七回忌にあたるので、『能村登四郎全集』の刊行の準備が始まったところだが、十四句集の句数でも五千を越えると思われ、その編集作業も気を引き締めてやらなければならないと思っている。

遅筆の信念

平成十九年三月

遅筆堂こと井上ひさしさんが、一月の中旬に初日を予定していた、こまつ座の芝居「私はだれでしょう」公演を再々延期したことは、新聞でも話題になった。井上さんにとって自分の脚本の遅れによって芝居の初日が延びることは数回目だそうで、井上ファンにとってはそんなに驚くことでもなく、「またか」という感じで受け止めているようだ。遅筆で公演が延期になることは、特に芝居をうつ側にとっては大変なことで、役者の稽古の問題や、チケットの払い戻しなど大変だったと思う。芝居が始まった二月の中旬に井上ひさしさんにお会いする機会を得た。ご本人は平然としておられて遅れたことによる赤字も毎日予想以上の人が入ってくれるので、徐々に取り戻しているとおっしゃっていた。

以前、井上さんにお会いしたとき二枚の色紙を揮毫していただいた。その一つは「沖」の三十五周年記念号にも掲載させていただいた「むずかしいことをやさしく　やさしいことをふかく　ふかいことをゆかいに　ゆかいなことをまじめにかくこと」そしてもう一つが「得意淡然　失意平然」という言葉であった。この二つの色紙の内容をよく噛み締めてみると、井上さんがただ忙しく筆が遅いのではなく、本当に自分で納得するまで突き止めて書き上げていて、正に遅筆の信念といったものがあることがわかった。私も自慢できる話ではないのだが、いつも原稿の締め切りには間に合わない遅筆の方だが、私の方は忙しいための遅延であって井上さんのそれとは違う。ただ、私たちも締め切り日に間に合わすために原稿が緻密でなかったり、辻褄を合わせたりいろいろと反省をする面があるようだ。

ものを書く前に先の井上さんの言葉を心に秘めて書いてみなくてはいけないと思う。なお、二月の終わりから市川で「井上ひさし展」が開催される。

俳人の訃報

平成十九年四月

二月終りから三月にかけて、俳人の訃報が相次いだ。二月二十五日、「雲母」主宰であった飯田龍太さんが亡くなった。生前直接お目にかかる機会が数回あったが、私がある新聞に発表した句を覚えていてくださり誉めていただいたことが印象に残っている。その飯田龍太さんが一九九二年に蛇笏から引き継いだ主宰誌「雲母」を九百号で終刊されたときは俳壇に大きな衝撃を与えた。それも自分に厳しかったから故のことだったと言われている。明治生まれの登四郎と俳壇での活躍の時期が同じで登四郎とも親交があった。

三月一日に大島民郎さんが亡くなった。「馬酔木」の古い同人で、晩年は「橡」同人として活躍された。清らかに風景を詠んだ「高原俳句」で知られた。かつて私が初学の頃、三年ばかり「馬酔木」に投句をしたことがあったが、その時「二句入選の秀逸句を批評する欄」を担当された大島民郎さんに「青林檎置いて卓布の騎士隠る」が採り上げられ、温かい批評をしていただいた。この時喜んだのは、私よりむしろ登四郎で、後に処女句集を出すときに登四郎が『騎士』という題名をつけてくれたのも、大島民郎さんが誉めてくださったのを覚えていたからだろう。そして三月三日には「冬草」主宰の高橋謙次郎さんが亡くなった。高橋さんは「若葉」門で、加倉井秋をに師事され、後に「冬草」を継承された方だが、市川の「島村」という老舗のお菓子屋さんの社長でもあったので、登四郎の所によく出入りしておられた。そして誕生日の一月五日には毎年特製のバースデーケーキを頂き、その年齢の数のローソクも忘れることはなかった。「冬草」の記念会で何度か講演したこともあり、結社が違っても親しいお付き合いをした方であった。登四郎の七回忌も間近になったが、登四郎と親しい俳人が相次いで亡くなり、感慨深いものがある。

「俳句朝日」の休刊

平成十九年五月

一九九五年の五月に創刊された「俳句朝日」が、本年の六月号をもって休刊するという。理由は、出版不況、雑誌運営の厳しさというが、朝日新聞社がついているので、何とかなると思っていたが、やはり厳しい時代の現れなのだろう。

創刊号は東山魁夷画伯の「夏に入る」という絵が表紙を飾ったのが印象的で、この号には先師登四郎が作品を、私も一文を出稿している。

その後、大崎紀夫編集長時代には、福岡の俳句大会で講演をさせていただいたり、地元市川では詩人の宗左近さんにも出席いただき「手児奈俳句大会」を「俳句朝日」の主催で開催させていただいた。

また誌上で作品を発表する超結社の吟行会が何回か開催され、「沖」から私も含めて多くの人たちがこれに参加した。中でも門司で寒中の夜半に行われる「和布刈神事」や三河の「三候まつり」などが印象に残っている。

創刊間もなく創設された「朝日俳句新人賞」など新人の発掘にも力を入れ「沖」から第三回に荒井千佐代さん、第九回には掛井広通さんが受賞するなど、賞の面でも「沖」とは相性の良い総合誌であった。先師登四郎は巻頭ページを飾る「折々の秀句鑑賞」を長く連載し、これは後にまとめて一冊の単行本になった。近年は九十歳を超える元気な老人の俳句を紹介したり、若手を多く紹介する特集など世代を超えた人たちからも愛読される雑誌であっただけに休刊が惜しまれる。

俳句と写真

平成十九年六月

俳句と写真のコラボレーションが流行っているようだが、写真と俳句がつかず離れず、お互いの効果を引き出すことが面白い。ＮＨＫテレビでも「フォト五七五」という番組があって、今ブームになっている。先日「沖」同人の林昭太郎さんが、

ひまはりは種に少女は母親に

という句で、この番組の年間優秀賞を受賞し、写真家の浅井慎平氏から激賞された。この番組は写真と俳句を組み合わせて一つの作品とする新感覚のアートで、写真と俳句の響き合いが生み出す不思議な世界を創出している。

俳句と写真は、極めて常識的な絵葉書のようなものになっては面白くも何ともない。

今、俳人有志とプロの写真家でテーマを決めて俳句を詠み、写真を撮る会を作った。まず最初に選んだのが、間もなくまちの再開発で無くなる「八幡横丁」という小さな横丁であった。二百メートルぐらいの短い距離ではあるが、そこには昭和を生き抜いた生活そのものがある。毛糸屋さんに帽子屋さん傘屋さん、大型店に行けば全部揃ってしまうだろうが、それぞれ間口の狭い店ではむかし馴染みの客と店の主の会話に華が咲く。ひと月ぐらいの間に、写真家と俳人が次々にこの横丁に出没し、写真を撮ったり、吟行でいろいろ取材をしたので、地元の人たちは少なからず驚いたようだ。

帽子屋の間口は二間春惜しむ　研三

写真家には俳人だけでは考えられないような視点があり、俳人だけで行う吟行会とは違った面白さがあった。

国語学会に参加して

平成十九年七月

先日、日本国語学会が主催するシンポジウムのパネラーの一人として参加した。会場は九段の二松学舎の講堂。基調講演は詩人の高橋睦郎氏。パネラーは私の他に歌人の三枝昂之氏、二松学舎学長の今西幹一氏、日本歌人クラブ会長の神作光一氏と錚々たるメンバー。テーマは「これからの文学研究・語学研究近代詩歌をめぐって」で主に歌人の文学研究が中心であったが、私は研究者ではないので俳句の実作者の一人としてまた文化行政に携わる者の立場から意見を述べさせていただいた。

学者の研究というと私とは縁遠いので、俳句と評論活動について話をした。その内容を少し紹介すると、俳句においても、本質的な評論活動は乏しい時代で、近年は、実作者と評論家という二面性を兼ね備えなくなり、実作が優れていても評論は駄目、これとは逆に立派な評論をしても実作が伴わないという場合が多い。現代俳句の系譜を思い起してみると、子規の時代の碧梧桐、花鳥諷詠と新興俳句、虚子と秋櫻子、近年になってからは伝統俳句と無季を容認する前衛俳句といった対立軸があって、それが牽制しながらお互いの成長を促してきた。

私の俳句の師系譜を見ても、父登四郎の師は秋櫻子、そのまた師は虚子ということになるが、虚子と秋櫻子においても虚子は花鳥諷詠を唱え、それに反発しながら秋櫻子は「自然の真と文芸上の真」を唱えた。秋櫻子と登四郎においても、際立った対立軸はなかったものの、自然諷詠の中に一段と心境を深めた秋櫻子に対して、登四郎は俳句においていかに人間を描くことが出来るかといったヒューマン姿勢を打ち出した。最近の俳壇において、熱い論争が行われなくなった原因の一つに、師弟関係の希薄化ということも考えられる。昔のような師の門を敲くといったことも行われず、師との熱い関係というのも薄らいできているため当然対立軸というものも見失われたように思う。

私の周りの地貌季語

平成十九年八月

毎月、「沖」の選句の他にいくつか俳句欄の選をしているが、特に朝日新聞の千葉版の俳壇と、金沢にある北國新聞の俳壇の選については、地域的な貌とでもいうべきものを意識しながら選句している。地域ならではのお祭、特産、風習など。千葉県は私の出身地ではあるものの、東京に一番近い市川で生まれ育っているので、千葉県全体のことは判らないことが多く、かつて千葉・ふるさと文化研究会というところから刊行された『房総ふるさと歳時記』を参考書にして千葉県各地のことを勉強している。また時間のある時は千葉県の各地を散策しいろいろな風物に触れる機会を作ろうとしている。夏に行われる船橋の「バカ面踊り」やかつて見にいったことのある南房総の白浜で行われる海女の大夜泳（かがり火に海女たちが遊泳）など。また俳人協会から出ている『房総吟行案内』なども参考になる。

北國新聞の選についても、投稿者の句を出来る限り理解するため石川県、富山県のことは常に勉強するように心がけているが、こちらについても同新聞社から出ている『ふるさと石川歴史館』『ふるさと富山歴史館』という分厚い辞典を片手に勉強している。ただ、こちらの方はその度出かけて直接確かめることが出来ないが、この地域の方々の俳句の選をするからには、できる限り足を運んでこの目で確かめたいと思っている。

先般、読売文学賞を受賞された宮坂静生さんの『語りかける季語・ゆるやかな日本』という本は、日本各地のそれぞれの貌をもつ地貌季語を採り上げたものだが、私たちの周りにある地貌季語に関心を寄せることも俳人にとって必要なことであるように思う。

吟行の楽しみ

平成十九年九月

「沖」は昔から吟行が得意でない結社というイメージがあった。人間を詠む、人事句を詠むという傾向が強かったのも起因しているように思う。それを払拭する意味でも、「沖」では、全国大会的な要素をもった「勉強会」という一泊二日の鍛錬会と、東京句会の担当で年に四月と八月の二回を吟行会に当てている。四月の吟行会はいつもお花見の時期にも当たるので、桜の咲く処が選ばれることが多いが、今年は上野の旧岩崎庭園が吟行地となった。四月の句会場はいつも定例で使っている大久保の俳句文学館なのだが、八月は俳句文学館がお盆休みのため使用できず、東京都内の他の会場を探さなければならない。句会の幹事は数ヵ月前から下見に行ったり大変である。

今年は石川笙児さんをはじめ東京例会の幹事の皆さんに大変お世話になった。特に今回は品川宿が吟行地であったため、家が近くの石川さんが事前に区役所に行き街案内のガイドブックを買って来るなど、用意周到であった。この吟行地は、おそらく俳句をやっていなければ、わざわざ行くことはなかったと思う。東京の身近にもまだまだ魅力的な処がたくさんあることを知った。

品川宿は、江戸時代の諸街道のうち最も重要視された東海道一番目の宿場であった。北品川から青物横丁にかけて旧東海道沿いにある寺や史跡を巡ったが、地元の人を中心にまちおこしが行われ、まち歩きマップが作られていたり、お休み所なども整備されていた。

「沖」は吟行会になるといつもの例会を越える人が参加して賑やかな会となる。これも俳句をする仲間たちと同じ風物を見学でき、共に創作ができることから人気があるのだろう。今回は初めて参加される方も多くて楽しい吟行会であった。

代表句をもとう

平成十九年十月

昨年の十二月号に「この一年・沖同人自選の一句」と題して、各同人が一年に作った作品の中から、一番自信のある句を自選してもらうことにした。本年も、引き続き同人に一句を出してもらうことにしている。

俳句を作っているからには、だれもがせめて一句ぐらいは仲間たちが自分の句を諳んじてくれるようにしたいもの。名前と共に「この人と言えば、この句がある」と印象づける句がほしいのである。たとえば、中村草田男ならば「万緑の中や吾子の歯生えそむる」、石田波郷ならば「吹き起る秋風鶴を歩ましむ」のような句であれば、誰もがすぐに口ずさむことができる。沖人なら、先師登四郎や林翔先生の句を数多く暗誦していると思う。

八月の終りの頃になると、各俳句総合誌から「年鑑」に掲載される、年間の代表作品五句の依頼がくる。一年間「沖」に掲載した作品百二十句と総合誌に発表した作品を合わせた中から改めて自選するわけだが、やはり句会で評判がよかった句や、雑誌で批評を受けた句が記憶に残っていて、その中から選ぶことが多い。やがて句集を編んだ時に、その句がどのような評価を受けるか不安な面もあるのだが。

いずれにせよ、十二月になると「沖」では、同人の代表句一句が、俳句総合誌の「年鑑」では、多くの俳人の年間代表句がそれぞれ発表されるので、これをつぶさに読むことも大きな勉強になり、今の時代の俳句の流れを掴むことができる。それと「沖作品」の投句者も、一年間に発表し入選した作品の中から今年の代表句一句を自選してみることも必要であると思う。

忌日俳句

平成十九年十一月

ぬばたまの黒飴さはに良寛忌

老残のこと伝はらず業平忌

ともに先師登四郎の定本句集『咀嚼音』に収載されている忌日俳句で、どちらも馴染み深い句である。登四郎は決して忌日俳句を多く詠んでいるとは思えないが、この二句は俳壇で評判となった句である。最近『文学忌俳句歳時記』という本が出版された。テーマ別歳時記のシリーズの一冊で、日本文学史、文化史的に文学者の「忌日」をまとめたものだ。こうした歳時記は、俳句を作る手引きとして使うのもよいが、文学史的な研究や文学散歩などに役立てても面白い。

「忌日」は一般の歳時記にも季語として収載されているが、季感が余り感じられないかも知れない。私も好んで忌日俳句を詠むほうではないが、故人のことを余り知らないで興味半分で作ることは慎むべきと思っている。

かつて佐藤鬼房は、渡辺白泉や高柳重信を偲んだ俳句をいくつか残しているが、「忌」という言葉が持つ既成の追慕回想の思いが際だって、作者固有の死者への思いが伝わらないことが多いとして、一度も「忌」という言葉を使わなかったそうだ。

しかし私はそこまで厳密には考えない。その故人に特別な思いがあればその思いを込めて詠めばよいと思っている。

この忌日歳時記には、先師登四郎の忌日も「登四郎忌」「朴花忌」として多くの沖人の俳句が収められている。

「なづな」の学園

平成十九年十二月

能村登四郎と林翔先生が長年勤務し、私の母校でもある市川学園が創立七十周年を迎えた。母校といっても、時代と共に次第に疎遠になってしまうものだが、一昨年市川学園の校庭に「登四郎・翔・耕二の三師句碑」を建立したのをきっかけに学園との関係が急速に深まることになった。

現在では、同窓会の役員などを引き受け今回の記念事業においてもいろいろ関わらせていただいた。父が教鞭をとったころ、そして私が在校した時は歴とした男子高校であったが、数年前少し離れた所に新校舎が落成してからは、男女共学となった。長年男子校というイメージが浸透しているので最初は戸惑いもあったが、何度か行っているうちに女子の生徒がいることに何の違和感も感じなくなった。

市川学園は、昭和十二年に古賀米吉先生によって創設された。そして建学の精神の一つに「よく見ればの精神」を掲げている。つまり「一人ひとりをよく見る教育」と言うことで、芭蕉の、〈よく見ればなづな花咲く垣根かな〉という句を引き合いに出して、「よくよく見れば、雑草のかすかな花にも、他の花と比べることができない独自無双の美しさがあり、生徒一人ひとりに光をあてて、じっくりと〝よく見る〟精神が、生徒の潜在している能力を引き出し、開発し、進展していくもの」として教育の根幹をなすとしている。

そんなことで学園祭も「なづな祭」という名前がつけられている。

登四郎は創設の翌年から赴任している。古賀米吉先生と共に学園の運営に関わっていたので、生きていたなら七十周年を迎えた学園に特別の感慨があったに違いない。

一茶のふるさと

平成二十年一月

十一月十九日は一茶忌だが、長野県の信濃町で行われた一茶忌の俳句大会に講演を頼まれ出席した。この会には、かつて先師登四郎も呼ばれて講演したそうで、親子二代で呼ばれたのは大変光栄なことである。黒姫のホテルで前夜祭の句会があり、前日から来てほしいとの事であった。ちょうど昼に長野駅に着いたが、東京とはうって変わって時雨れていた。吟行会には「沖」から藤森支部長と小林久雄さんが参加してくれた。

吟行バスは大型二台でほとんどが地元の方であったが、テレビの「風林火山」でブームになっている、川中島の八幡原古戦場跡と一茶がふるさとを発つ時父親が送ってくれたといわれる牟礼の三本松の行人塚を吟行した。この後、バスは山道を登り宿の黒姫に近くなる頃から霙が降り出した。東京では暖冬が続き、近年は雪景色からは遠ざかっていたので、久しぶりの景色であった。バスがホテルに着く頃には瞬く間に相当の積雪量となり、さすがに一茶が「雪五尺」と言ったのが頷けた。

翌日の講演では、一茶は松戸や流山など千葉県に長く逗留したこともあり、真間山にも何回か訪ねて、市川にも句碑が二つあることなども紹介した。

ところで一茶は江戸から房総付近にかけて旅をしながら俳句を詠み続け、何カ所か立ち寄り先にしていたところがあることは知られている。中でも馬橋の大川立砂、流山の秋元双樹、上総富津の女流俳人・織本花嬌などとの交流は有名。そんな訳で大会には信濃町と姉妹都市の縁で流山からも多くの俳人が出席されていた。講演には、茅野から勝田公子さんをはじめ多くの会員が聴講してくれたが、かつて「沖」の支部長を務めた湯本道生さんにもお会いすることが出来てとても懐かしかった。

「まだ八十八…」

平成二十年二月

林翔先生がこの一月二十四日で九十四歳を迎えられた。角川の「俳句年鑑」では現役作家の高齢順としては下村梅子、文挟夫佐恵《ふばさふさえ》に続き三番目に紹介されている。今なお俳句の実作はもとより、中央例会、千葉例会、同人句会などに出席いただきご指導いただいていることは私たち「沖」にとっても大変うれしいことである。今後もお体を労わられ、お元気でご指導頂けることを願いたい。

先日、私の指導する船橋の「浜町句会」の新年会で米寿を迎えられたお二人の方に逢った。そのお一人が自己紹介で、「まだ八十八…」と切り出され皆の笑いを誘った。俳句を作っている人は、普通の人に比べ矍鑠《かくしゃく》とされている方が多いように思える。やはり常に頭を使って、季節を敏感に感じているからなのだろう。

ところで、静岡支部の竹原惣一さんが句集『卒寿』を上梓された。第一句集『唄ぶくろ』に続いての第二句集であるが、この間静岡では前支部長の松島不二夫さんが亡くなられ支部の要を失った悲しみの中にあって、気丈にかつ前向きに支部のことを考えていただいたお一人でもある。

先師登四郎が亡くなった九十歳を目標においてそれが達成された記念として句集を編まれたという。序文は竹原さんにとって孫のような存在の掛井広通さんにお願いし、帯文は子供の年齢にある私が書かせていただいた。「沖」には、創刊以来一回の欠詠もなく投句頂いている、大柿春野さんは間もなく百歳をお迎えになるという。

私は日頃時間に追われる生活をしているので、こんなに長くは生きられないと思うが、このような年齢に達しても常に前向きに生きていくことはすばらしいことであると思い、大きな目標としたい。

別の九州

平成二十年三月

今年のＮＨＫの大河ドラマは「篤姫」でその舞台となる鹿児島が大きな脚光を浴びている。この鹿児島には、なかなか足を運ぶ機会がない。「沖」の支部が鹿児島にないせいもあるが、学生時代に九州を周遊した折と、二十年位前に福永耕二先生の墓参に北川英子さんと訪れた時の二回だけである。先月は、「沖」の長崎県支部の句会発足を記念した会と、北九州に文学館関係の視察出張で二回も九州に出かける機会があった。福岡、大分、長崎は「沖」の支部があるので、年に何回かは九州を訪れることがあるが、鹿児島だけは私にとって遠い「別の九州」という思いがある。

先日、「沖」の長崎県支部の会に「河」の同人で鹿児島にお住まいの淵脇護さんが来賓で来てくださった。淵脇さんとは角川春樹さんが主催された有志による奈良での吟行会でご一緒したことがあり、それ以来親しくさせていただいていたがここでお会いできたことは嬉しかった。

淵脇さんは鹿児島で「かごしま近代文学館」の企画のお仕事に携わっているそうで、お会いした時に一枚の企画展のパンフレットをいただいた。その企画は「福永耕二展」で二月の初めから約一か月開催されるという。そのパンフレットには、「俳句と駆け抜けた日々」というサブタイトルがついていて、耕二先生の二枚の懐かしい写真と〈新宿ははるかなる墓碑鳥渡る〉の句が掲載された「沖」の昭和五十五年二月号の表紙が載っているものであった。これを見て、何とかこの「福永耕二展」を見たくなり鹿児島へ行きたくなった。このパンフレットを市川学園では私より一級先輩で現在「沖」へ投句している鳥居秀雄さんに見せたところ感激して〈耕二展きみ来ぬのかと霙うつ〉という句を作られた。二月は私も公私ともに非常に多忙な時期で展覧会を見に行くことは出来ないと思うが、同じ九州にありながら鹿児島は無性に遠いところに思えた。

水戸の血

平成二十年四月

今瀬剛一さんが句集『水戸』で俳人協会賞を受賞され先月東京で授賞式が行われた。

紅梅は水戸の血の色咲きにけり

掲出の句が題名となったものだが句集のあとがきには、水戸は自分の育ったところであり、「好むと好まざるとにかかわらず私のなかには水戸の血が流れている」と述べている。「不器用で喧嘩っ早い、それで居て妙に情に脆いところのある」のが水戸の血だという。まだ今瀬さんが「沖」におられたころ若手の会の「舵の会」に毎月水戸から東京に出向かれ熱い指導をいただいた。現在主宰誌の「対岸」には、「能村登四郎ノート」を長年に渡り連載され、ライフワークとして登四郎研究をして頂いていることは大変うれしいことである。今瀬さんは弟子の中でも、一番多く登四郎のもとを訪ねてくれた方で、「沖」の門をたたいてからは俳句を百句、二百句、時には、三百句を携えて来られた。これも約二十年間続いた。登四郎もこうした熱心でひたむきな弟子が来るのを楽しみにしていた。「対岸」を出されてからは、出来立ての「対岸」の最新号を持参された。

登四郎の呆と口開け鳥雲に

掲出の句、かつて俳句を見てもらっている時の様子であったのだろうか。登四郎の特長をよく掴んでおられる句である。こんな特長も肉親だと結構気がつかないものであるが、今瀬さんは身も心も登四郎に最も近づいて話が出来た人である。受賞が決まってから間もなく、今瀬さんが登四郎に報告をしたいとのことで我が家を訪ねてくださった。仏壇に手を合わせながらしばらくの時を師と対話しているようであった。

春爛漫

平成二十年五月

紗《うすぎぬ》の雲ありてこそ天たかし　登四郎
産声や月明いよよ光増し　研三
病む父ゆ命名とどく帰燕の日　〃

三女の紗恵がこの三月に結婚した。掲出の句は紗恵が誕生の時の句であるが、ちょうどこの頃は私の母が病気がおもくなり、父も胃潰瘍で何度も入退院を繰り返していた時期で、この娘の誕生は我が家がやや暗くなっていた時を明るくしてくれた。そして紗恵の名前をつけてくれたのは父であった。紗恵は学校を卒業し社会人になった時、俳句を作りたいと言い出し「沖」にも数回投句をしていたが、仕事が忙しくなったため中断せざるを得なくなった。

結婚した相手は中々誠実な好青年で、男の子がいない我が家にとっては新鮮なものを感じる存在になった。挙式は東京のホテルで行ったが、娘の希望でバージンロードのある教会形式で行われた。聖堂に入場しウェデングドレス姿の娘と腕を組んで赤い絨毯の上を歩くのは何か照れくさいものがあったがやはり感動的な一瞬であった。新郎方の主賓で招かれた方は、父が市川学園の最初の教え子で私も以前から知っている人であったことなど、その出合いの縁の深さというものを感じた。

我が家にはまだ娘が二人居るが娘を一人新生活に送り出したことは何か淋しいものがある。娘の結婚が一段落した四月に入って、仕事の辞令が発令され十年間務めた文化の仕事から、市の総合施策を推進する企画部に異動となった。秋には市川で健康都市の世界大会が開催され、それを担うことが当面の大きな仕事となるようだ。

姨捨句碑

平成二十年六月

本年の同人研修会では、久しぶりに長野県の姨捨にある登四郎・翔の連袂句碑を訪ねることが出来た。この句碑は、今から二十二年前の昭和六十一年の春に当時の信濃支部長だった湯本道生さんが発起人になって地元や「沖」の皆さんからの寄付を募って建ったものである。

枯れ果てて信濃路はなほ雪の前　登四郎

くるみ割るこきんと故郷鍵あいて　翔

「沖」の創刊十五周年に加えて、先師が蛇笏賞を受賞したこと、そして先師と翔先生が長年の交友を重ね「沖」が構築されたことを記念して建てられた。翔先生は、長野県のお生まれで、この句は先生の代表句の一つとして皆に愛誦されている句だが、先師の句はこの句碑の建立に合わせて作られたオリジナル詠である。先師は「沖」の発刊以前は殆ど長野県に旅をしたことがなかった。それは人間を詠うことが中心で自然の花鳥を詠うことが余りなかったからではないだろうか。

しかし、「沖」が創刊され湯本道生さんが信濃の支部長になってからは長野県に行くことが多くなった。おそらく創刊後一番訪れたことが多い県の一つであったと思われ、句境に変化があったことも推測できる。句碑は、私たちが訪れる十日くらい前に藤森すみれさんをはじめ南信濃支部の皆さんがきれいに掃除をしていただいたお陰で、建立当時と同じようにぴかぴかに光り輝いていたのはありがたかった。信濃はちょうどこの時が花時で、桜に加えて、梅や桃、そして杏などが一斉に咲き、まさに桃源郷にいるような気持になった。この吟行会には湯本さんも特別参加していただき昔の話にも華が咲いた。まもなく登四郎忌が来るが「沖」の皆さんと先師の供養が出来たことは何よりであった。

三つの乾杯

平成二十年七月

このところ俳句のパーティで乾杯の音頭をとる役が三回続いた。乾杯の音頭は長老格の方がおやりになるのが普通なのだが、まだ俳壇では若輩の私に回ってくるのは恐れ多いことである。

まず一つ目の乾杯は、松村多美主宰の「四葩」十五周年の記念祝賀会で、松村主宰の第四句集『紅葩』の出版記念を兼ねた会であった。松村主宰は、病気から見事に回復され、お元気になられたが、『紅葩』の〝「紅」は勝負の色〟とご自身で言われるほど句作への思いは並々ならぬものがある。「冬銀河天命はわが掌にありぬ　多美」。二つ目の乾杯、六月十九日に「鴫」主宰・伊藤白潮先生の三番目の句碑が市川市の里見公園に建立された。「来歴のやうに一本冬の川　白潮」。

白潮先生は林翔先生の後を受け、市川市俳句協会の会長をお努めいただいている。現在は船橋市にお住まいだが、市川で長年教鞭をとられ句碑が建立される里見公園に近い国府台小学校が一番思い出深い学校でもある。里見公園は市川市の中で最も風光明媚なところで、江戸川越しに東京の風景が眺められる。この景色に憧れて北原白秋も市川に住んだことがあり、今回建立されたすぐ脇には白秋旧居の「紫烟草舎」が建っている。この日、白潮先生は体調を崩されて出席は適わなかったが、お元気になられている報告があり安堵した。三つ目の乾杯。「沖」長崎県支部に所属する「沖」の若手作家として注目されている小林奈穂さんが、北溟社の創立十五周年を記念して作られた第一回石川琢木賞・俳句部門の受賞者に決まり東京でその受賞式が行われた。賞の決定から受賞式までの時間が余りにも短かったので戸惑ったこともあったが、長崎からは奈穂さんをカルチャーで指導している荒井千佐代さん、千田編集長ご夫妻もかけつけお祝いすることが出来た。選考委員の加古宗也さんからは「沖」は次々に俳壇の賞を取っていく作家がいるとのお褒めの言葉もいただいた。

着ぶくれて話し足りないまま別る　奈穂

合掌句碑十五年

平成二十年八月

飛騨白川郷に平成五年七月に開眼された先師登四郎の合掌句碑はことし十五年目を迎えた。これを記念して高山支部の長尾きよかさん、小林もりゑさん、そして新支部長の古守弓子さん、金井双峰さんらが中心になって中部大会が開催された。これに参加した地元高山、愛知支部の方、また東京からも先師を知らない世代の人たちを含め多数参加してくれた。高山からバス二台で白川郷へ向かったが、ここに来る度に高速道路が整備され交通の便が良くなっていくことに驚かされた。七月に入ると東海と北陸を結ぶ自動車道で未開通部分の白川トンネルが開通すると、名古屋からも高速道路だけで行けるようになるとか。高山からも以前よりかなり早く行けるようになるという。ただこの日はまだ開通していなかったので、下の一般道を使うことになり、むしろこの方が良かった。と言うのも高速道路だと殆どトンネルだけで、周りの風景が見られないが、一般道では荘川桜や村全体が沈んでしまった御母衣湖、ブルーノ・タウトが絶賛したという合掌造りの遠山家など、五十年前に先師がここを訪れて俳句を詠んだ所を見ることが出来たのである。俳句の旅がいかに機能的かつ合理的な旅とはそぐわないものかを立証してくれた。

当日は梅雨の最中でしかも山間部なので、時折雨が強く降る場面もあったが、久しぶりに皆と合掌句碑を見ることが出来た。大きな句碑は合掌屋根をイメージしていて、冬になるとそれ自体がすっぽり雪で隠れてしまうそうだ。「能村登四郎句碑」と書かれた標柱が風雪に耐えているためか掠れているのも印象的であった。しかし、建立以来の歳月にそこここが苔むして周りの風景にすっかりとけ込んでいた。句碑が建立されて十五年、さらに登四郎がこの地を訪れて五十有余年の月日が流れた。その時の熱い思いは今の私たちにも十分伝えられた。

この夏――孫の誕生

平成二十年九月

この夏は、私にとっていろいろな事があった。七月の初め、仕事の関係で岐阜に出張する早朝、出産のため実家に戻っていた紗恵が俄に産気づき産院へ向かった。私はそのまま出張に出かけ、その午後現地の会議中に元気な男の子が生れたとのメールが届いた。

三日後出張から帰って、早速「孫」と対面となったのだが、何か気恥ずかしい思いがあった。私の子供は娘三人なので「男の子」は新鮮であるのと同時に期待に夢が膨らんだ。それと自分の血を分けた命を授かり、そこに存在する不思議さを感じた。

子供の名前は、娘夫婦が是非私に付けてほしいと希望した。娘方の親としてやや差し出がましくも思ったが、父登四郎の一字をもらって「陽登（はると）」と名付けた。

八月の初めから十日間、役所の仕事でドイツ・イタリアへ出張した。出張から帰ってから、体調を崩したようなので診てもらったところ、問題はなかったが、今まで無理を重ねて働きすぎた黄信号を神様から授かったものだと考えることにした。これからは、もっと体に気をつけなければいけないことを身をもって実感させられた。

ドイツ・イタリアの旅

平成二十年十月

八月、市川市とパートナーシティの関係にあるドイツ、バイエルン州ローゼンハイムに行った。一昨年も「ビール祭」といわれる「秋祭」に招かれたので、今度は二度目の訪問となった。ミュンヘン空港に降り立つと、早速バイエルンの民族衣装と音楽演奏で歓迎をしてくれた。

今回は、旅行というより交流、視察が目的であったので、現地では交流をさらに深める盟約書のサインや市川から同じ時期に行っている中学生たちのサッカーの親善試合などを観戦する公式行事が続いたが、ローゼンハイムは、ミュンヘンからオーストリアに近い緑豊かな静かで心休まる町である。

また、今回はローゼンハイムから列車を利用して、イタリアのボローニャとフィレンツェへも旅をした。ボローニャは作家の井上ひさし氏から『ボローニャ紀行』という本をいただき、是非行ってみたいところだった。現在、井上ひさし氏が日本で提唱している子供の読書運動「読みっこ運動」の発祥の地でもありその仕組づくりにも興味があった。ボローニャは石造りの重厚な街で古い建物を保全し、美術館、図書館、博物館、劇場などとして活用している。映画や演劇などの文化活動も盛んである。またボローニャは「職工の町」とも言われているが、旧レンガ工場を活用して、中世から現代までの産業を展示した産業博物館も見学した。たくさんある歴史的な建物もただ保存するのではなく図書館に活用したり、その工夫のすばらしさにも感心した。次に訪れたのがフィレンツェ。ここはルネッサンス発祥の地、また「花の都」の名でも知られる。歴史的建造物や美術館はもちろん、街角のふとした光景からも、芸術の香が漂ってくる。中でも、「ウフィッツイ美術館」はメディチ家歴代の美術コレクションを収蔵する美術館で、イタリアルネサンス絵画の宝庫。有名なボッティチェッリの「ヴィーナスの誕生」などもみることが出来た。今回の旅は、田園風のドイツのローゼンハイムとイタリアの都会的なボローニャ、フィレンツェというヨーロッパの都市の二面性を比較できたのが面白かった。

登四郎特集号

平成二十年十一月

俳句総合誌において、先師登四郎の特集は何回か行われたが、その中でも一番印象に残っているのが、昭和五十年十月号の「俳句研究」である。これは、現在の編集体制でなく俳人の高柳重信氏が編集長を務める「俳句研究社」という会社から刊行されたものである。私もこの「俳句研究社」には先師の原稿を届けに何度か行ったことがあるが、雑然として薄暗い事務所の中に編集長の高柳重信さんと、助手の沢好摩さんがおられたことを記憶している。

実はこの本を久しぶりに開けてみたのは、俳人協会から刊行が予定されている脚注シリーズ『能村登四郎集』を編むために、その本に収載されている登四郎の自選二百句を見るためであった。

この特集全二百三十ページのうち半分以上の百二十ページを特集にあて、実に二十五人の執筆者を揃え、様々な角度から登四郎を捉え評論を行っている。もともと高柳さんの「俳句研究」は作品の発表の場というより評論中心の雑誌であるのでそれも頷ける。執筆者には、鈴木六林男、佐藤鬼房、野沢節子、田川飛旅子《ひりょし》、上田五千石、藤田湘子など既に亡くなられている方も多いが、現在の特集の「一句鑑賞」といった形でなく一人一人がかなりのページを割いている特集である。

高柳重信氏が亡くなられてからは、この「俳句研究」も角川グループから発行され、それまでと企画内容も異にするものになり、その他にも多くの俳句総合誌が発行される時代になった。いわゆる「俳句ブーム」ともてはやされた時代である。最近はその「俳句ブーム」も冷え始め、俳句総合誌も何誌かが休刊をやむなくされた。今の時代では、これだけの特集を組める雑誌も無くなってしまったと同時に、その評論の書き手も揃わなくなってしまったようだ。

雨なら雨を

平成二十年十二月

温め酒雨なら雨を褒めてをり

句集『磁気』にある私の一句である。

本年の勉強会は、銚子の犬吠埼で開催されたが、一日目の吟行では時雨混じりの天候になった。特に吟行バスで海難碑が建つ「千人塚」を訪ねた時は、傘をさしての記念撮影となった。

例年勉強会の開会の挨拶は、まず「沖晴れ」であることをたたえて始まる。先師の時代は、「沖晴れ」「登四郎晴れ」とも言われ、先師の強運な神通力をもって、「沖」の催し事がある日は晴れをもたらすという伝説があった。

今回の設営を担当した幹事の菅谷たけしさんは、勉強会の冒頭の挨拶の中でも、この日の雨をくやんで、まるで自分の責任であるかのように挨拶されたが、雨に降られたことは私たちにとってそんなに残念なことではなかった。

俳人のすばらしいところは、どんな天候であろうとも適応できる力をもっていることである。以前、曼珠沙華の一番の咲き頃を狙って吟行会を設定したが、その年は天候が不順で、一つも咲いていていなかった。しかし、そんな状況にあっても、花が咲いていなければ、それはそれで、別の視点で俳句を作れるのである。

今回も、小春日和の穏やかな海の景色を思い描いていたかも知れないが、雨にけぶる暗い海もまた俳人にとっては格好の材料であったのである。いずれ勉強会での作品は「沖」に発表されることになるが、その作品の一つ一つを見れば、それが証明されるはずである。

松山を訪ねて

平成二十一年一月

十一月に、四国の松山へ行った。と言っても俳句の用ではなく役所の行政視察で市会議員に同行したもので松山市役所以外のところを訪ねる時間がなかったのが残念であった。三年前にも役所の仕事で松山へ行く機会があったが、この時は半日を、松山城や子規堂、道後温泉などを自転車を借りて回ったが、「正岡子規記念館」はあいにく休館日で見ることが出来なかった。

今回宿となったホテルは、いま松山でブームとなっている「坂の上の雲ミュージアム」と隣り合わせているところで、我々のスケジュールと開館時間が合わなかったので、外から建物を見るだけにとどまったが、街中にある「秋山兄弟の生誕地」は訪れることが出来た。

『坂の上の雲』は司馬遼太郎の小説で、秋山好古、秋山真之の兄弟と、正岡子規の三人を主人公に、松山出身の彼らが明治という近代日本の勃興期をいかに生きたかを描く青春群像を十年の歳月をかけて書き上げた壮大な物語で、本年の秋からＮＨＫのスペシャルドラマとして三年にわたって放送されると言う。

『坂の上の雲』とは、封建の世から目覚めたばかりの幼い日本の国家が、やがては手が届くと思い焦がれた欧米的近代国家というものを、「坂の上にたなびく一朶の雲」に例えた切なさと憧憬をこめた題名である。

これほど多くの日本を動かす偉人そして俳人が多く出た松山という地方の都市に大変興味を覚えたが、今度はもっとゆっくりと松山を訪ねて、念願の「正岡子規記念館」へも足を運びたいと思っている。

若者不在の俳句

平成二十一年二月

本年の俳句総合誌「俳句」と「俳句界」の一月号では、それぞれ「俳句の未来予想図」「若者不在の現代俳句を考える」というタイトルで、最近の若者と俳句について論じている。

昔から若者が多いと俳壇で定評のあった我が「沖」でも若者の参加が減っている。私たちが二十代の頃は福永耕二の指導の下に「二十代の会」という句会が毎月開かれ、この例会の他にも時間があれば有志で吟行にも出かけた。その後、これら二十代の人たちの年齢が上がるにつれて、「舵の会」という名称に変えて存続はしたものの、後輩たちが余り入ってこないので、年齢構成がどんどん上がってしまった。

この傾向は何も「沖」だけのことではなく、俳壇全体の風潮のようでもあるが、仕事や家事など生きることに精一杯で余裕の無くなった若者が多くなったことによるものなのだろう。

暮から正月にかけて「派遣村」という言葉がとびかうほど、職につけない人たちが増えてしまった世の中では中々俳句にと言っても難しいのかも知れない。

高齢化が急速に進み、若者自体が少なくなっている世の中ではあるが、是非この若者たちにも俳句の面白さを知ってほしいものである。俳句は出来る限り若いうちから作ったほうがよいのは明白である。

若ければ、恋や子育てなど若くなくては経験できないことも俳句に詠むことができるのである。是非本年は、「沖」にも若い人たちが参加してくれることを願うものである。

俳人の交流

平成二十一年三月

俳句は基本的には、個の文芸であるが、昔から連衆という言葉があるように、私たちは現在結社に所属して、その仲間からもさまざまな力をもらっている。自分を確認するのも中々一人で出来るものではなく、連衆による力が大きく左右する。

そして結社の上には俳人協会などの協会組織がある。俳句を純粋に作っていく上では、結社はまだしもその上部組織の協会などは自分と関係のないものと判断する人もいるだろうが、超結社的に俳壇を見回す中から今の俳句の位置というものが見えてくるような気がする。

一月から二月にかけて、東京では俳句や短歌の総合雑誌を刊行する出版社の新年会や俳人協会賞の受賞式を兼ねた懇親会が開かれるが、私も都合のつく限り出席するようにしている。出版社主催によるものは、俳人のみならず歌人とも交流できる機会も与えられる。

しかし、「沖」の人たちはほとんどの人が、これらに参加しないのは残念である。

また、俳句をやっていると地域的なつながりというのも重要である。私は、千葉県や市川市においてもいろいろな協会の仕事に携わっている。スケジュール的にも大変な事ではあるが、地域という身近なところでの交流にも大きな意義がある。

俳人の交流は何も俳人だけではなく、他のジャンルの異文化交流というものも視野に入れていかなくてはならない。現在私は仕事の関係から地元では画家や写真家、音楽家など多くのジャンルの方々と交流の機会を得ていることは大変ありがたいことである。

三月十日

平成二十一年四月

三月十日のＮＨＫニュースで、東京大空襲の仮埋葬地を追い続ける女性カメラマンの姿が映し出された。死者が多すぎて火葬出来ず、公園などに仮埋葬地として埋められたそうだが、その埋もれかかってしまった歴史的事実を調べながら写真を撮っている若い女性カメラマンなのである。そのカメラマンは、取材中にある遺族に会った。その遺族の方は、東京の空は火の海で、父と弟の遺体を公園で見つけたことを語っていた。仮埋葬されたのは何万という人の数で、仮埋葬地の数は、百を越えると言われ、全てが掘り起こされたわけではないと言う。

私の祖父と母の妹も本所菊川町に住んでいたので、この時の戦災で亡くなった。私はまだ生まれていなかったが、父母や姉の話を聞くと市川からも東京が赤く燃えているのがはっきりと見えたそうだ。翌日、父が市川から現地まで徒歩で出向き祖父たちの安否を確認したが、全く判らなかったと言う。おそらく祖父たちもどこかの公園に仮埋葬されたのであろう。

市川学園の卒業生で詩人の鈴木比佐雄さんから、『大空襲三一〇人詩集』を送っていただいた。大変重いテーマではあるが、こうした歴史の事実を文学的遺産として後世に伝えることは大変意義のあることである。詩集には宗左近さんの『炎える母』の中から「走っている」という詩一編も収められている。

これから祖父の霊を慰めるためにも、三一〇人の詩の一つ一つを読んでいきたいと思っている。

先ほどの若い女性カメラマンも、鈴木比佐雄さんも私よりも若い方であるのに、戦争を風化させないための意義ある仕事と大きな役割を果たしていただいたことに感心した。

郵便番号「四四四」

平成二十一年五月

「四四四」は愛知県岡崎市の郵便番号である。岡崎市には「沖」の同人、会員も多くこの郵便番号はいち早く覚えてしまった。それと「四四四」という数字には忘れられないことがある。平成四年四月四日、岡崎市の徳川家康の菩提寺である大樹寺に先師登四郎の句碑〈睦み合ふごとし雨中の松さくら〉が、柴田雪路さんや羽根嘉津さんら愛知支部の皆さんのご尽力で建立開眼された日である。この日は、句碑の句にも相応しく、岡崎城のある岡崎公園のすぐ近くを流れる菅生川の河畔の桜も満開であった。この頃の登四郎は、八十歳を越えていたものの、とても元気で、俳句総合誌に八十句、百句などという大作を発表していた時期で、この日も開眼式に臨むため坂巻純子さんや渕上千津さん北川英子さんらと共に前日から岡崎のホテルに滞在していた。ホテルで朝食をとっている時に、熊本の同人、正木浩一さんが亡くなったという電話が入った。

正木さんは、癌で長く病んでいたが、「沖」では将来を期待されていた同人であったので、そのショックは大きなものがあった。正木浩一さんの忌日は平成四年四月四日で、「四四四」という数字は私にとって絶対に忘れられないものとなってしまった。

本年の同人研修会および中部大会は、柴田近江新愛知支部長のもとに四月十八日に岡崎市で開かれる。十四年ぶりに「松さくら」の句碑に再会出来ることを楽しみにしている。

長寿俳句

平成二十一年六月

「俳壇」六月号では、「いよよ華やぐ・八十歳からの俳句人生」と題して特集を行っている。八十歳から百歳までの俳人百人のアンケートが載っているが、「沖」からも酒本八重さんと長谷川はるさんが参加してくれた。そして巻頭言として正に俳壇の最長老の林翔先生が「傘寿・卒寿」と題して文章をお書きになっている。長寿の秘訣は「くよくよせず大らか」と言うことで、俳句を詠むことも人生の大きな励みとなっているようだ。「沖」にも八十歳を越えられた方は幾人もおられ、句会やカルチャー教室にも熱心な参加者のいることは大変うれしいことである。

林翔先生も、九十五歳になられたが、毎月の「沖」には作品と随想をお寄せいただき会員とともに楽しませていただいている。

句会の指導の方は先生からの申し出もあり、お休みをしたい旨の電話があったので、早速お宅に伺い先生とお会いすることができた。呼び鈴を押すと先生の元気なお声があり、ゆっくりと二階から階段を降りて来られ、お話をさせていただいた。

先生からも「句会の指導の方は、無理がきかなくなったので遠慮したい、しかし毎月の「沖」には作品と随想は出したい」というお話をいただいた。

俳壇の最長老がわが「沖」におられることを誇りとして、私たちも頑張りたいものである。

江東歳時記

平成二十一年七月

五月から四ヵ月間、月一回の予定で石田波郷記念館のある江東文化センター主催による俳句鑑賞講座を担当している。初回の講義が終わるのを待って、近くに住んでおられる鈴木良戈さんが、わざわざ激励に来て下さった。文化センターのある砂町には、戦後石田波郷が住んだことがあり、昔「鶴」に所属していた良戈さんは現在もここに住まわれている。石田波郷記念館を巡りながら、砂町の波郷のことをいろいろ説明していただいたが、館内に展示されている、江東地域の写真は、波郷が書いた『江東歳時記』に収載されている写真であることがわかった。大変興味深かったので、良戈さんにいろいろお聞きしたが、「『江東歳時記』を持っていないのなら、後で送りましょう」と言って下さり、二三日後に届いた。この『江東歳時記』は、昭和三十二年から読売新聞江東版に波郷の句と紀行文に写真を添えて一一五回連載したものをまとめたものだが、江東区のみならず、墨田、江戸川、葛飾、足立の各区の季節の風物、行事、産業をつぶさに題材としている。この江東五区は私が住む市川と隣接しているので、現在とは違った昭和の記録としても楽しめる。

波郷は写真マニアでもあったので、ローライやライカといったカメラを持っていて、波郷自身が撮影したものもあると言う。『江東歳時記』にある夏の句をいくつか紹介する。

太平町精上舎で
時計工いつせいに退けて梅雨上る
お化け煙突隠れつ現れつヨットの帆
青槻の風をかざして布海苔干し

『江東歳時記』は、正に今から五十年前の風物を今に伝えてくれるものである。現在私たちが何人かの俳人とプロの写真家とのコラボレーションで、失われゆく市川の風景を「撮って」「詠んで」記録している「市川俳見」の仕事にも大変参考になるものであった。

米沢を訪ねて

平成二十一年八月

先月、「沖」の東北大会で山形県の米沢を訪ねた。いつもは山形の会員が多い谷地《やち》周辺の天童や寒河江《さがえ》などで開かれることが多かったが、今回は私の希望もあって置賜《おきたま》の米沢で開催をした。

今回の米沢行は翌日の同人句会があるため早朝に帰らなければならないので、大会の前の午前中に米沢のまちを見ることにした。米沢にお住まいの佐々木昭・泰子さんご夫妻が駅に迎えに来てくれて、早速案内をしていただいた。米沢のまちは現在ＮＨＫの大河ドラマ「天地人」の兼続ブームで大変賑わっていた。市内の上杉博物館では「天地人博」なるものをやっていて、テレビ人気に誘われた若い世代の来場者が多かった。米沢には、井上ひさしさんの故郷である川西町の「遅筆堂文庫」を訪ねた時に来たことがある。この時、上杉神社の「雪灯籠祭」を見ることが出来たが、今回はじめてじっくり見ることが出来た。直江兼続は、上杉景勝を支えた文武兼備の智将で、深い教養と見識は秀吉にも高く評価され、家康が最も恐れた男と言われた。その後上杉家の米沢移封に伴い、城下を整備、現在の城下町米沢の基盤を築いたと言われている。

今回は「直江石堤」を見たが、兼続は米沢のまちづくりとともに、水害を防止するため、蛇堤を築いた。それは大小の河原石を横にならべて積み上げる「野面積」と呼ばれる戦国時代の石垣造りの工法である。米沢市中心地に戻る途中、昔ながらの家並みがあった。兼続に従って来た下級武士が住んでいた地区で、古い建物と共に各家には「うこぎ垣」があった。うこぎは、ウコギ科の植物で、米沢地方では古くから食用を兼ねた垣根として利用された。米沢は兼続の行なったまちづくりとその後藩主にとなった上杉鷹山の藩政改革は、現代の人たちにも大きな影響を与えている。

二十七回忌

平成二十一年九月

本年七月、母の二十七回忌を迎えた。一般的に法事は、特に重要なのが一周忌、三回忌、七回忌、十三回忌、三十三回忌で、この五つは人を呼び盛大に行うと言われている。三十三回忌は「忌み切り」といって、親の法事を子供が行える限界なので一つの区切りになり、それ以降は「遠忌」として次世代や次々世代の人間が行うそうだ。

そんな一般的な考え方は別として母の二十七回忌の法事を行うことにして、親戚に集まってもらうことにした。親戚といっても、父母の代では、母の姉が元気でいる他は、兄弟、従兄弟である。幸い、能村家は昔から親戚の間柄が円満で、結束も固く、法事などの不祝儀の他にも何かにかこつけては集まることが多かった。これも、父が江戸っ子気質で、人寄せが好きであったことによるものかも知れない。

法事は、本来であれば菩提寺に集まり、墓参りをするのが常であるが、ある事情により、近くの寺の住職に我が家まで来ていただき営むことにした。我が家は、昔から父の希望で仏間が二間続きの部屋となる間取りとなるため、こうした人寄せも可能なのである。

久しぶりに兄弟、従兄弟が一同に集まれる機会なので、法事を終えてから、市川市内にある父の市川学園句碑、じゅんさい池の「枯野句碑」、国府台の陸上競技場の「春ひとり句碑」の三つをマイクロバスで巡った。従兄弟たちも、これらの句碑の序幕には殆ど列席しているものの、久々に句碑に再会できたことを喜んでもらった。今回は、母の法事であったが、三つの句碑巡りを出来たことで父を偲ぶことが出来たこともよかった。

北九州文学館

平成二十一年十月

八月の終りに、北九州で「沖」九州大会が開かれた。今回は私の希望で、句会場は小倉の北九州市文学館で、翌日の吟行は八幡西区にある木屋瀬宿を歩いた。北九州市には、杉田久女や橋本多佳子、横山白虹などゆかりの俳人が多くいたので「俳句のまち」として、俳句大会の誘致に積極的であった。

「沖」でも、この協力を得て平成七年に勉強会を、その後も九州大会などを開催させていただいた。北九州文学館には、仕事の関係で二年前に議員視察の随行としてはじめて訪ねて以来、その運営方法や市川との縁が深いことなどから何度か訪問し親しくさせていただいている。この文学館は、元々北九州の歴史博物館の跡をリニューアルして開館したもので、館長は門司区在住のノンフィクション作家、佐木隆三氏。私たちが句会を行った日は、館長さんもおられてお会いする機会を得た。お話をしていくうちに、佐木さんは、一九七三年から一年半市川市市川南に住まわれたことがあり、市川市とのご縁も深く、そんなことからも身近に感じられた。

北九州は古くから様々な文学者を世に送り出してきたところで、独立した記念館がある松本清張の他、森鷗外、火野葦平そして晩年を市川で暮らした宗左近など、それぞれすばらしい人たちが輩出されている。今回の九州大会では、句会の終了後に文学館の副館長の今川英子さんに「北九州の文学について」と題して講演していただいた。今川さんは、かつて市川市内の女子短大で教鞭をとられた方で、林芙美子の研究家としても知られており、現在文学館建設に向けたアドバイスのために年に何度か市に来ていただいている。今、役所での私の最後の仕事として市川に文学館開設に取り組んでいるが、文学館というとどうしても、生原稿など紙ベースの展示が多くなって専門的になってしまいがちだが、だれにでも親しまれるような文学館が出来ればと思っている。

中原中也と山頭火

平成二十一年十一月

俳人協会山口県支部大会の講演を頼まれて山口に行った。本年から「沖」の梅村すみをさんが支部長を務められており、大会の前日梅村さんと支部の事務局長で「万緑」同人の吉次薫さんのお二人が山口を案内してくださった。まずは山口市の湯田温泉の近くにある詩人の中原中也記念館に連れていっていただいた。この記念館は、近代的な建築物で中原中也の詩の世界をゆっくり堪能できるよう、外の風景や柔らかい光を取り入れたり、吹抜を設けることで限られた空間に拡がりと奥行を与えるように工夫されている。ところで、放浪の俳人として知られる山頭火もこの山口の出身だそうで、中原中也とは同時代を生きた人であった。

山口と言えば昔から、有名な政治家を輩出した地であるが、二人共に純粋性を持ちながら文学に人生を捧げ、軟弱の徒とも思われた人達であったようだ。

中也と山頭火は共に山口の人からすれば誇るべき地元出身者ではなかったのかもしれない。山頭火は破産・離婚、晩年は子供の仕送りに頼る生活というような生活ぶりで、中也もずっと親のすねかじりでろくに働いていない。こんな二人が山口県人とおもわれたら困る、というのが地元の人たちの本音であったようだ。山頭火がブームになって、山頭火が訪ねたゆかりの地との結びつきをアピールして街おこしの材料にしたそうだが、地元は最後まで彼の顕彰を躊躇していたという。

中也と山頭火は近い場所ですごし、同時代を生きたもの同士であったが二人が出合うことはなかった。詩人としてしか生きられなかった詩人と、放浪の俳人として生きることしかできなかった俳人であるが、この二人が出会ったらどういうことになっていたのであろうか。

親交七十年

平成二十一年十二月

林先生のご葬儀で弔辞を述べるため、父と林先生の交友の歴史を繙こうと『能村登四郎読本』を開いてみた。年譜によれば、昭和六年のところに、林先生のお名前が初めて出てくる。國学院大学の同窓として机を並べ、共に短歌誌「装塡」で短歌を学んだという。登四郎二十一歳、林先生は十八歳。そして父が亡くなる平成十三年まで、実に七十年に及ぶ親交があったことになる。勿論、我が家と林家は親戚以上の親交があり、私も幼い頃から親と共に林家を訪ね、お嬢様の朝子さん、ご子息の陽さんともよく遊んだ。父も林先生も共に、お互いの連れ合いより長い付き合いをしたことになる。

この間、短歌誌への参加から始まって、その後俳句を志し「馬酔木」への投句、そして昭和十三年に市川学園への赴任など常に一緒の道を歩んできた。

私が通った小学校ではみよ子夫人が音楽の先生をされていて、直接音楽の授業を受ける機会を得た。中学・高校は市川学園に進学したので、現代国語は勿論、古典・漢文など国語の授業のほとんどを林先生から受けたことになり、中学時代に初めて俳句を作ったのも林先生の授業からであった。

「沖」が創刊されてからは、前のお住居があった菅野のお宅へ編集の仕事を手伝いにお邪魔したことが印象深く残っている。

父と林先生の深くて篤い七十年の親交が「沖」の礎を築いてくれたのである。

文化、冬の時代

平成二十二年一月

テレビのニュースでしきりに報道されているのが「事業仕分け」。専門分野の担当者などを前にして、「仕分け人」なる政治家や、学識経験者などが、ばさばさと仕分けていくのだが、これに噛みついたのがノーベル賞受賞者や、音楽家たち。一向に景気動向が上向かないままの社会状況の中、文化の世界にも、「費用対効果」や「効率性」という言葉がむやみに迫ってくる時代である。文化は確かに、生活の中で食う足しにはならないもので、ややゆとりがある時の贅沢なものと思われがちで、こうした不況時代には、中々理解が得られず、財政的な支援が打ち切られてしまうのが現状である。

しかし、こんな時代だからこそ文化の果たす役割が大事なのである。文化に関わる国の予算などは、全体から見れば、たいした数字にはならないはずであるが、容赦なく切り込んでくるのが今の世の中。文化は正に「冬の時代」に突入した感がある。

文化は、萎えた人々の心を癒し、生きる勇気を与えてくれるものであるはずで、「未来への投資」と考えるべきであろう。

俳句の世界においても、何かこの「文化の冬の時代」の影響が及んできているようにも思う。せめて、座の文学である、俳句の世界では、人々の温かい触れ合いの中、大きな自然から受ける力を大切にして、時代の荒波に押し流されないよう、守っていきたいと思う。

新年早々、やや悲観的な話になってしまったが、「沖」の四十周年の節目の年を迎えるにあたり、俳句や文化の世界にも、春の日が差し込んでくることを期待しつつ私たちも頑張っていきたいと思う。

「手児奈文学賞」十年

平成二十二年二月

「手児奈文学賞」が創設されて、今年で十年目を迎えた。「市川を詠む」というテーマを掲げ、短歌、俳句、川柳の短詩形三部門の作品を全国から募集するもので、二〇〇〇年という千年紀を契機に始めたもので、私は公務にいる立場から俳句部門の選は渕上千津さんにお願いした。三部門の中でも俳句は最も投句者が多く、その中から百句を選ぶのは大変な仕事でそのご苦労には心より感謝したい。

「沖」の方々も市川周辺のみならず全国から投句をいただき二〇〇〇年の第一回目は当時札幌におられた吉田明さんが大賞に輝き、二回目は長崎の荒井千佐代さん、三回目は遠藤真砂明さん、五回目は千田敬さん、六回目は柴崎英子さん、七回目は佐々木よし子さんがそれぞれ大賞を受賞し、この他にも秀逸、佳作には多くの「沖」人が選ばれている。全国の「沖」人も市川には先師登四郎が長く住んでいたこともあって多くの方が訪れ、その時の印象を俳句に詠まれている。

テーマとなっている「市川」もこの十年で、目まぐるしく変わった。いろいろな意味で、昔より発展したこともあれば、懐かしいものもいくつか失われた。

あらためて十年間の作品の一つ一つを読みかえしてみると、その時代でしか詠めないものもあったり、あらためて十年の時代の変遷というものを感じたが、今後「市川」の失われていくであろう風景や風物をしっかりと詠み留めて後世に伝えていくことも必要なことであると思う。

十回目の今年からは公務を離れるので渕上千津さんに代わって私が俳句部門の選をやらせていただくことになった。

和菓子

平成二十二年三月

俳句を作っている人は常に季節に敏感であるが、和菓子からも日本の四季の移り変わりが楽しめる。私は辛党なので、甘いものは弱いと思われがちだが、茶道をやっている妻がお茶会に出た練切の菓子を持って帰ってくるので相伴にあずかることが多い。

お正月の花びら餅や、ひなまつりの桜餅、端午節句のかしわ餅など、私たち日本人には、行事の折に決まった和菓子を食べる習慣があり、夏には水ようかん、秋には栗の菓子など、和菓子によって季節を感じることがある。

このように和菓子に季節感があるのは茶道との関係が深く、日本の四季を敏感に取り入れ、季節にあったもてなしをすることが心得とされたからである。茶器や花とともに、和菓子の色や素材、形が季節を表現するようになった。

俳句の総合誌「俳壇」では、今年「甘味歳時記」「和菓子」と、題して、その季節のお菓子を紹介している。三月は「草餅」で、菓子職人かつ俳人の田村ひろじさんという方が書いておられる。

私の住んでいる市川は昔から文化人が多く住んでいることで知られているが、東京に負けない和菓子造りの職人が多いまちで、各和菓子屋さんのショーウィンドーに並ぶ練切の色合いや形、そして何より菓子の名前の付け方が凝っているのが興味深い。

私の家に一番近い和菓子店の店主は、常に俳句歳時記を片手に、季語だけでなく、古今の俳句作品にイメージを喚起された創作菓子にも挑戦している。

定年退職

平成二十二年四月

三月の末をもって私もいよいよ役所を定年退職する。

もう勤めなくてもいいと桜咲く

これは今瀬剛一さんが学校を辞められた時に作った句で、定年退職者の感慨が詠まれたものである。今の私の開放感と寂寥感の複雑な気持にもぴったりする句でもある。

役所には昭和四十九年に入庁以来三十六年間勤めたことになる。大学が土木工学の専攻であったので、二十五年間は技術職として建設関係の河川や道路の仕事に携わったが、後半の十一年間は主に文化行政の仕事を担当した。建設の仕事をしていた時代は、二足の草鞋を履く以上、仕事と俳句をきっぱり割りきってと覚悟を決めていたが、文化関係の仕事についてからは、俳句や文学関係の仕事も関係が深くなってきた。これも何か運命的なものとして受け止めることにして、結果的には私にもプラスになることが大きかった。文芸関係だけでなく、美術や音楽関係の人たちとも仕事でお付き合いできたことも良かった。

父は私立学校であったので当時は定年退職という制度がなく六十五歳まで働いたが、俳句と仕事をどちらも怠けることなく上手く両立させた。

先ほどの今瀬さんの句ではないが、私の方は、全く勤めなくていいという訳にも行かず、四月以降も役所関係の仕事にしばらく携わることになるが、今まではずっと開放感を味わえるのではないかと思っている。

哀悼・井上ひさしさん

平成二十二年五月

井上ひさしさんが四月九日に亡くなった。

むずかしいことをやさしく　やさしいことをふかく　ふかいことをゆかいに
ゆかいなことをまじめに　書くこと

という色紙を「沖」の三十五周年記念号に掲載させていただいた。「沖」では、十五周年の記念号でも渕上千津さんがこまつ座の稽古場を訪ねて特別企画「井上ひさしさんへのインタビュー」が掲載されている。このインタビュー、当時の編集部がつけた副題は「日本語の動詞は弱い」。その一節を紹介すると、

動詞が一番最後にきて、風呂敷に物を結んで結論を出すわけですが。そうすると沢山荷物を入れて結ぶとき動詞一個では足りなくなると言うのは、どうも日本語の特質みたいですね。

この他にも、小林一茶や芭蕉のことなど俳句に関る話もお聞きすることができた。井上ひさしさんの芝居を見ていて常に思うのは、かなり重たいテーマに取り組んでも、現実のシガラミやら困難やら、どうにもならないことなどを、最後は「ゆかいに」笑いにしてしまうのが真骨頂だった。そして井上さんは完全主義者で妥協することなく、原稿執筆に時間をかけ、自ら「遅筆堂」と名乗っていた。

井上さんは、四月から私が副理事長を務める市川市文化振興財団の理事長も務めておられたが、理事長に就任いただいてすぐに文章講座で市民約四十人を教え、『母』というテーマで書かせた作文を赤ペンで熱心に添削して下さった。これには、千田編集長や、秋葉さん、そして今は亡きくらたけんさんなども熱心に受講した。井上ひさしさんの図り知れない偉業を偲びご冥福をお祈りしたい。

小澤克己さんを悼む

平成二十二年六月

小澤克己さんが四月十九日に亡くなった。私と同齢の六十歳で未だにその死が信じられないほどである。昨年、十一月十九日に長野県信濃町で行われた「一茶忌俳句大会」で小澤さんは講演者として招かれ、私も選句講評があったので、ご一緒させていただいたのが最後となってしまった。この時は、小澤さんもお元気で、ちょうどお昼に地元の方のお蕎麦の接待を受け、一緒に日本酒を酌み交わすなど、旅先で久しぶりの再会を喜びあった。この時の小澤さんは、結社の「遠嶺」の方々三十人を引き連れての賑やかな参加であった。東京ではお互いに忙しく中々ゆっくり話せないだけに良い機会であった。小澤さんは、私の妻の従兄弟で、われわれが結婚したのがきっかけで「沖」に入会され、若手の句会「舵の会」でも一緒に勉強する機会を得た。前から詩をやっておられたので、俳句に対する勘も冴えておられて、「沖」においては、若手の書き手として評論もどんどん発表していただいた。

平成四年に「遠嶺」誌を主宰されて「沖」を離れられたが、その後も親しくお付き合いをさせていただいた。私と同じ地方公務員で図書館の仕事をされていたように記憶している。ただ、俳句に専念したいと決意をされ、十年位前に仕事をお辞めになった。三月の末にお母様を亡くされ、この葬儀に私は駆けつけることが出来なかったが、この時からかなり体の具合が悪かったようで、その後すぐに入院されたそうだ。小澤さんの通夜葬儀は、ちょうど韓国への出張と重なっていたため、前日ご自宅へ弔問に伺って、小澤さんの亡骸と対面させていただいた。病んでいたとは言え、骨格などまだまだ若い感じで悔やまれた。

高空に水あるごとし青鷹

ドイツの旅

平成二十二年七月

先日、市川市とのパートナーシティであるドイツのローゼンハイムで、「ガーデンショー」という博覧会が開かれていて、五月の一週間を「ジャパンデー」と定め、市川の様々な文化団体から総勢二百名が同市を訪れ、様々な日本文化の紹介を行った。

この行事の前に、三日間だけ南ドイツのバイエルンの観光をすることにして、世界遺産の一つであるドナウ河畔の古都レーゲンスブルグ、オーストリアとチェコの国境の町でドナウ川などの三つの川が合流するパッサウ、オーストリアの音楽の都としても知られるザルツブルグ、そしてかつてヒットラーの保養地でもあったベルヒテスガーデン、ケーニヒス湖などを訪れた。いずれも歴史のある街で建物の重厚さと風光明媚な自然環境を堪能することが出来た。

今回の旅は、いくつかの行程に分かれており、「沖」からは、現地での俳句講座のお手伝いとして大森慶子さんと上田玲子さんが同行してくれた。また、二百人の市民団の中には、「鳰鳥句会」の市瀬千加子さんと、「かつしか句会」の岡部知子さんも参加していた。また、娘の麻衣が現地で茶道のお手前などを披露するために同行することとなった。

私の方も現地で日本語学校に通うドイツ人に俳句の講話をする機会が与えられた。芭蕉の句から現代までの俳句を通して、俳句は十七文字で表現し、それぞれの季節を詠み込むことを解説したが現地の人からは大きな関心が寄せられた。

いずれドイツ人の中から、俳句に興味を持って投句をしてくれるような方が出てくれればと期待している。

熱い夏——四十周年の夏

平成二十二年八月

今秋、十月「沖」はいよいよ創刊四十周年を迎える。増大号となる十月号の編集は千田百里編集長のもとに編集部の皆さんが目下懸命なご尽力のもとに進行している。また記念大会についても、遠藤真砂明実行委員長のもとに委員の皆さんがいろいろなセクションに別れて準備を進めている。ありがたいことである。私の方も、四十周年という大きな節目に向けて準備も忙しくなってきた。その一つが『能村登四郎全句集』の刊行で、刊行委員の皆さんのご尽力で、刊行までの詰めの作業を行っており、私も先日千田敬さんと共に、出版社に出向いて、装丁のデザインを含めた最後の調整をしてきた。刊行は九月の末になると思うが、能村登四郎の全句業を纏めたものなので、広く多くの人に見ていただきたいと思っている。

また、四十周年と登四郎の生誕百年を記念して市川市の文学プラザにおいて十月の終りから一月にかけて「登四郎展」を企画している。これについての企画作業も私が中心となって進めることになり、その準備にとりかかった。

それに、私の句集も平成十五年に『滑翔』を刊行以来、七年が経過しているので、この夏に平成十五年から十八年までの作品を集めて第六句集を刊行することにして、先日原稿を出版社に送った。

それに加えて、四十周年に参集いただく方全員に私の直筆の短冊を差し上げることにしたので、その揮毫もこの夏の大きな仕事である。

先師登四郎も、四十年前の夏には、十月の創刊に向けて「熱い夏」を送ったが、私にとっても今年の夏はさらに「熱い夏」になりそうだ。

盆僧

平成二十二年九月

私の家の菩提寺は、東京谷中にあり盂蘭盆会の行事は通常七月に行われるべきものであるが、父がかつて教師であったため、この時期は期末試験と重なり、特別八月にしてもらっていた。そして父は俳人なので、秋の季語となるお盆の行事を梅雨が明ける前に行うことには、いささか抵抗感があったに違いない。このため、我が家では私が生まれる以前から、八月のお盆が定着していた。お墓に先祖の霊をお迎えに行くのも八月十三日、多くの会社がお盆休みに入って、東京都心は地方へ帰省している人が多いので車の量も極端に少なく閑散としているため車で移動するにも快適である。

今年のお盆は、昨年延壽寺の住職に就任された竹内ご上人自らが我が家に盆供養の法要においでくださることになった。これまでは、同じ日蓮宗で市川にある妙正寺（林翔先生の「唐辛子」句碑が境内にある寺）の赤羽ご上人に長い間、お経をあげていただいていたが、何十年ぶりかに本寺からおいでいただくこととなった。竹内ご上人は、四十代で中山法華経寺の百日の荒行を五回もされている方で、お父様も僧侶で宮沢賢治の研究家としても有名な方であるそうだ。私もつい先日、花巻の宮沢賢治記念館を訪ねたばかりであったので、宮沢賢治の話題で話が盛り上がった。

菩提寺の延壽寺は三百五十年以上の歴史のある名刹で、平成十二年に建立された登四郎の、

曼珠沙華天のかぎりを青充たす

の句碑が境内にある。「沖」創刊の時に詠んだ句で、この句碑も日頃からお預かりいただいており、墓苑には父登四郎をはじめ能村家の代々の霊が祀られている。何年間か、菩提寺には事情があって一般の方が行きにくい状況にあったが、今回来られた竹内ご上人によって全てが解決され、私たちも好きな時に自由な気持でお参りすることが出来るようになった。

志を持った結社をめざして――「沖」創刊四十周年を迎えて――　平成二十二年十月

「沖」はこの十月号をもって創刊四十周年を迎えた。創刊の昭和四十五年（1970年）という年を振り返ってみると、高度経済成長真っ只中で、華やかな時代を背景に大阪で日本初の万国博覧会が開催された年でもある。まちにはミニスカートが闊歩し、新宿には高層ビルが建ち始めた時代である。

先師登四郎は五十九歳、林翔先生は五十六歳、私は二十一歳であった。この年の三月には桂信子の「草苑」、「沖」と同じ十月に森澄雄主宰の「杉」が創刊され、さらにその翌年には野沢節子の「蘭」が創刊されるなど、結社ブームの切っ掛けとなり、時代を先取りした感があった。

先日、同人の鈴木良戈さんから市川の勤労福祉会館で行った創刊記念大会の八ミリフィルム（DVD化したもの）をいただいて懐かしく拝見した。創刊当時に集まった人たちも今ではほとんどの方がおられないが、そのお一人お一人に、能村登四郎と共に新しい結社を運営して行こうとする輝かしい眼差しがあった。創刊号の投句者が八十八名という末広がりの数で始まったことは「沖」の逸話としても有名だが、俳壇に羽ばたけるような新しい結社誌としてそれぞれが志をもち、その心には燃えるものがあった。

しかし、その後のバブル崩壊、景気の低迷、そして急速な高齢化や、介護問題などなど、俳句を取り巻く環境は大変厳しいものがあり、結社の数こそ増えてはいるが、群を抜いて隆盛になった結社は見当たらない。そして、若者も安定した仕事につける人が少なくなり、俳句にかける時間の余裕が無くなってしまったのが現状である。このような社会状況は、俳句だけに限らず日本の文化環境全体にも及んでいる問題といえるようだ。だがこうしたことをいつまでも嘆いてばかりはいられない。

私はこの大きな節目の年に、第六句集『肩の稜線』を上梓することになったが、その中に次のような句を載せている。

初空ヘルネッサンスの志

迷ふなく素志を貫く去年今年

私が数年前に掲げた「ルネッサンス沖」の気持を詠んだものだが、それは結社の世襲性について自らを戒め、先師や先輩たちが築いた「沖」を、単に継承していくことではなく、常にその時代を読み、その時代の中での「伝統と新しさ」を求めて、「沖」誌は変わることなく、創刊の志をもった結社誌として運営していきたいと思ったからである。これは、今後も変わることなく持ちつづけなければならないことで、「沖」四十周年の大きな区切りの後、徐々に具現化していきたい。

「沖」に集まる人たちは自らの俳句が上達したいとの思いで集まって来られるのだろうが、これからの結社「沖」は、「志を持った人が集まり、志をもった人が語り合い、ぶつかりあい、切磋琢磨し、そして俳句の未来に向けて、志を実現していく結社」にしていきたい、と思っている。

編集長交替

平成二十二年十一月

　先月の「沖」創刊四十周年記念号の編集をもって千田百里編集長、千田敬副編集長が交替することとなった。千田百里編集長には平成十三年三月より七年半にわたり編集長を務めていただいたことになる。千田夫妻は私が編集長だった時代から編集部に参加いただいているので、編集歴は二十年に及ぶかも知れない。結社においては、主宰と編集長の間で齟齬が生じると結社自体の運営が難しくなることがあるが、千田夫妻とは全くそんなこともなく、風通しがよく私が意図するところを汲んで編集していただいた。ありがたいことと感謝している。お二人共、編集に対してはプロの腕をもっていた方なので、誌面の構成や校正に対して心配はなかった。

　また、今回の四十周年記念事業では予ねてからの懸案となっていた『能村登四郎全句集』の刊行に際して、かなりの時間をかけて編纂作業を行っていただいたこともありがたかった。

　この十一月からは、辻美奈子新編集長のもと安居正浩副編集長の協力を得て、新体制のもと編集が行われている。今度は企画面では、私も参加しようと思っている。初めて私より若い辻編集長が就任されることになり、今俳壇で活躍する若手のお一人でもあるので、「沖」に新風を吹き込んでくれるものと期待している。

　「沖」も四十周年の諸事業を終え新たな目標に向って邁進することになるが、あと二十ヵ月後の平成二十四年五月には五〇〇号となる。まだ、具体的にはどんなことをするのか全く決まっていないが、五〇〇号という誌齢の重さをしっかりと受け止めながら、新たな目標にしていきたいと思っている。

「沖晴れ」に勝るもの

平成二十二年十二月

「沖」の行事を行う時は必ずと言ってよいほど誰もが口にする「沖晴れ」となるのだが、今度の四十周年の記念会では、それが効かなかった。十月の終わり頃は天気も安定し秋晴れの一日となるはずなので、この時期を設定したのだが、珍しくも東京を目指した台風の直撃予想。ぎりぎりまで天気予報を気にしながら出かけることになったが、会場に向かう途中、これではどうも私自身が雨男のレッテルを張られそうだと思った。役員の集合は午前中早かったので、小康状態の間に会場の中に入ることが出来た。しかし、会員の皆さんが受付をする昼頃、お客様がおいでいただく五時頃雨脚が強くなるのではと心配であった。会場にも何人かの会員やお客様から電話があり、交通機関が心配なので行くのを見合わせたいという連絡も入ってきた。会場となった市ケ谷周辺も一時的には雨脚が強くなったこともあったようだが、何とか足元の悪い中を多くの会員、お客さまにお越しいただくことが出来たこともうれしかった。祝賀会の来賓として一番にご挨拶をいただいた、今回の文化勲章受章者でもある有馬朗人先生からは「台風などは大いに歓迎すべきもので、この日が絶対忘れられない日になるだろう」という励ましのお話もいただき勇気付けられるものがあった。こんな悪条件の中を三百人を越える方々に集まっていただいたことは、私にとっては「沖晴れ」に勝るものを感じることが出来た。

今回の四十周年記念事業、実行委員会のスタッフの皆さんと二年越しの準備を重ねて、この日を迎えることが出来たわけで、スタッフの献身的な力も頼もしかった。今回は、ご出席いただく会員の皆様お一人お一人に私の書いた短冊を差し上げることにした。スタッフの方々には心配をかけたが、大会の二日前に全部を書き上げることが出来た。また、企画展「能村登四郎の水脈」の図録も、夏からの大仕事であったが大会の日ぎりぎりに完成し皆様に見ていただくことが出来たのもうれしかった。

登四郎生誕百年

平成二十三年一月

今年の一月五日で能村登四郎の生誕百年となった。単に「生誕百年」という言葉は私には縁遠い言葉に思っていたが、昨年の「沖」の四十周年に合わせて、登四郎の生誕百年を記念して企画がなされる中、この言葉の意味の重さを感じるようになってきた。登四郎はちょうど九十でこの世を去ったので今年は没後十年にもなるわけである。明治四十四年生まれでご存命の方は聖路加の日野原重明さんで、九十八歳で始められた俳句を楽しんでおられ、「俳壇」の一月号に作品を発表されていることもうれしい。ところで、登四郎が生まれた明治四十四年の年譜をみると、次のように書かれている。

〈一月五日、東京都台東区谷中清水町に父二三郎（建設業）、母かねの四男として生れた。父は金沢生まれ、母は生粋の江戸っ児である。母に陣痛が始まった夜、近くの葬家の柩があやまって運び込まれ、皆が顔色を失った時、祖父が「心配するな、生れてくる子はきっと男だ」と喝破したという逸話があった。登四郎の名は、祖父の生れた能登にちなんで付けたという。「私の体を流れている血液の中に、頑固で負けずぎらいな加賀生まれの父の血と、淡白で無欲で派手好みの東京生まれの母の血とがいつも相克し調和して、たぎり疼いている。兄三人、姉二人、妹一人の七人兄弟のうえ使用人が常に十人くらい起臥している大家族であった。家は繁栄していて、万事派手ごのみの家庭に育った。近くの邸町で池上秀畝、松本楓湖、田中頼樟など画人の家が多かった。〉と記されている。

現在開催中の「登四郎展」の準備のために、昔の写真、資料を探す作業をした。以前登四郎が直接見せてくれた写真の中に、父が生れたばかりで中央の父母に抱かれ、建設業関係者が百人位とりかこんでいる写真があったが、この写真はとうとう見つけることが出来なかった。

「全句集」の刊行と「登四郎展」の開催を生誕百年を記念して行ったことで、登四郎に対しての新たな発見もあって私にとってはとても有意義であった。

句集出版

平成二十三年二月

先日の「沖の新年大会」では、新年の懇親に加えて、昨年一年間に「沖」の会員、同人で第一句集を出版された方を祝う会も合わせて行った。以前は新年会とは別に「出版記念会」を独立して行った時期もあったが、ここ数年はこの形をとらせていただいている。

一人の俳人が句集を編むことは大変エネルギーがいることで、その出版を決意するまでは勇気もいることだ。句集は個人の句がまとまった形で編まれているものなので、いつもの雑誌で見ている時の一句一句とは違う感触を得ることが出来、それぞれの作家の個性といったものが掴める。

しかし最近は、「沖」の仲間が句集を出版しても、会員が特段に興味を示す風潮にないことも確かで残念である。活字が溢れすぎているための現象とも思えるが、もっと一人一人の作家の句集にも関心をもっていただきたいと思う。昔は、仲間が句集を出版すると、親しい人たちが集まって、その出版を祝うというより、「著者を囲む会」というものをやっていた。飲み食いが中心でなく、集うものが対象となる句集をしっかり読んできて、その十句選などを持ち寄り、お互いの意見を述べ合う会である。「沖ルネッサンス」を提唱して久しいが、こういった会が自主的に復活してくることも大変勉強になるように思うのだが。

最後に、今年の新年会の出版記念を祝うコーナーで、それぞれの著者に贈った私の祝句を紹介する。

楪や古き写真に明治の世　　廣島泰三句集『銀板写真』
異郷なる荒海佐渡を恵方とす　　松本明子句集『花いばら』
メタリックな都会風景初御空　　古屋　元句集『都会歳時記』
冬潮にこころ癒さる房暮らし　　小澤利子句集『桐の花』

水脈・山脈

平成二十三年三月号

「沖」創刊四十周年と登四郎生誕百年を記念して「市川市文学プラザ」で開催された「俳人・能村登四郎の水脈」展が間もなく終了する。こうした企画展、美術や文芸関係で、他の人のものはいくつか仕事として関わったことがあったが、今回は肉親として関わったので、いろいろな思いがありながらも、なるべく一人の俳人として冷静に見ていこうと思った。「沖」の記念大会の参加者に配ることが出来た「図録」の編集作業、全句集の刊行と共に「登四郎百年」の偉業を検証するに相応しい仕事で楽しかった。期間中には、市川市内にある登四郎、翔の句碑めぐりツアーの案内役を務めたり、父を語る講演会などの関連イベントも開催した。それに、登四郎の誕生日に近い日に日頃から親しく付き合っている能村家の従兄弟たちがこの展覧会を見に来てくれて父の思い出話に花が咲いた。

ところで、今回の企画展のネーミングは文学プラザの学芸員である根岸さんがつけてくれたものだが、良い名前であったと感謝している。「図録」の中で、私は「登四郎山脈」と言う言葉をしばし使っている。これは、過去に「子規山脈」、「楸邨山脈」などと俳句の師系山脈に使われていた言葉で、登四郎も弟子たちが自由の羽ばたいていくのを喜んで見送る俳人だったので、私も敢えて「登四郎山脈」という言葉を使うことにした。根岸さんは、雑誌名が「沖」で海に関係するので「水脈」としたらと言う提案であった。「水脈」と「山脈」は同じ「脈」の字を持ちながらも少しニュアンスは違うようにも思う。「山脈」という言葉には峨峨たる山がしっかりと連なる景が浮かぶが「水脈」という言葉からは、もっと自由で深い繋がりといったものを感じる。登四郎の師系を語るには、やはり「水脈」という言葉の方が相応しいように思えてきた。

巨大震災

平成二十三年四月

三月十一日におこった東北の大地震は日が経つにつれ、その被害の甚大さが大きく報道されている。今回の地震の時、私は編集部の旅行で北海道にいた。地震が起きた時間には網走から流氷船に乗って海上にいたので、地震の揺れを全く感じることは無かったが、船上で家にいる娘からのメールで大きな地震が起こったことを知った。その後、層雲峡へ向かうバスの中で東京と連絡がついた人の話を聞くと、津波で街が呑み込まれたり市原で燃料タンクが爆発したという情報が入ってきた。層雲峡のホテルのテレビで全容が判るにつれ旅の気分は一気にすっ飛んでしまい、暗い気持になってしまった。どうも我が家の千葉の方も相当の震度だったそうで、家族の安否と仕事の職場の様子を知りたく携帯やメールをしてみたが、全くつながらなくなってしまった。次の日に札幌から飛行機で帰ることにしていたが、果たして飛行機が飛んでくれるのかも判らず不安が次第に増幅されてきた。結局は夜中に公衆電話から電話連絡が可能で我が家の無事が判った。職場の方も夜小ホールを開放し東京から帰宅難民五百人の引き受けをしたとの報告を受けた。翌日の夜予定の時間に帰宅することが出来たが、家に帰ってみると、大きな損傷等は無かったが書斎の本が床に多数散乱して相当の震度であったことが判った。「沖」関係でも、支部窓口の吉田政江さんが被害があった県の人たちに連絡をとっていただき安否がわかったが、皆元気でいてくれたことが判り安堵した。しかし地震直後に送られた同人の方々の投句はがきから見ると市川の隣の浦安では液状化現象がおこり町中に大量の泥が噴出したり、銚子では津波からの避難で高台に逃げられたことが判った。

地震以後は、計画停電もあって三月中の句会や、俳句結社の祝賀会もすべて中止となり、職場の財団の文化事業もすべて中止および延期をすることとなった。町に出ても人の往来も少なく、ガソリンスタンドやコンビニへの長蛇の列など人々の閉塞感だけが広がって元気がなくなっているようだ。大被害に遭われた方々には心よりお見舞いを申し上げ一日も早い復興を祈りたいが、せめて俳句を作る人からこの閉塞感を打ち破り元気にしていきたいと思うのである。

井上ひさし先生一周忌に

平成二十三年五月

市川市文化振興財団の前理事長であった井上ひさし先生が亡くなられて一年になる。

先生は、市川に約二十年間住まわれ、この間に多くの執筆活動をされ、直木賞も受賞されている。先生は、山形県生まれで、仙台の高校に通い、岩手県の釜石市にもおられたことがあり、今回の東日本大震災で甚大な被害をもたらした被災地とも縁が深い方でもあった。

代表作である「吉里吉里人」や「ひょっこりひょうたん島」は、役場ごと津波で流されてしまった岩手県の大槌町が舞台で、今回の地震と津波で町長をはじめ　五百人以上の方が亡くなられ、まだ千人を越える行方不明の方がいる。先生は「吉里吉里人」で東北人の優しさ、団結心、独立心を描いておられたが、先生が生きておられたら、今回被災された方々にどんな励ましの言葉があっただろうか。先生は、人から求められると色紙に書く言葉がある。その一つが、

むずかしいことをやさしく／やさしいことをふかく／ふかいことをゆかいに／ゆかいなことをまじめに書くこと

これは「沖」の三十五周年の記念号にもこの色紙を掲載した。この他に、よく書かれたのは「得意泰然　失意平然」という言葉。これは、「調子の良い時も決して油断せず、不調の時こそ平然と立ち向かう。」という意味になる。私宛てに書いていただいた色紙には、「涙を蒔いて　喜びを刈る」という言葉。これは、もっと分かりやすく言えば、「ひょっこりひょうたん島」の主題歌である、

苦しいこともあるだろさ／悲しいひともあるだろさ／だけどぼくらはくじけない／泣くのはいやだ　笑っちゃおう／進め

ということになる。これらの先生の言葉は今の被災された方々や、私たちを励ましてくれる応援の言葉のようにも思えてくる。

置酒歓語

平成二十三年六月

「置酒歓語」という言葉がある。辞書には「置酒高会」として「盛大な宴会」という意味で解説している。さて俳句の世界では「置酒歓語」というと、まず波郷の名が出てくる。ある意味で「鶴」の連衆意識を表す言葉で使われていた。また楠本憲吉にも「置酒歓語」という本が出版されている。波郷の流れをくんで藤田湘子も新宿のボルガなどで、俳人たちと俳句の話に口角泡を飛ばしたと言う。

さて先師の時代の「沖」では「置酒歓語」は余り馴染まなかったかも知れない。先師登四郎は、もともと酒が飲めなかったので句会の後はコーヒーを飲みながらの歓談であったが、話好きであったので弟子たちを囲んでの話は面白かった。また林翔先生もお酒は好きであられたが、静かにお飲みになるタイプの方であった。晩年の先師は句会の後の酒席にもよく付き合ってくれて、酒は飲まなくても歓語は盛んで、興に乗るとカラオケまで行くこともあった。

現在の「沖」では、本部句会の中央、東京、千葉の三つの句会では、担当の幹事のお世話もあって、句会の後の二次会には毎回十数名の方が参加してくれる。なるべく常連だけでなく、初めて句会に参加した人なども誘い、懇親を深めている。俳句会での緊張から解き放たれて、しかもまだ句会の余韻が残っている時なので、気持が高揚しており、親しい仲間同士がさきほどの句についての熱い議論が出来るのもすばらしい。ある意味では本音が聞ける瞬間なのかも知れない。

俳句会だけで帰ってしまう人もおられるが、何かもったいないような気がする時もある。俳句は机上だけて勉強できるものでなく、やはり連衆の意識が高揚することも自分にプラスになることに思えるのだが。これから中央の例会に限らず、地方の俳句大会でも、なるべく時間をとって多くの方々との「置酒歓語」していきたいと思っている。

俳人のできること

平成二十三年七月

俳句総合誌の五月号、六月号で「俳句」「俳句界」「俳壇」が震災の句の特集を組んだ。私にもこの内「俳句」と「俳句界」から震災の句の依頼がきたので出稿した。

「沖」でも、五月号では、励ましの意味をこめて、東京周辺の同人会の幹事の方を中心に、六月号では、被災地の同人の方々に「震災を詠む」として作品を寄せていただいた。今、この時に起こった出来事をそれぞれの立場から、いかに詠み、その記録を残すことは俳壇にとって、とても大きな意味があることだと思ったからである。被災当事者ではないのに市井の一個人として大震災の句を詠むことはかなりむずかしいことで、被災者の現実の苦しみもわからないのに、傍観者の一人として詠むことは如何かという意見もあることは確かだ。

しかし、この現実から目を背けて花鳥風月だけを詠んでいる気持にもなれない。

俳句を志すものが一番大切にしなければならないことは「今、この瞬間を詠む」ことである。震災から三か月経った今もなお、震災、原発事故の現実は私たちの心の中に重くのしかかっており、直接大きな被災に遭わなかったものたちも、被災者に心を寄せて現実を受け止めていかなければならない。自らの責任において、文学として一心に表現した十七文字は大変に重たいもので、これ故に俳句が文学であることが立証されるのである。

仙台の俳人高野ムツオさんの呼びかけで、震災復興の俳句コンクールが企画され、「沖」にも、その案内を掲載した。投句料は、全額、被災地への義捐金になるそうで、「俳人としてできること」と考えたとき、ささやかであっても協力していかなければならないと思う。

デジタル時代

平成二十三年八月

「沖」は創刊当初は活版で印刷されていた。この活版印刷は、印刷したい文字を探してきて一文字ずつ組み合わせていき、最後にインクをつけて紙を押し付ければ印刷できるというもので、それぞれのパートには植字工、印刷工というベテランの職人がいた。その仕上がりは紙にしっかりと力で押した跡があるようで、独特の温もりを人々に与えた。校正段階では、字が逆さまになっていて、これも独特の記号で訂正した。昔は、書き手の息の通った原稿を、その息の気迫を感じながら職人が植字をした。

しかし、現代は書き手からデータ渡しとして、データが印刷のラインに乗って、スピードと均一品質が問われる時代になった。そして本を売る側の事情も大きく変わっている。街の小さな書店がどんどんと潰れ、書店という販売形態が揺らいでいる。俳句の雑誌は大型店舗に行けば買えるが、句集などは地方の書店ではほとんど置いていない。その反面インターネットの検索による販売で、一両日のうちに書籍が自宅に配送されるようになった。これも大変便利なようだが、書店に行って時間を潰しながら他の本を見る余裕は無くなってしまった。その上、本は嵩むものとして電子書籍なるものも登場し、紙から画面の字面を追うような時代になってきている。デジタル時代を迎え、俳句の在り方、句集の在り方は変わっていくのか。少し前までは、そんな時代の流れと関係のないところで、俳句は生き続けると考えていた。詩歌を詠む人には時代の風潮などに流されないこころが底流にあると考えていた。しかし、現に新しい書店の形態、本の形が現れて来ている現在、詩歌の在り方について改めて考えてみる必要もあると思う。

私が書く「沖」の原稿も、原稿用紙の手書き時代から、ワープロになり、そのワープロも既に製造中止となり、職場でもコンピューターを使用しないと仕事ができなくなってしまった。私たちは否応なく時代の波を浴びて生きていかなければならないのだろう。

東京吟行

平成二十三年九月

昔から人事句の「沖」と言われてきたためか、吟行句に弱いとされてきた時代があった。それを克服するために、東京例会では四月と八月の二度吟行句会に当てている。四月はお花見、八月は通常時の俳句文学館がお盆で休館となることから句会場を移しての吟行会となる。二度とも通常の例会より参加者が多く人気があるが、幹事役の役員の方々のご苦労も大変なことである。吟行場所の選定、資料作り、句会場の予約、そして二次会場を探し事前の予約等々。もうこのような形になって十数年が経過しており、その吟行地も都内三十数か所にも及んでいると思う。午前中に集合し一、二時間程度散策してから句会場に行って出句するという形であるが、このパターンもしっかり参加者に定着して楽しんでいただいている。吟行地も有名な所ではなくても、普段見過ごしてしまいそうなところを改めて俳句を作る気持で歩いてみることにより、その場所の魅力が光ってくるから不思議だ。おそらく俳句をやっていない人は、行くことのない場所であったかも知れないと思うと、つくづく俳句をやっていたことが人生をいかに豊かにしてくれたかとも思う。

虚子とその一門は、昭和五年八月から月一度の吟行を行い、それを「武蔵野探勝」と称した。この吟行会は昭和十四年まで続けられ、ちょうど百回を数えたと言う。「ホトトギス」のお歴々が顔を見せ、句の記録の他に吟行地の状況なども克明に記録されている。参加者も昭和の初期であったにも関わらず関西をはじめ多くの門人が参加していることも記されている。

東京には私たちがまだ知りえない魅力がいっぱい隠されているように思う。「沖」の場合は今のところ年二回だが、まだまだ吟行地は豊富にあるようである。「武蔵野探勝」にならって百回をめざしたいと思うので、次の機会には是非地方の会員の方も上京して参加いただけたらすばらしい。そして「武蔵野探勝」にならってきちっと記録として残していきたいと思う。

募金・チャリティ

平成二十三年十月

東日本大震災から半年たったが未だに多くの人達が避難生活を余儀なくされ、さらには福島の原発問題でも多くの人達が故郷を離れた不自由な生活を強いられている。これまでに、私たちも様々な場面で、募金やチャリティにも参加してきた。しかし、それが素早く被災地の方々に届いていると思いきや、国や赤十字の対応のまずさから適切に届いていないというから困ったものである。

俳句の世界でも、いち早く俳人高野ムツオさんが東日本大震災で津波被害を受けた被災地の俳人として、「この危機をどう乗り越えるか」を考え、「小熊座」の同人を震災で亡くし、悲嘆にくれる中で「俳句に力を入れることが救いになる」と結論を出し、自ら選者になって「復興支援俳句コンクール」の開催を決めるなど、多くの俳人たちが俳人としてできることが何かを考え動き出した。

私が今年担当することになった、千葉県俳句作家協会の「千葉県俳句大会」も「東日本大震災チャリティ」と銘打って募集したところ、通年をはるかに超える応募があった。うれしいことである。

俳人協会でも、このための委員会を作られ、俳人協会としての独自の募金活動を開始、さらには主宰クラスによる色紙短冊頒布会の売り上げを寄付することを決定した。

私の勤める文化振興財団では、作家の井上ひさしさんの関係から、「吉里吉里人」や「ひょっこりひょうたん島」の舞台となった岩手県の大槌町を支援しようと「吉里吉里募金」を立ち上げ、七、八月の八回のチャリティコンサートを実施し、この募金は大槌町の学校の楽器を購入してもらうことに役立てていただくことになっている。いずれにせよ、この募金活動も一過性で終わらすことなく、息長く継続していかなければならないことと思っている。被災された方々が一日も早く日常を取戻し、俳句や様々な文化に触れられる機会が多くなることを願っている。

谷中の曼珠沙華

平成二十三年十一月

能村家の菩提寺は東京の谷中の延壽寺にあるが、今年はお彼岸の中日の一日前の二十二日に参拝したので、境内中央にある登四郎の句碑「曼珠沙華天のかぎりを青充たす」の前に植えてある、曼珠沙華がちょうど咲き頃で燃えるような花をつけていた。

この句碑は、登四郎と長年親交のあった小林存道住職の発案で、同じ台東区に住む私の従兄弟の協力を得て登四郎が亡くなる一年前の平成十二年に建立されたものなので、十年の歳月が過ぎたことになる。句碑の開眼には体がかなり弱っていたものの登四郎も参列することができたことは良かったと思う。小林住職の後を受けて尼僧の方が住職を引き継がれたが、檀家の私たちとの間でうまくいかず、寺も荒れて墓参りをする度に心を痛めていた。一時は檀家の多くの人が寺に詣でる事をためらうほどの関係にあり、彼岸やお盆に詣でるのも落ち着きがないなかで行われ、詣でる度に父をはじめ墓に眠る先祖に詫びていた。しかし、私たち檀家がその現状を寺の上部組織に訴えつづけ五、六年の歳月が経ちようやく一年前に新しい住職を迎えることが出来た。新しい竹内ご住職は、市川の中山法華経寺の百日荒行を五回経験されている修行を積んだご上人で、延壽寺堂内に久々に声量の読経が響き渡った時は感慨を覚えるものがあった。竹内ご住職のお父様は僧侶のかたわら宮沢賢治の研究家としても知られている方であるそうだ。

お彼岸に詣でた日が、檀家が集まっての法要の日であったので、五、六年の間寺のことで愁い、訴え続けてきた仲間同士が再開することが出来たこともうれしかった。根っからの東京人を誇りとしていた登四郎はこの谷中で生まれ、現在谷中で眠っているが、ちょうど生誕百年目にあたる年、墓で眠る登四郎も寺のごたごたがようやく収まりやっと安堵した気持になったのではないかと思う。

大槌町を訪ねて

平成二十三年十二月

3・11から八か月が経ったが、先日十月二十四日に岩手県の大槌町を訪問した。

私の勤める文化振興財団では、前理事長が井上ひさしであったことから、この度の東日本大震災を受け、井上ひさし作品ゆかりの岩手県大槌町を支援するために「吉里吉里支援募金」を創設した。これまでに八回のチャリティコンサートを実施し多くの義捐金が集まったため、大槌町の教育委員会に、図書や楽器の購入費としてお渡しするのが目的であった。市民からの楽器もあったので、千葉から車で現地に行くことになり、片道六百五十キロの道のりを交代で運転しながら現地入りをした。

私たちは東北道を北上で降りて遠野を抜けて沿岸部の釜石に向かった。途中の遠野の道の駅で休憩、震災直後はここがセンター的な役割を果たしていたそうだ。かつて俳句を作りに二三回訪れている遠野であったが、猿ヶ石川や六角牛山の風景はなつかしかったものの、この先にやがて展開される悲惨な風景を思うと何か心が晴れなかった。途中は被災地の災害復旧用のトラックの頻繁な通行があったが、山の中は何事も無かったかのように静まり、木々も色づき始めていた。釜石の街も沿岸部の手前は地震の大きな被害もなく、平穏を装っていたが、釜石製鉄所や釜石の駅があるところからは一変し津波の脅威を改めて知らされた。釜石から車で十五分くらい北上したところに大槌がある。海に面した平地は山際ぎりぎりまで津波が押し寄せ、その甚大な被害を目の当たりにして、しばし言葉を失ってしまった。住宅や商店街の瓦礫はまとめて積まれ、各家々の土台と基礎部分だけが整然と並んでいて、かつて車や人が行きかい活気にあふれた港町は、ひっそりとしていた。けれども、お会いした方々はどなたも明るく、エネルギッシュで、こちらが元気をいただいたのではと思うほどであった。復興までの道のりには大変に厳しいものがあるだろうが、新聞でも報道されたように、「ひょっこりひょうたん島」の灯台デザインも決まり、町民のみなさんは力を合わせて確実に歩みを進めていることを強く感じた。

四十周年から五〇〇号へ

平成二十四年一月（新春メッセージ）

一昨年の秋、「沖」は創刊四十周年を迎え、同人、会員の皆さんと共にお祝いすることが出来、俳壇に向かって「沖」の結社力を十分にアピールできた。そして、四十年という大きな節目を越えて昨年四月から「沖」は新体制で臨んでいる。

同人の活躍もさることながら最近本部句会には熱心な会員の皆さんの参加が多くなり、良い成績を収められていることもうれしいことで、さらには、東北大会、中部大会、九州大会などにも中央の会員が積極的に参加し、地方の会員の皆さんと交流を深めている。本年は、これらの句会を充実させると共に、一部休止状態となっている支部にも積極的に働きかけ中央との交流を図っていきたいと思っている。

さて、「沖」は本年五月に五〇〇号を迎える。記念号は辻編集長のもと編集部の皆さんで作業が進んでいるが、これまでに先師をはじめ先輩の同人、会員の諸氏が築いてくれた五〇〇号という数字の重みを大切にしながら、それに相応しい記念号を発行したい。記念大会も菅谷実行委員長のもとで計画が進んでいる。今回は「沖」同人会員の内部充実が図れるような企画で、例年の勉強会を中止し、俳壇に向けた派手なパフォーマンスより、同人会員が五〇〇号という「沖」の歴史的価値を認識しながら、相互の交流が図れるような記念大会を考えているので、全国の皆さんのご参加をお願いしたい。

「沖」は創刊の理念として「伝統と新しさ」を掲げ、さらに私が「沖」を引き継いでからは「ルネッサンス沖」として、これまで先師並びに先輩諸氏が築いてくれた「沖」をただ継承していくだけでなく、今の時代を真摯に受け止め、その時代の中での「伝統と新しさ」を求めていきたいと思っている。

成田山詣

平成二十四年一月

父登四郎は、信仰が厚い方ではなかったが、元日は、いつもとは違っていた。大晦日恒例の紅白歌合戦を最後まで見て寝るのは遅かったが、元日の朝はだれよりも早く起きて神棚に明かりを灯し、新年への意気込みが傍にいる家族にまで伝わってきた。元々江戸っ子の気質を強く受け継いでいるからか、年の始めのはりきりぶりは尋常ではないものがあった。特に、「沖」が創刊された昭和四十五年、登四郎は還暦を迎える一年前であったが、この年の元旦の父の紅潮した顔は今でも印象に残っている。一誌を創刊する前の張りつめた思いがありありと感じられた。早々に家族とのお節の団欒を過ごした後、これも毎年恒例となっている成田山の初詣に出かけた。私が小さい時には一緒に連れて行ってもらったこともあったが、この年は我々家族も目に入らず、男として期するものを神へ報告に行くような感じであった。帰りにはやや大きめの縁起の達磨を買い、左目に黒々と墨を入れ神棚に奉った。一誌を起こす直前の男の悲願がこめられていたのかも知れない。

元旦は年神を迎えるときで、年神の霊魂は、人間に再生産の力を与え、新たな息吹きで人間に力を復活させるものだが、父は俳句の新たなる道への出発を神に誓ったのである。

初あかりそのまま命あかりかな　　登四郎

登四郎は一月五日生まれであるせいか、正月新しい年を迎えることがすなわち自分の齢を一つ加えることでもあり、新年に自分の思いを述べる句が多く作られている。

凪時の山河したがへ初電車

掲出の私の句は、「沖」の新年句会で、めずらしく登四郎の特選を取った句であるが、この初電車は父に昔連れて行ってもらった成田山へ行く京成電車をイメージして作った句で、山河は千葉県の印旛沼あたりの枯野の風景である。

古参同人の逝去

平成二十四年二月

昨年の晩秋から新年にかけて相次いで古参同人の逝去の報が相次いでいる。鳥居秀雄さんは、「沖」では決して古参と呼ばれるほど古くから在籍していなかったが、私にとっては市川学園時代の先輩でクラブ活動こそ違ったが同じ部室でお世話になった人で、朝日新聞の投句をきっかけに「沖」に入会、多くの句会にも参加いただき、お正月には毎年各地方に伝わる縁起物の干支の人形をくださった。私とほぼ同齢であったので若くしての死は悔やまれてならない。

暮れには大分の前支部長の瀬戸石葉さんが亡くなられた。瀬戸さんも「沖」では古く、初代支部長江渕雲庭さん時代から支部をお世話いただいた方で、警察にお勤めであったので、実直そのものの方であった。私とは、一昨年の別府の九州大会でお会いし翌日の吟行会にも参加いただき久しくお話したのが最後になってしまった。

年が明けてから京都の角田登美子さんが亡くなられた。角田さんからは昨年、俳句が出来ないので「沖」を辞めたいとの申し出があったので十月の終わりに、角田さんと坂本俊子さんのお見舞いに京都のご自宅を訪ねさせていただいた。不自由そうではあったものの庭まで迎えに出られるほどで元気な様子に安堵したばかりであった。角田さんは安居正浩さん、北村幸子さんらと共にファミリーで「沖」にご参加いただいている方であった。十二日には、愛知岡崎の初代支部長をお勤めいただいた柴田雪路さんが亡くなった。何とかスケジュールを都合してお通夜には参列させていただいた。柴田さんは、現在の愛知支部の基礎をお作りいただいた方で先師時代から東海各地で勉強会、研修会を開催していただき、平成四年には徳川家ゆかりの名刹の大樹寺に登四郎句碑を建立していただいた。五月の五〇〇号を前にして、先師の時代からお世話になった方々が次々に亡くなられるのは何とも寂しいことである。五〇〇号の誌齢の厚みもまさに、ここで亡くなられた方々の一人一人のご努力の積み重ねであると思う。

「ご恩回し」の思想　平成二十四年三月

作家の井上ひさしさんが、市川で一番力を注いでいただいたのが「よみっこ運動」である、これは「①本を読むことで読書の楽しみを味わい、②地域の子どもたちと大人たちが本を通じて知り合いになり、③本を読んだ子どもたちが大人たちからお金を得て、それをそっくり世の中の役立ちそうなところへ寄付をする」という地域運動である。

ところで井上さんは、よく私たちに「ご恩回し」という言葉をよく使われた。直接的に「恩」を返すのが、「恩返し」。「恩」をいろいろな方に回して送っていくのが「ご恩回し」。井上ひさしさんは中学生時代、岩手県一関市の本屋で国語辞書を万引きしようとして店番のおばあさんに見つかった。「そういうことをすると、私たちは食べていけなくなるんですよ」。おばあさんは厳しくたしなめ、薪割りを命じた。罰だと思って井上さんは薪割りをした。するとおばあさんは国語辞書を渡して言った。「働けば、こうして買えるのよ」。「おばあさんは僕に、まっとうに生きることの意味を教えてくれたんです」。井上さんは「返しても、返しきれない恩義」と振り返っている。四十年以上の歳月の後、大作家となった井上さんは一関で何度もボランティアの文章講座を開く。それを井上さんは「恩回し」と言い表している。誰かから受けた恩を直接返すのではなく、別の人に送る。その人がまた別の人に渡す。恩がぐるぐると世の中を回るのだ。

俳句の世界でも、連衆という言葉があるが、一人で俳句を作るのではなく、結社に集まる仲間たちが、句会でお互いに研鑽を積むこともこの「ご恩回し」の思想である。句会に集う仲間は勿論、遠く離れた地方の会員の方々とも心を一つにして交流をしていきたい。

「坂の上の雲」の子規

平成二十四年四月

ＮＨＫが何年かにかけて放映した司馬遼太郎の「坂の上の雲」、テレビでは時間が合わなかったので見ることが出来なかったが、娘が揃えてくれたＤＶＤで時間がある時に見ている。一巻が一時間半かかるので、毎日連続して見ることは出来ないが、先日ようやく第七巻の「子規逝く」を見ることが出来た。このドラマは松山に生まれた秋山好古・真之の兄弟と、正岡子規との交友が描かれたものだが、香川照之が演じる子規が病と闘いながら、大勢の人を家に呼んで編集会議をするシーンがあった。そこには高浜虚子や河東碧梧桐もいて、妹の律は子規の看病や身の回りの世話をして、完全に子規の手足としてつくした。子規は鏡で律の居所を常に探していた。「新聞日本」の陸羯南が娘二人と一緒に、朝顔を持ってきてくれる。子規は「病床六尺」「草花帖」などの作品を作り続けるが、一人でいる子規は苦しさのあまり、ノミで自分を突こうとするが、これが出来ず、母の八重が帰ってくると、子規は何もなかった風を装う。幕末の開国から三十年も経たない時期に、多くの志のある男たちが広い分野で真実を求めながら交流を重ねていく姿は、今の現代社会には欠乏しており、この時代の人達の真摯で純粋な思いに感動を覚えた。ところで子規は、また浅井忠、中村不折ら洋画家とも親しく交流し、子規の文学の根本をなす「写生」の理論も、彼らとの交流の中ではぐくまれたといわれている。これは、過去の因習や主観を捨て、目の前に見えるものの客観的な描写によって、真実に到達しようとする思考のあり方であり、明治という時代の精神を象徴するものといえるのだろう。

松山には何度か行っているが、子規記念館や坂の上の雲のミュージアムをまだ訪ねたことが無いので、是非機会を得て訪ねてみたいと思っている。

五百冊の重み ――「沖」通巻五〇〇号を迎えて――

平成二十四年五月

「沖」は本号で五〇〇号を迎えた。結社として節目をつけることは大切で、私たちの「沖」も創刊からほぼ五年刻みで周年ごとに記念号の発行および記念大会を実施してきた。周年の節目とは別に、一〇〇号を昭和五十四年一月に、この時は東京会館で記念大会も実施された。一五〇号は昭和五十八年三月に、この記念の時に合わせて私の処女句集『騎士』を刊行し、これまで初代編集長をお努めいただいた林翔先生から渡辺昭編集長に交代された。この時は、如水会館で記念大会も開催された。二〇〇号は昭和六十二年五月で記念号の発行のみ。二五〇号は平成三年七月号、この翌月号から私が編集長に就任した。三〇〇号はちょうど二十五周年と重なり平成七年九月、祝賀会は浦安の東京ベイヒルトンホテル。来賓を含めて出席者は五百五十名にも及んだ。三五〇号は平成十一年十一月に、これに合わせて先師登四郎の十三句集『芒種』が刊行されている。四〇〇号は平成十六年一月で、この時は先師登四郎は亡くなり私が主宰を努めており、これに合わせて私の第五句集『滑翔』を刊行している。そして四五〇号は平成二十年三月に、この号では林翔先生の特集がなされている。平成二十二年十月に創刊四十周年記念行事が行われ、記念号も発行された。

雑誌の何百号記念というのは、先師登四郎の時から、雑誌を充実し余り派手な記念行事は行われなかったので、今回の五〇〇号は記念号を発行することを第一義とし、記念大会については会員の交流が主体の内輪の会として実施することにした。

しかし「五〇〇号」という数字の重みには感慨深いものがある。これまで、私の認識では俳誌の五〇〇号などというものは、大結社の「ホトトギス」や「馬酔木」「若葉」などが発行するもので、私たちとは縁遠いものと思っていた。しかし、五〇〇号という歴史的な価値は大きく、これまで「沖」の一号一号を五百冊積み上げた先人のエネルギーには頭が下がる思いがある。各号の「沖」では、一人一人が常に俳句の新しさを追及し毎月自分のベストの作品を投句し、これを選句した。五〇〇号の重みの中には、創刊からこれまで「沖」の歴史と共に一筋に歩んで来られた方々、志半ばで亡くなられた方々、「沖」を離れて新天地で勉強されている方々がいらっしゃるが、それらの方々がそれぞれ心を籠めて臨まれた思いがぎっしりと詰まっている五百冊である。

今回の特集号の編集では、五百冊の「沖」の中から、思い出に残る掲載記事をアーカイブスとして紹介することになり、私は発行所の分室で「沖」のバックナンバーを一冊一冊開いてみた。また、巻頭のグラビア頁のために、これまで「沖」を築いてくれた方々の懐かしい顔の写真の抽出作業もやらせていただいた。五〇〇号までに「沖」に関わられた方々の人数を考えてみると、おそらくは何千人という数にも及ぶだろう。

「沖」は先師登四郎が創刊の理念として「伝統と新しさ」を掲げた。そしてさらに私が「沖」を引き継いで十一年目になるが、私は「ルネッサンス沖」を掲げている。これまで先師並びに先輩諸氏が築いてくれた「沖」をただ継承していくだけでなく、五百冊の重みを真摯に受け止めつつ、その時代の中での「伝統と新しさ」を求めていきたいと思っている。

三つの吟行会

平成二十四年六月

三月三十一日から四月一日にかけて「関西交流吟行会」と銘打って奈良支部の協力を得て明日香の吟行会が開催された。関西は久しぶりであったことから、東京からも多くの方々の参加があり総勢四十人の会となった。又、一部の人は一日前から奈良入りし、東吉野の先師登四郎の句碑を訪ね、地元の俳人の藤本安騎生先生も同行くだされ、先生のご案内で「句碑洗い」を行うことが出来た。三十日は、時折春の雷が明日香の空にどよめく天気となったが、皆それぞれが古代ロマンの里での吟行に収穫の多い旅となった。

四月二十八日には二つの吟行会が行われた。一つは全国俳誌協会の春の吟行会で、私がこの会の副会長を務めていることもあって又前回の秋の吟行会は市川で開催していただいたこともあって「沖」からは神奈川支部の皆さんがこの日が例会の日であったので、それを兼ねて川崎の工業地帯である東扇島の臨港施設の「マリエン」が会場となった。この会には四十五名参加の内「沖」が私を含めて十五名が参加し、他流試合の句会であったが森岡正作さんが一位をとり「沖」の面々も良い成績を収める吟行会となった。

もう一つこの日には、京葉支部が主宰する吟行会が若葉の美しい市川の中山法華経寺周辺で行われ、市川のまち案内人の解説でそれぞれが散策した。二十五名の参加で多くの収穫作品があったようだ。

この三つの吟行会ほぼ皆さんの自主的な発意によって行われた吟行会であったが、いずれも多くの方々が参加され充実した会になったようだ。さて、今月の末は五〇〇号の記念大会、そして翌日の吟行会は百名を越える参加者と聞いている。開業したばかりの東京スカイツリーで浅草周辺の下町は普段になく賑わっていることだろうが、いかにみなさんが良い句を詠むかが今から楽しみだ。

五〇〇号大会を終えて

平成二十四年七月

五月二十七日、二十八日の両日「沖」の五〇〇号記念大会が浅草ビューホテルで行われた。開業したばかりの東京スカイツリーが近くにあることから浅草もいつもよりは賑わいをみせていた。幸い、天気にも恵まれ全国からも多くの会員、同人に参加いただき、内輪の会ながらも、これまでの五〇〇号の先師、先輩が築かれた「沖」の足跡を振り返りつつ、五〇一号から新たにスタートする我々「沖」の句心の決意を改めて確認することが出来た。

折しも、四日前の二十四日は先師登四郎の十一年目の命日で、上野や浅草に昔から馴染みが深かった先師であるから、今回の浅草での大会の開催をきっと喜んでくれていると思った。命日には私は都合がつかなかったが、私の娘の美緒と麻衣に墓に詣でてもらった。

ちょうど同じ二十七日には金子兜太先生が主宰される「海程」が創刊五十周年を迎えられ祝賀会が東京で開催された。

博多山笠

平成二十四年八月

今年の九州大会は六月三十日に玄界支部のお世話により福岡市で開催された。ちょうど玄界支部が支部発足十周年を兼ねて行われた大会で、長崎、大分さらには東京からも応援部隊が駆け付け盛況な大会となった。玄界支部では、梅村支部長、大川ゆかりさん等に綿密な計画をしていただき、日程も大会の翌日が「博多山笠」の初日であることから、七月一日の吟行も博多山笠に因んだ場所を選んでいただき、地元ボランティアによる詳しい解説までしていただいた。

この日は祭り初日なので、舁き山笠のそれぞれの流区域を清める行事が行われていて、町の角々に笹竹を立て、注連縄を張り、竹で作った御幣が添えられた。

町中を歩いている男たちもこの日は長法被と言われるものを着て、足は雪駄か下駄。祭の期間中はこれが正装で冠婚葬祭やホテルでも出入りは自由であると言う。

この祭は博多総鎮守である櫛田神社の神事でもあり、境内には飾り山笠も安置されていた。神社の神紋は「織田瓜」と呼ばれるもので織田信長の家紋で、我が能村家の家紋でもあるので、とても親しく感じた。この門が胡瓜の断面に似ていることから、祭の期間中は博多の人は胡瓜を口にしない「胡瓜断ち」をするそうだ。ちょうど我々一行が櫛田神社に参拝しようと神殿の前に並んでいた時に、携帯のメールに良い知らせが入った。三女の紗恵に次男が誕生したという知らせである。

勇壮な男の祭である「博多山笠」の初日の日に、しかも櫛田神社に参拝しようとしている矢先のことであったので、何か深い良縁を感じた。この嬉しい知らせに、感謝する気持から、二人目の孫のために、この祭で使う箱崎浜から採った汐井（真砂）が小さな竹籠に入ったものを買った。

富士山

平成二十四年九月

市川市とパートナーシティの関係にあるドイツのローゼンハイム市の友人から日本語に訳されたメールが届いた。八月の初旬にローゼンハイム市長を団長とする二十四名の訪問団が市川へ来ることになっており、その一員として来日する現地のレストラン経営者トニー・ケートからであった。その内容は、個人的なもので訪問団は市川を視察の後、名古屋のトヨタ自動車と京都を訪ねる行程であったが、トニーは一人で富士山に登りたいのでその手配をしてほしいとのことであった。富士山に私は三回登ったことがあるが、四十年以上前の若い時で、いずれも夜から登り始めて頂上でご来光を拝み、お鉢めぐりをした後「砂走り」で一気に駆け降りるコースであった。

そんな経験もあり私は富士山には登らないものの、麓まで案内をしてあげる旨をメールで返信した。トニーはその返事に大変喜んでくれた。しかし、私はドイツを四回ほど訪ねてはいるもののドイツ語は全くといってよいほど喋れず、英語の会話も駄目である。そこで、ドイツの訪問団の通訳をつとめてもらった人に、通訳として同行してもらうようお願いしたが、急に都合がつかなくなってしまった。麓に宿をとっていたので、急遽私の妻と娘の麻衣が同行してくれることになった。

もしトニーと私の二人で行ったなら、車の中は無言のままの旅になるところであったが、娘の麻衣はローゼンハイムを一度訪ねたこともあり、会話までは行かなくても手振りも交えて意思の疎通を図ることが出来た。登山の前日はトニーと私の家族で富士吉田の「御師の家」と言う料理屋に行った。ここのご主人に富士登山のレクチャーをしていただいたが、会話がうまくいかない様子を見ていて、隣に住むドイツ語の出来る人を呼んできてくれた。翌朝五合目までのバスを見送ったが、五合目がどしゃ降りの雨であったのでトニーはすぐに引き返してホテルに戻って来てしまった。結局は新幹線に乗せ京都の一団と合流させることにした。私も今の体力では富士登山は無理と思っていたが、「御師の家」の主人の話を聞いて昔のような行程ではなく、時間をかければ必ず登れると言ってくれたので、少し自信を取り戻した思いで、何年か先には富士登山に挑戦してみたいと思うようになった。

芭蕉通夜舟

平成二十四年十月

八月の終わりに、井上ひさしの芝居「芭蕉通夜舟」を見た。芭蕉の半生から一人のシーンだけを切り取り、三十六歌仙にちなんで全三十六景でまとめた芝居で坂東三津五郎がほぼ一人舞台の形で演じた。三十六景の中には芭蕉の有名な句も散りばめられている。たとえば、

古池や蛙飛び込む水の音

何匹もの蛙が柳に飛び上がる風景で、三津五郎が柳を巧みに操る。それにたくさんの蛙が飛びつく。「ゲロ、ゲロ」と鳴く。ユーモラスに描いているのが井上ひさしらしい。以前やはり井上ひさしの「小林一茶」の芝居を見たことがある。これは、一茶が俳諧師・夏目成美によって四百八十両を盗んだのではないかという疑いを掛けられたという事件を中心として構成されて、ミステリー仕立てにされているのが面白かった。井上ひさしはこのように歴史上の人物を題材にするときには相当に下調べをするそうで、一茶の全集を何度も読み、さらには一茶の評伝を何十冊も集めて精査されたそうだ。今回の芭蕉、以前に見た一茶にしろいずれも人間くさく描いているのが井上ひさし作品らしさである。俳人としての人生をすごす傍ら、生活のために神田上水の水道工事の事務の仕事に就いたり、生涯にわたる便秘のため長雪隠だったりといったエピソードが織り込まれている。小道具の中でも一番活躍するのは芭蕉が句をひねり出す場でもある便座で、これが突然文机に変身したりして笑いを誘う。実作者としてもいろいろな考えが浮かぶ時のタイミングは確かに便座と文机にはある意味共通したものがあるのかも知れない。芭蕉の頃の俳壇は、滑稽や機知を競う句がもてはやされていたが、芭蕉が目指したのは、笑いや楽しさを求めるのではなく自然や人生の探究が刻み込まれた俳句だった。それが「わび」や「さび」あるいは「不易流行」の境地につながっていく。ここは何か現代の俳句の世界にも問題を投げかけているようにも思った。芭蕉の人生は孤高と旅であったが、「人はひとりで生き、ひとりで死んでゆくよりほかに道はないことを究めるために苦吟した詩人」と井上ひさしは芭蕉を捉えている。三津五郎が一人芝居の形であるが、四人の舞台回しを兼ねた朗唱役の役も面白かった。

蓜島正次さんを悼む

平成二十四年十一月

蓜島《はいじま》正次さんが亡くなった。蓜島さんは、平成九年に詩人の宗左近さんらと一緒に「市川市民文化賞」を創設した。これは行政が市民を顕彰するものでなく、市民の手で浄財を集め、市民の手で顕彰する制度で、全国から注目を集めた。その第一回の受賞者は先師能村登四郎であった。登四郎は全国的な俳句の賞はいくつか貰っていたが、自分の住んでいる地域から賞をいただくことに大変喜んだ。この賞の趣旨は「私たちは、市川出身あるいは市川に住んで、日本や世界の文化のために活躍している人に光をあて、市民と共に顕彰するため〝市川市民文化賞〟を設ける。私たちは、これを誇りとする。これによって文化に対する市民の意識がさらに高まり、私たちの住む街・市川の未来が輝かしいものであることを願って創設する。」と言うものであった。この賞をもとに「春ひとり」の句碑が建立された。「沖」からは第五回に翔先生が、また奨励賞には渕上千津さんも受賞されており、これまでに、さだまさし、山本夏彦、井上ひさし、葉山修平、宗左近など錚々たる方々が受賞している。

ところで、蓜島さんは地元の信用金庫の理事長を務めるかたわら市川の歴史・文化継承運動のリーダーとして活躍された。蓜島さんと最初にお会いしたのは二十五、六年前で真間の桜土手を「文学の道」にしたいので、是非父の銘板を一基建てたいとのことで訪ねて来られた。この銘板は現在新しいものに替えられたが十五基の一つは、市川の文学者の一人として父の遺業が顕彰されている。この他にも国道から真間山弘法寺に至る「万葉の道」の万葉歌の書家による揮毫パネルを作ったり、夏の「手児奈ほおづき市」「灯籠流し」秋の「手児奈まつり」などを次々と発案して立ち上げられ、いずれの事業も現在では多くの市民の皆さんにすっかり定着し、親しまれるものになっている。「沖」の記念会にも何度か来賓としてお見えいただいたこともある。平成十三年には民間人としては初めて「市川市文化振興財団」の理事長に就任され、私も数年間直接のご指導をいただいた。蓜島さんは栄華富貴を願うこともなく、大正人としての気骨の人であった。

この一年――「編集賞」の受賞

平成二十四年十二月

本年も早いもので、この一年を振り返る時期に来てしまった。今年の「沖」は何と言っても最大の行事は五月の五〇〇号記念。辻美奈子新編集長の下に二百八十頁に及ぶ記念号を発行し、会員同人内輪の会であったが、東京スカイツリー開業間もなくで賑わっていた浅草ビューホテルで全国から多くの会員同人が参集し記念大会を開催することが出来た。

また今年は公務の仕事が少し楽になったために、俳人協会の札幌での講演を皮切りに、九州、関東、東北のブロック別の俳句大会の他に、館山、東葛、西東京、南信濃、長崎、大分の六支部に指導句会に行き日頃お会い出来ない会員の方々と親しくお話しが出来たこともうれしかった。ただ高山で行われた中部大会を兼ねた同人研修会には、直前に私が左足の肉離れをおこし急遽行くことが出来なくなり、関係者の方にご迷惑をおかけしたが、自宅のＦＡＸのやりとりで選句、講評をさせていただいた。まだ完治はしていないものの、今月の白神山地で行われた東北大会には参加することが出来た。これからは今月の末静岡、長崎、大分に続けて訪問させていただくことになっている。

今年のような「沖」記念の年にはいつも良いことがあるが、今年は同人の上谷昌憲さんの俳人協会の俳句大賞から始まって、同人の広渡敬雄さんの角川俳句賞の受賞、さらには先月、俳誌協会の「編集賞」に「沖」が受賞することになり授賞式が東京で行われた。先師登四郎は常日頃から良い結社誌を作ることを提唱し続けてきたので、今回の受賞は喜んで貰えたのではないかと思う。この受賞も今までの歴代の編集に携わった人達、そして今回の五〇〇号の編集内容が評価されたものである。

さて、そろそろ来年の予定が手帳に記載される頃でもあるが、本年訪ねることが出来なかった支部には何とか機会を見てお訪ねしたいと考えている。

「よくばり」のすすめ

平成二十五年一月

先日の中央例会の栗原公子さんの句で、

　着ぶくれていよよ欲張り婆となる

という句があった。

栗原さんはまだ「婆」と呼ぶに相応しくないが、歳を重ねていくと、どうも欲張りになるのかも知れない。私も定年後三年目になるが、多くの「沖」の皆さんから、早く俳句一本に専念してほしいという声を聞く。昨年は仕事を持ちながらもある程度自由を効かせてもらい、地方支部の俳句の指導に行くことも出来た。しかし、金銭的な欲は別にして、仕事への意欲はまだまだ旺盛で、私が思い描いた夢の実現に向けて熱のある思いは膨らむばかりである。

先日、文化事業の企画展のことである方を訪問し、その企画内容を熱く述べさせてもらったところ、相手方から「能村さんは欲張りですね。」と言われた。それは、誉められたのか、もう少し自制するように言われたのか最初は判らなかったが、今は「誉められた」と勝手に思い込んで企画を進めようとしている。先ほどの栗原さんの句ではないが、年を取るにつれて自分の時間の限界を感じ始めると、この「よくばり」の気持が膨らんでくるようだ。人生のゴールが見えないと、すべての選択肢を試している時間もない。もちろん後戻りもできない。しかし、その時点で目の前にあるものの中から最良の選択をしていけば、最終的には夢が実現できるかもしれないと思うのである。俳句を作る人は、そのほとんどが「よくばりな人」なのかも知れない。同じ一生を過ごすにも、仕事や家庭の仕事と両立しながら、句作に励むのであるから、まさによい意味での「ワークライフバランス」がとれた人ということになる。何にもしなければ、楽で良いかも知れないが、一生は一度しかないのだから、ある意味で「あれもこれも」忙しく体を動かしてみるのも面白いかも知れない。

平成二十五年二月

「俳」活運動

はすのたねシャワーになってふってこい　石井　直記　小学一年
えん天にヒヤリとさむいやぶ知らず　谷　美羽　小学二年

私が選者をつとめる「市川市手児奈文学賞」の子どもの部の本年の入選作品である。

一句目、昔、市川の行徳には蓮田があった。蓮は花が咲いた後はシャワーのような形で立っている花托と言われる部分にたくさんの実が詰まっている。俳句の季語に「蓮の実飛ぶ」があるが、シャワーの形をした蓮の穴から本当に飛ぶと思う純粋無垢な心に感心した。二句目、市川の八幡には「藪知らず」という古くからの名刹がある。広辞苑にも出てくるほどで、江戸時代の頃はもっと広くて水戸黄門が迷って中々出て来られなかった所と言われている。今でも鬱蒼とした「藪知らず」の前に行くと夏の炎天の時でも冷気を感じさせる。真夏の最も暑いさなかでも「ヒヤリと寒く」感じた感覚はすばらしい。「市川市手児奈文学賞」は今年で十四回目を迎えた。この賞は作品募集をして選考発表するだけにとどまらず、小中学校に市内の俳人が出向き「出前授業」という形で、直接俳句を指導している。各学校の先生方からも好評で年々その指導の学校も増えている。芭蕉に「俳諧は三尺の童にさせよ」という言葉があるが、低学年に俳句を簡単に教えることが出来るかという不安があった。しかし芭蕉が言う通り無垢な子供たちの感じたままのことを、常識のフィルターを通さずに表現してしまう力に感心させられた。出前授業でいつも思うことは、純粋無垢な子どもたちに、このままずっと俳句を続けてほしいということだが、今の教育体制ではなかなか難しいことだと思われる。しかし、子どものうちに俳句を作る体験をしたことで、大人になって俳句を作る環境が出来た時に、この経験がきっと生かされ、俳句に戻ってきてくれるだろうことを願って指導にあたっている。次世代の俳人を育てるために、全国的にも様々な形で取組みが行われているが、主催者側においても辛抱強い努力が必要であると共に、一人一人の俳人が自分の周囲の若者に俳句を勧める〝「俳」活運動〟を提唱したい。

老いてなお

平成二十五年三月

最近、私が選をしている新聞、雑誌で出会った句にこんな句があった。

卒寿なほ創めるくらし春隣　熊本県　河地　遲

燃ゆるもの老いてなほ欲しシクラメン　東京都　西堀　愛美

余寒なほ我が晩学の襟正す　千葉県　福田　明

この三句に共通するのが、「なほ」という副詞が使われている。いずれも八十代を越える方々のようだが、一句目、「創《はじ》める」とは「始める」とほぼ同じ意だが、「新たに物事を行うようになる。今まで行われなかった物事を、新たに行う。」とある。卒寿になっても常に前向きな作者の心に感心した。二句目は前句と同じように、齢を重ねても枯れることなく、燃え続けたい気持は大切である。シクラメンの季語が華やかさを添えて、その前向きな気持を応援している。

三句目の「なほ」は余寒にかかっているが、春の寒さの中でも晩学に向かうひたむきな志がうかがえる。ここに掲げた三句は老いてもなお学ぶという気概が感じられる句である。

幕末に活躍した儒学者・佐藤一斎は「少くして学べば、壮にして為すあり。壮にして学べば、老いて衰へず。老いて学べば、死して朽ちず」と言っている。つまり「子どものころに勉強しておけば大人になってから仕事やなにかにそれを活かすことができる。大人になってから勉強すれば、老いても衰えない。」ということである。私の周りでも、定年後にすべての肩書きがなくなってから、大学へ通って勉強している人がいるが、年齢を経てから俳句の句作を続ける人たちも「老いて学べば、死して朽ちず」という姿勢を貫き通す素晴らしさを発見した方々なのだろう。

蔵書の整理

平成二十五年四月

先日、俳人協会の石川県支部で講演をするため、登四郎の『合掌部落』と澤木欣一の『鹽田』の初出が掲載されている昭和三十年十月号の「俳句」が見たいと思い俳句文学館で必要なページをコピーしてもらった。二つの作品とも昭和の俳句史には欠かせないものであるので、これまでに多くの方々が閲覧したり、書き写したと思われる形跡があった。一部は破損しており、セロテープで補修されていたが、それも劣化しているため、ページをめくるとれてしまいそうで恐る恐るページをめくった。

俳句文学館を利用する方法は、「沖」論客の渡辺昭さんから教えてもらった。こうした資料は自分で持っていてもすぐに出て来ないので、掲載月をメモしインデックスを作っておけば、それを目安に資料が保存されている所で調べることが出来るのである。

我が家にも古くからの蔵書が詰まった書庫がある。父登四郎の書庫が二室、二階には、私専用の書庫が一室。書庫というものは系統的にきちっと整理されていないといざ何か調べものをする時にもうまく活用されない。結局は探している時間が惜しいので、インターネットを使った通販で古本を買うか、俳句文学館に行ってしまうことが多い。かつて編集の手伝いで林翔先生の書斎に入った時、先生は句集も作家別五十音順に並べられており、このような整理方法があるのかと感心したことを覚えている。開かずの書庫であることは、蔵書にも申し訳ないので、徐々に整理をしていかなければと思っている。この四月からは一週間に三日の勤務となり、仕事内容も変わることから、この三室の書庫を整理していきたいと思っている。

季語の比喩

平成二十五年五月

季語を比喩として使う場合は「季語としては機能しない」という考え方と「季語としての季節感はあるから問題はない」という考えがある。私は前者で、句会の指導においてもその主張を通している。先日句会でこんな質問があった。「桃が咲く村に行けよと辞令かな」これは千葉例会で浅野吉弘さんが作った句で、私も選に選ばせていただいた。ところがその後ある人から、この句の、「桃が咲く」は、果たして季語となりうるかという質問が出た。桃が咲く季節ではなくても、村の形容として「桃が咲く村」として使われる場合もあり、辞令も必ずしも四月に限られることなく夏でも出る場合があるだろう。という質問であった。私は「やや左遷的な異動だったが、それを少しでも和らげるために、〝今桃の花が綺麗に咲いているあの町へしばらく行ってこいよ〟という慰めの気持」を詠んだものであると解釈した。

また、本部例会に出句された、「木の芽吹くやう喋り出す一歳児」という句があったが、こちらの方は私の「比喩は季語として機能しない」という考え方から採ることは出来なかった。この句についても先ほどの質問の続きで、この句の場合は、実際に木の芽が吹いているわけではなく、一歳児の様子を例えただけなので季語の本意として通用するかという質問であった。よく解釈をすれば、木の芽の吹く頃に一歳児が喋り出したのだから、木の芽吹くという季語も生きているという考えもあるかも知れない。

私はもう一つ、古き思い出を一句にする時は、季語だけは今の時点として詠み、季語も昔の思い出の中から詠まないようにすべきと言っている。季語だけは現在形として詠むべきという考え方である。その考えからすると、季語そのものを比喩として使うことは季語の本意から外れてしまうように思う。

十三回忌

平成二十五年六月

朴咲けり不壊の宝珠の朴咲けり　登四郎

この句は我が家のシンボルツリーである朴の木が何十年ぶりに花をつけた時に父登四郎が詠んだものである。上五、下五で二度「朴咲けり」と詠んでいることからもその感激ぶりが窺える。平成九年の作と思うが、飛騨高山から送られた朴の木は二階の屋根をはるかに越す大きな木となった。

朴散りし後妻が咲く天上華　登四郎

母が亡くなった昭和五十八年の作である。我が家から母の亡き骸を送ったが、その時も朴の木は静かにそれを見守ってくれた。毎年咲く花の数は違って、不成りの年は五つ位の時もあるが、今年は連休の少し前に一花が咲いて以来三十以上の花をつけてくれた。朴の木に意志があるのかも知れないが父の十三回忌を偲ぶために沢山の花が供花として咲いてくれた。十三回忌の法要は菩提寺の谷中の延壽寺で十八日に家族、親戚が集まり執り行った。七回忌の時は、延壽寺がごたごたした問題を抱えていた時で何か落ちつかない雰囲気にあったが、今回は新しく立派なご住職を迎え、私も寺の檀家総代としての役を頂いて初めての法要であったので、平穏な気持で父を偲ぶ法要となった。

「沖」も先師が亡くなって十二年となったが、この間創刊四十周年、登四郎の生誕百年、そして昨年の五〇〇号という大きな節目を越えてきた。「沖」の会員、同人の中でも先師の謦咳に触れない方々も多くなってきたが、もう一度先師の創刊の志に思いを寄せ、「沖」としての伝統と新しさをめざす俳句を作っていくことが、先師へのせめてもの供養と思う。今年は朴の花が咲いている夜に風が強い日が多くあった。葉はやわらかいので、かなり痛めつけられたが、花は大風にも耐えて翌日まで散ることなくもってくれた。

天上に父のちからの朴一花　研三

吟行会の手帳

平成二十五年七月

先師登四郎は吟行に行く時は、手帳は持たない主義を貫いてきた。総合誌のグラビアページの写真の撮影の時も先師の手帳を持った姿は殆どない。

吟行していて、いろいろな素材を目にした時、忘れないようにすぐにメモを取る人がおられるが、先師は忘れてしまいそうなことであれば、まだ自分の身についていないことなので、無理に覚えておく必用はない。本当に自分の心にしっかりと焼きついたものだけで作句をすれば良いと言っていた。この先師の考え方はある意味では理解できることであるが、私は初心者には手帳を持ってこまごましたことをなるべくメモをとることを勧めている。突然閃いたことでも人間の記憶は完全でなくどこかへ消え去ってしまうこともある。先師は記憶力では人に負けないほどすばらしかったが、私などは記憶力が悪いのでメモに頼ることにしている。「沖」では、一時「人事句の沖」とは言われた時期もあったことから、吟行を奨励する意味で、東京例会に一年に二度の吟行会を設ける習慣をつけた。

吟行の話では、水原秋櫻子の「潮来十二橋」が有名である。「濯ぎ場に紫陽花うつり十二橋」と詠まれたのを記憶していた東大俳句会の人達が、数年後同じ場所での吟行で、それはどこだ、とさがしてもどこにもなかった、という話があった。彼らの質問に対して秋櫻子は「私は、自分の見た紫陽花が幻影であったとしても、それで少しも差し支えはないのである」と答えた。この話は、やがて「自然の真と文芸上の真」を発表して高浜虚子に異を唱えたことにもつながっていく。虚子の写生は自然の真に従っているだけだが、俳句において大事なのは自然の真ではなく文芸上の真だ、というのがその主旨。林翔は「初学俳句教室」において、「俳句は報告書ではない」「俳句は芸術と創造。今までに無かった新しいものをはじめてつくり出すこと」と言っている。先師の「手帳」の話といい、水原秋櫻子の「潮来の十二橋」の話といい、林翔の「俳句は芸術と創造」と説いたことに何か共通するものがあるようだ。

文学ミュージアム

平成二十五年八月

いよいよ市川に文学ミュージアムがオープンする。これはかつて「水原秋櫻子と富安風生展」や「能村登四郎生誕百年展」などの企画展を開催した「文学プラザ」を大きくリニューアルしたもので、念願であった本格的な文学館が誕生することになる。市川市は、永井荷風や幸田露伴、水木洋子、井上ひさしなど多くの文学者が市川に居住したことがあり、詩歌の世界でも多くの俳人歌人がゆかりがあり、文学館がほしいという声が次第に高まってきた。最初は、文学館に最も相応しい適地を探して、新たな建物を建設する考えもあったが、行政改革が進む中、そんなことでは実現の可能性が少ないと思い、いわゆるハコモノに対し巨額の投資を抑えて実現する方法を考え、現存する施設のリニューアルを考え、映像文化センターと文学プラザを合体し、それぞれが持っているノウハウを一体化させることで、市川に相応しい文学ミュージアムが出来上がるのではないかと考えた。千葉県内では、公立の文学館としては我孫子市にある白樺文学館に続いて二番目の施設となる。

文学館と言うと、堅苦しい書籍や原稿ばかりの展示が多いのだが、このミュージアムは多くの人たちに判りやすく文学に親しんでいただくため、映像や写真などビジュアルなコンテンツを多く使っており、今まで文学にあまり親しみのなかった人にも利用いただけるのではないかと思う。

施設の構成は常設展示では、演劇、映画、小説、詩歌の四つのコンセプトを基に、市川市ゆかりの文学者を紹介する。今回の開館記念特別展は「永井荷風展」となるが、荷風は私と同じ八幡に長く居住し、日記文学の最高峰と評される『断腸亭日乗』、ならびに遺品を関連づけながら紹介し、永井荷風の作家活動と暮らしを展望することで、市川に暮らした永井荷風を紹介する。これに合わせて永井荷風が詠んだ俳句も同人の町山さんに色紙に揮毫していただきロビーに展示している。

書庫のお宝

平成二十五年九月

四月号の本欄で「蔵書の整理」について書いた。少し時間がとれる時には我が家にある三室の書庫の整理をしている。本というものは、止めどもなく増殖を続ける性質を持っている。すぐ読む本、後で読む本、後で読むつもりで結局読まない本などなど。

本は、この三室の書庫に流砂の如くなだれこみ、結局は開かずの書庫となり、ただあるだけの書庫として機能していないのが現状であった。しかしながら、折角いただいた本は捨てることが出来ずに書庫の奥に突っ込んでおいた段ボール箱からあふれ出し、部屋の床を占領している。

こうなってしまうと、必要がある本を探し出す作業は困難を極める。ある本が必要になったために時間かけて蔵書の山を崩してゆかなければならない。そうして本の山を切り崩し、あらかた本の海に変えたあげく、結局は本の発掘をあきらめて、インターネットを通じて新たに買ってしまうこともあった。この蔵書整理は現在も進行中であるが、いくらかの先行きの光が見えてきた。

先師登四郎の書庫からは、芝居関係の雑誌が多く出てきたので、専門の古書店にも相談したが、いくら古いものでも価値がないので引き取れないと言われた。先日句会の折り同人の須山登さんにお会いしたので、この本の話をしたところ興味がおありのようなので、貰っていただくことにした。須山さんは、先師が亡くなるちょっと前に入会した方だが、歌舞伎座でも先師と何度か会ったことがあるほど芝居好きの方なので、本が再び愛好者に読まれるようになったことはよかったと思っている。書庫の奥からは、本の他に写真や、「沖」の初期の頃の熱い志をもっていた時代の関係書類も発見され、もう一度純粋な気持で原点に返ることを示唆してくれるものもあった。出てきた書庫のお宝は今の時代の方に少しでも見ていただきたく活用方法を考えたいと思っている。

二〇二〇年

平成二十五年十月

九月八日の未明に二〇二〇年のオリンピックの東京開催が決まった。私は前日が中央例会、この日は東京例会と本部例会が続くのでいつもより朝の目覚めが遅かったが、家族が皆テレビの前でブエノスアイレスからの中継を見守っていた。私もどうにかその決定的瞬間に間に合ったが、ＩＯＣ会長が「ＴＯＫＹＯ」と書かれたカードをかざしながらのシーンは嬉しかった。

地震や津波そしてこのところの異常気象など未来に不安を募らせることばかりで暗い思いがあったが、七年後という近い未来に何か明るい兆しが見えてきたようだ。私にとっての七年後を考えた時、年齢的には七十歳の古稀を迎える。おそらくは公務の仕事は全てけりをつけ完全な専門俳人になっているだろうし、今からその時期を思い描いただけでも何か期待が膨らむ。

テレビの実況を見ていてしばらくして、この「二〇二〇年」が「沖」の創刊五十周年そして六〇〇号になる年であることがわかった。「沖」は昭和四十五年、一九七〇年の十月の創刊であるから、この時が「沖」にとっても大きな節目になる。「沖」の記念大会はおそらくは十月頃を予定することになろう。「沖」の会員諸氏も全員が元気でこの年を迎えるよう健康に留意されることを望みたい。

少し気の早い話になったが、五十周年の前にも再来年の二〇一五年、平成二十七年の十月に「沖」は四十五周年を迎えることになり、「沖」の常任幹事会ではその準備が始まった。記念号、記念大会に加えて、「沖」の二十周年、三十周年の折に刊行した歳時記の編纂を考えている。詳細については来月号に告知の予定であるが、十五年ぶりの「沖」会員の珠玉の作品が並ぶ歳時記ができることは皆さんの句作の指針にもなることから大変有意義なことと期待している。

素材か表現か

平成二十五年十一月

七月にオープンした市川市文学ミュージアムの常設展のコーナーで登四郎の愛用のものを展示したいとの依頼があったので、普段使っていた万年筆と俳句の手帖を貸すことにした。俳句の手帖といっても、俳句総合誌に付録でついてくるような吟行用のものでなく、おそらくは丸善などの文具店で買った思われる高級感のある手帖で最初の頁には使用した年度が書かれていた。「昭和六十一年」とあるから、母が亡くなって蛇笏賞を受賞した直後のあたりで、一切放下の境地の中にいて深遠にますます艶麗な句を作った時代である。当時の「沖」に登四郎は次のような文章を書いている。

「私は旅に行く時も、吟行の時も殆ど句帖のようなものを持っていかない。見たものや風景を頭の中に刻みつけて帰り、二三日してから思い出して作る。だから見た瞬間句になった例は少ない。忘れたものはそのまま、印象の深かったものだけが残る。見た景をすぐに文字に写すということが何故か不安で一度心の底で沈めて濾過されたものでないと納得できない。見た瞬間すぐ俳句になるという写生派の俳人とは違うようだ。／若い時には素材というものをかなり重要に考えたが、七十を過ぎると俳句は表現に心を砕くことが大切なことが分かった。」

この文章からも自らの俳句手帖に記したのは現場で俳句の素材を取材したものでなく、あくまでも机の上で俳句の表現に思い悩み推敲の過程が記されていることがわかる。

ちょうどこの時期は、俳句を作る楽しさに溢れていた時代で、総合誌には年齢の数と同じ、七十七句、八十句という多作を試みた頃であり、手帖には一つの作品群を発表する前に、一句一句の流れや配列、句の中の季語を改めて確認するなど発想から一句の完成までを手帖の上でもがき苦しんだ痕跡がありありと窺えた。私に時間の余裕が出来た時には、この手帖の痕跡を辿りながら、句集に発表した句と照合し、登四郎が何を詠みたかったのかを考察してみたいと思った。

千葉都民

平成二十五年十二月

私が住んでいる千葉県市川市は東京駅に三十分足らずで行くことが出来る。それに比べて千葉県の県都である千葉市にはもう少し時間がかかる。電車賃も東京駅に行く方が安い。

そんなことからか、昔から市川市に住む人はよく千葉都民と言われた。つまり千葉県に居住しながらも仕事や生活の基本を東京に置いて夜ねぐらとしてだけ千葉に帰ってくるわけである。従って市川市のことや千葉県のことなど全く関心がないという訳なのだ。

先師登四郎は、市川に六十年以上居住したが、本人の本籍は東京に置いたままで、亡くなる最後まで東京人としての強い意識を持っていた。こんな事を大きな声で言ったら千葉の人に怒られるかも知れないが、「沖」の雑誌作りに対しても常々「千葉の雑誌にしてはいけない。洗練された東京の雑誌にしなければいけない」と言い続けてきた。先師も、教師としての仕事の場は市川にあったものの、千葉で行われる俳句の会合にも殆ど出たことがなく、完璧な東京志向、中央志向を貫いた。

ところが、私の場合は生まれも育ちも仕事場も市川にあったことから先師の東京志向を受け継ぐことが出来なかった。地元への愛着も感じ、千葉での俳句の仕事にも積極的に参加をさせていただいている。毎年「沖」の新年会も以前は東京で開催してきた。これも東京、中央の雑誌であると意識が強かったからで、途中先師が高齢となったため、負担を軽減するために市川で開催するようになった。中央例会も東京で開催していたものが、いつからか市川で開催する会が中央例会となった。親子の間で、地域への思いがこんなにも違ってしまったのかと思うこともあるが、千葉県の俳壇で活動も重視しつつも、先師がこだわった東京そして中央への思いも大切にしなくてはならないと思う。

和食

平成二十六年一月

「和食」がユネスコの無形文化遺産に登録された。和食は、特に日本でなじみ深い新鮮な山海の幸を用い、日本の四季折々の風土の中で独自な食文化を築き上げてきた。生で食べることや素材の味を重視して薄口の味付けそして繊細な盛り付け、さらには正月などの年中行事などとも密接な関係がある。日本料理においては、何よりも季節感が重視され、歳時記にも四季折々の食材が収載されている。

さらには、食べごろを捉えて、季節を味わう文化もすばらしいもので「旬の味覚」を楽しむことは、うつろう四季とともに暮らす日本人の知恵として、長い間、育まれてきた。出始めの頃の「走り」、初物とも呼ばれ、新しい季節の到来を喜び、「走り」を楽しむのは粋なこととされてきた。「盛り」とは最盛期で、味も良く、もっともおいしい時期、つまり旬の盛りに食べることは、味はもちろん、多くの人が食べることが出来る時でもある。そして、終わりの頃は「名残」として、去りゆく季節をいとおしむように味わうのは、また格別の趣がある。このような、微妙な時期ごとに、美味しく食べる文化は日本人ならではの季節感覚から来るものである。正月の行事でも餅つきをしたり、雑煮の用意をしたりするのは、正月を迎える上で欠かせないことで、新しい年になり、家々の伝統に従って美しく盛りつけられたおせち料理を食べることは、家族のきずなを強めることにも役立っている。

おせち料理はめでたいことを重ねるという願いを込めて重箱に詰めるそうだが、たとえば黒豆は一年中「まめ」に働き「まめ」に暮らせるようにとの願いが込められていたり、数の子はたくさんの卵があるというところから、子孫繁栄の願いが込められているなどのことを親から教えてもらったことを思い出した。

加賀ぶりも年々薄れ雑煮膳　　登四郎

一字題詠

平成二十六年二月

私が担当している朝日新聞の千葉版の俳壇では、毎号季語一つともう一つは一字題詠を出題している。ちなみに一月十五日版は、季語が「人日」一字題詠が「発」であった。季語出題については、掲載日に合わせてその時期に適うものを選ぶことにしているが、一時題詠についてはかなり迷うことがある。自分の好きな一字に偏ることもあり、この二、三年に使った字は重複をさけるため表にして記録することにした。この一字もなるべく幅広く応用が利くものを選ぶことにしているが、題の出し方によって良い作品が集まるか否かが別れることもあるので、作り手の気持になって考えることにしている。季語の出題より一字題詠の方が発想が自由で作品も多様なところに発展することがあるのは面白い。先日、「川」主宰の松山足羽先生から、「課題句実践講座１００」という一書をいただいた。毎月二回の出題に苦慮していたが、この本が大変参考になっている。松山先生の「あとがき」には、「言葉を構成しているどの字にも〈形〉〈音〉〈義〉があり、言葉から意味合いをおろそかにしてはならない。短詩型という桎梏をもつ文芸ならばこそ、俳意表出のための漢字課題との取り組みは大事なこと。」とある。この一字題詠は、よく句会の袋回しの時など即興の句会で課題となることが多いが、言葉の成り立ちなどの知識が先行してしまうと、類想に陥ってしまいがちになるので、自由な発想が引き出てきた方が面白い句が生まれるような気がする。今回の朝日新聞の入選句には、

発電の風車並みゐる恵方かな　　牛島　晃江

東西へ別つ師走の発車ベル　　小河原清江

先哲の書に発憤す老の春　　仁藤　輝男

着膨れて発意の多くなりにけり　　小松　誠一

などの句があった。

吉報

平成二十六年三月

今瀬一博さんが俳人協会賞を受賞した。吉報が入ったのは一月二十五日「沖」京葉支部の句会に引き続き新年懇親会の席上であった。携帯に一博さんからの着信があった時点「受賞が決まったな」と直感した。電話に出ると「お陰様で俳人協会新人賞を受賞しました。」と一博さんの喜びに満ちた声があった。早速京葉支部の皆さんに受賞を報告したところ皆さんからも拍手がおこった。俳人協会賞の選考会は昔から一月の第四の土曜日と決まっていて、二十数年前に私が受賞の知らせを受けたのは、NHK学園のカルチャー教室の指導中であった。当時の教室は日本橋の東急百貨店の五階であった。私の場合は三度目の正直で第三句集『鷹の木』が受賞の対象となった。この時も、教室が終わってから新年会の予定であったが、急きょ受賞のお祝いの会になり、教室の皆さんが花束を用意してくれた。一月二十六日は茨城支部への指導句会と一博さんの句集『誤差』の出版記念会が開かれた。この日が予定された時は、もしかしたらこの前の日に良いニュースが聞けるのではと思ったが、ご本人にはプレッシャーになるので、その事は黙っていた。

当日は支部員全員があらかじめ句集『誤差』の中から三句を選び、一人一人がその句に対してのスピーチを行った。これに対して一博さんはお礼の言葉として一人一人のスピーチに対して答えるような形でお話しをされたのが良かった。今回の俳人協会新人賞はもう一人石川県白山市の矢地由紀子さんの句集『白嶺』も受賞されることになった。矢地さんは「萌」の所属だが、私が選を担当している「北國新聞」の俳壇の熱心な投稿者で毎回良い成績をおさめられている方で昨年私が金沢で講演したときもおいでいただき親しくお話しをした。三月四日授賞式の後で今瀬さん矢地さん合同でのお祝いの会を予定している。

俳句の本の収蔵

平成二十六年四月

　先日、俳人協会の改革検討図書委員の一人として、俳句文学館内の各フロアーの施設見学をさせていただいた。まずは文学館の心臓部とも言える地下二階の書庫へエレベーターを使って移動。ここは中二階構造になっていて下の階は句集などの書籍、階段を上がった上の階には各結社から送られて来る俳誌等が収蔵されている。手で回す可動式書架が林立していて、父登四郎の全ての句集、書籍や私の句集、「沖」から句集を刊行した人の分の本もしっかりと収蔵されていると思うと何か安堵するものがある。現在は俳人協会以外の方の句集等も収蔵されているので、ここに来れば全ての俳句資料はカバー出来ることになる。また俳句雑誌の書架には、「沖」をはじめ毎月、あるいは隔月、季刊のものも含めて刊行されているものは、雑誌ごとに年代順にきちっと整理されて収蔵されている。いつも図書室で閲覧を希望すると、係の方が地下まで降りてとってきてくださるものだ。雑誌の毎月の背表紙を一つ一つ重ねていくと富士山の絵が浮かびあがってくる凝った雑誌もあって楽しい経験をさせていただいた。現在の句集等の書籍の蔵書数は約五万四千冊、俳誌等は約三十三万一千冊、この他に外国語の句集や俳誌も収蔵されており、受け入れ可能な蔵書の限界はあと十年位だそうで、今からの計画的な対策が迫られている。この後は三階の展示室へ移動。ここは過去に特別展などで一般公開されたことがある。通常は希望がある時は公開が可能であるが、係に頼んで鍵を開けてもらわなければならないのがやや面倒である。俳人協会にゆかりの先人俳人の方々の写真や揮毫色紙等の貴重な資料が展示されていて、登四郎や林翔のものも数点が展示されている。各委員からは、結社内の記念展示などに貸し出して積極的な活用を図ったらという声も聞かれた。こうした施設は、俳句文学館の他に岩手県北上市にある詩歌文学館などにもあるが、この三月まで私が勤めている市川市の文学ミュージアムにも出来る限りの句集や雑誌を収蔵しようと私が寄贈を受けた本は収蔵してもらっている。こちらの方も限界がある状況である。

完全退職

平成二十六年五月

三月で公務の仕事を完全退職した。役所は四年前に三十六年間勤めて退職し、その後財団で三年間、そして再び市の文学ミュージアムで立ち上げの年の一年間をお手伝いした。文学ミュージアムは現役時代からの私が強く関わって開館にこぎつけたので、公務最後の仕事としてはやりがいのある仕事であった。あと一年は制度としては働けることになっていたが、かねてから専門俳人になることを夢見ていたので、ここで思い切って公務から完全に退くこととした。卒業後民間に勤めたこともあったが、役所関係はちょうど通算四十年勤めたことになる。父登四郎も市川学園には六十五まで四十年勤めたのでぴったり同じ計算になる。四月からいよいよ所謂「毎日が日曜日の生活」が始まったのだが、私の場合は通常の「毎日が日曜日」とは、ちょっと勝手が違う。と言うのも週末の土曜日曜は殆ど俳句の用が入っているからだが、しかし毎日「定時に出勤」というプレッシャーが無くなったことは事実だ。そんなほっとした気持になったはずなのだが、毎朝遅くまで寝ている気になれない。朝は五時前に目が覚めてしまい、朝風呂に入ってから机に向かい原稿書きの毎日は勤めている時と同じなのだが、出勤時間というタイムアウトが無いのがうれしい。

今まで待っていていただいている句集の序文、俳人協会から出すことになっている自註句集の執筆、そして伸び伸びになっていた第七句集の刊行、さらに書庫の整理とやる仕事は山積みにされている。どうも貧乏性のせいなのか、マグロ的な習性なのか、絶えず動いていないと落ち着かないのかも知れない。まだ十日あまりなので、これからどのような時間の使い方がベストなのか、もう少し考えなくてはいけないが、「沖」の地方支部を訪ねることや、今まで十分なお手伝いが出来なかった俳人協会の仕事などにも時間を使っていきたい。

「沖」の記念出版——季語別俳句集

来年の「沖」創刊四十五周年の記念事業として「沖季語別俳句選集」の刊行が予定され、会員、同人の皆さんから多くの応募があり、目下刊行委員会において編集作業が行われている。

今回の選集には皆さんからの募集句に加えて、「沖」四十五年の句作の歴史も顕彰しようと、先師や林翔先生の作品、さらにはかつての「沖」に長く在籍し、亡くなられた方や、主宰誌を出され「沖」を離れられた方の作品も掲載したいと準備を進めている。

今までに「沖」は、創刊三周年に「沖俳句選集Ⅰ」（参加者三百五名）を刊行したの始めとして、記念の年ごとに「俳句選集」を刊行してきた。創刊十五周年の時の第四集では、五三八名が参加し、創刊二十五周年の第六集では、五七五名が参加した。より実作に活用できるようにと、創刊二十周年の時には季語別に編集した選集を作ろうと「沖季語別俳句集」を刊行した。この時は六一一名が参加してくれた。そして創刊三十周年の時は、さらに持ち歩きの出来るハンディサイズの「沖歳時記」を刊行し、七二八名が参加してくれた。結社としての歳時記としては、先駆的でこの歳時記を手本に他結社でも歳時記が次々に作られるようになった。

今回の編集に当って今までの選集、歳時記を改めて全てを見てみた。懐かしい人の名にも触れることが出来たことと、当時の俳句が今の時代でも見劣りすることのない作品であることに感心した。こうした作品を私が抽出して、今度の選集に入れることにした。

今度の選集は、記念出版の刊行物としては八冊目となり、「季語別」「歳時記」の形では三冊目となる。約一年余の長期の編集作業を経て来年の秋には刊行されることになる。

平成二十六年六月

芒種

平成二十六年七月

先師登四郎の句集に『芒種』がある。生前に刊行した句集としては最後のものだが、あとがきには「『芒種』とは二十四節気の一つで六月六日のこと、「のぎ」のある穀物を播く時期という事で何となく好きなことばなのでつけた。」とある。しかし、小題に「芒種」とあるものの、句集には「芒種」を季語とする句は一句もなかった。最後の句集『羽化』には、

芒種とふこころに播かむ種子もがな

という句があった。さらに、第九句集『寒九』には、

生きの身の微衰の中の芒種かな

という句がある。

いずれにせよ「芒種」や「白露」「雨水」などの二十四節気を使った句は、若い頃の句にはなく晩年になって多く使われるようになったようだ。ところで、何年か前に気象協会が「日本版二十四節気」を作成すると発表し、現代日本の気候風土や慣習になじんだ言葉を広く募集した。ところが二十四節気を軸に句を詠む俳人たちからは「言葉の意味が変わってしまったら季節の定義そのものが変わってしまう」と、反対意見が続出。気象協会側にとっては、二十四節気が現在の日本の気象と多少ズレがあるにせよ、そのズレも含めて日本人の季節感の大きな指針となっているということであった。たしかに立秋は八月七日頃では猛暑の最中であり、秋の始まりとは思えないが、「秋の兆しを感じる」「先駆けて秋を思う」という心の在り方こそが長い時間をかけて育まれた日本古来の季節感でもあるように思う。二十四節気は、今も伝統的な行事や季節の節目として、また農耕の目安にしているが、人が生きていく命の目安にもなっているようだ。

諏訪湖畔

平成二十六年八月

先日久しぶりに南信濃支部の指導句会で諏訪湖に行った。諏訪湖は昔から支部長の藤森すみれさんに案内していただいているので初めてではなかったが、梅雨時の情緒もあって楽しい旅が出来た。中でも諏訪湖の西側に位置する岡谷市を初めて訪ねた。ここは諏訪湖の湖尻にあたり釜口水門から天竜川が流れ出るところで、梅雨時で水量の多い湖の水を川へ音を立てて放流していたのが印象的であった。岡谷には大網白里の小河原さんの紹介で「沖」に入会された宮坂秋湖さんがおられるので訪ねることにした。秋湖さんは岡谷駅からほど近いところにある立派なお寺、照光寺の前貫主の宮坂宥勝さんの大黒さん。正面に立つとお寺の大きさは圧巻である。石段の両先の見事に手入れされた植木や塔に圧倒。岡谷市は製糸業で栄えた町であるから蚕霊供養塔がまつられている。

照国寺は真言宗智山派のお寺、創建は平安時代に遡るという名刹で多くの文化財も有しているが、次男の副住職さんは仏画を画かれる絵師さんで、美術館のようなホールで「六道輪廻図」についてお経から繙いたお話を聞いた。本堂の脇には、三年前に他界された前貫主の遺影が奉られていたが、その傍に本山の智積院の第一世化主となった玄宥の像が安置されていた。

この本像は智積院境内の金堂前に建立されているが、それを一回り小さくしたもので、市川の彫刻家で日展評議員の久保田俶通さんが彫られたものであることを知った。久保田さんは私と古くから知己の間柄で「沖」の記念会のお土産にレリーフをお願いしたこともある方だ。久保田さんからも智積院に仏像を彫られた話は聞いていたもののこの像と岡谷で遭遇するとは思わなかった。

この像の制作にあたっては玄宥に関する資料が乏しく、軸に描かれた数少ない肖像画のほかに宮坂宥勝さんに実際に七条の袈裟を着てもらった姿も参考にしてつくられたという。

市民会館の思い出

平成二十六年九月

「沖」の中央例会の会場として利用している市川市民会館がこの九月で取り壊されることになった。九百人が入るホールの吊り屋根の安全が保てないという理由である。この会館は昭和三十四年に竣工し五十五年目の建物である。葛飾八幡宮の森の中にあるので、文化会館などの施設とは違った趣きのある施設で、句会中も両側の窓から差し込む日射しと境内の木々が風に吹かれるのと秋は黄色に彩る銀杏黄葉《いちょうもみじ》が美しかった。時折は神社の太鼓の音も響かせ、句会をやっていても変化が楽しかった。特に市民俳句大会の会場としては文化会館が出来てからも、こちらの施設の方が良いという皆さんからの要望で使い続けてきた。私が生まれたのが葛飾八幡宮のそばであり、市民会館が建設される始終を子ども心にもしっかりと見ていたので、懐かしさは人一倍である。成人式の会場もここで行われ役所の入所式や研修など、選挙の開票事務も夜通しここを会場として行われたことも思い出の一つである。その後文化振興財団が管理を行うようになってから、仕事の責任者として施設に関わったこともあった。市民会館は今の位置に三年後の葛飾八幡宮の三十三年式年大祭に合わせてリニューアルされることになり、神社の境内であるため大きなホールではなく瀟洒なホールと会議室が出来ることからも、完成後は句会にも利用できそうで楽しみである。

そんな懐かしい会場だが、九月には「八幡・街回遊展」が開かれることから、これに合せて「能村研三展」を開いてもらうことになった。この企画は町山公孝さんが中心になって進めていただいており、少し面映ゆい思いもあるが、この会場との縁を考えやっていただくことになった。九月一杯の開催でこの期間中には二回「沖」の句会が行われることになっているので、是非多くの方に来ていただければ幸いである。

伯母逝く

平成二十六年十月

私にとって親戚では最後の伯母が亡くなった。母の姉で九十七歳の大往生であった。母とは家が船橋であったことと、母と伯母の母、私にとっての祖母が私の家に同居していたことから、我が家とは頻繁に往来があった。父登四郎もこの伯母の夫が國學院で林翔先生などと同級であったことから結婚したようだ。

母とは一つ違いであり、二人は東京の下町で育ったが、年も近いことから、二人の間にはライバル心があったようだ。縄跳びの回数も伯母に負けまいと頑張ったことや、伯母は私立に進んだが母は府立の高女に進んだことなどを母から聞かされたことを覚えている。伯母は高校の教師であった伯父と共に、男三人、女二人の五人の子どもを育て、一時は生命保険会社の所長を務めるなどして家計を助け肝っ玉母さんのような人だった。私も子どもの頃は男の兄弟がいなかったので、従兄弟とよく遊んでもらった。

晩年は内房の老人施設で余生を送ったが、私が見舞に行けないうちに逝ってしまったことが悔やまれる。

私の母は脳腫瘍を患い、六十四歳で亡くなったが、母の度重なる大きな手術にも必ず立ち会ってもらい最期に息を引き取るときも一緒にいてくれた。あんなにライバル心を燃やしていた母と伯母であったが、亡くなった月も七月と一緒で、生涯は三十数年の違いが出てしまったが、きっと黄泉の国で久しぶりの再会が出来たことだろう。

静岡の勉強会

平成二十六年十一月

九月の下旬、新生の静岡支部の基に勉強会が開かれた。今回の勉強会は、従来の勉強会がややルーチンワーク的な意味合いがあったため、約一年をかけて幹事会の中にプロジェクトチームを結成し、勉強会改革を検討した。

「勉強会」の名に相応しい内容にすることで、参加してもらった会員が満足していただけるよう、従来のやり方を見直すこととした。

まず第一回目の句会を事前投句制ではなく当日出句することにした。従来は参加者が多くなることから、ほぼ一か月前に係のところに事前に出句する仕組みで行ってきた。

俳人にとって俳句作品は今の自分に出来る限り添ったものでなくてはならないと思っているので、一か月前の自分が作った句が選句によって評価を受けるのはいかがかというのが私の持論であった。人間は常に進歩をしているもので、一か月前の自分と今の自分は絶対違うものだと思っているからである。今回は静岡駅で吟行バスの乗車前にそれぞれの投句を集め、別の車でホテルに直送し句稿が作成された。二つの句会に加えて、新しい試みとしてパネルディスカッションが行われ「類想類句について」意見が戦わされた。わずか四十五分という短い時間ながら、各パネラーがよかったせいか締った討論がなされた。この他にも懇親会の後にミニ勉強会や小句会が行われた。

会場には、昭和四十七年に開催された第一回の勉強会をはじめ何回かの勉強会の写真も展示され懐かしかったが、今回の勉強会は勉強会を始めたばかりの頃の原点に還ることが出来たように思う。正に「勉強会」のルネッサンスになったことがよかった。

六十五歳

平成二十六年十二月

私は十二月が誕生日なので、間もなく六十五歳を迎える。国の高齢者の定義から言えば、この年から「高齢者」ということになる。年金の支給開始やＪＲのジパングや航空券のシニア割引もその対称となる。近年は平均寿命がどんどん伸びていることから、高齢者の捉え方も変化しつつあるが、俳句の世界では六十五歳はまだまだ若僧でしかない。俳人協会の会員の平均年齢が七十五歳というから私はそれを少しでも引き下げるお手伝いをしていることになる。

先師登四郎の六十五歳の頃というと「沖」が創刊されて五年目を迎え胃潰瘍を患って入退院を繰り返しながらも市川学園での教職は続け、多くの俳句作品や論文を執筆するなど充実期にあった。第五句集『幻山水』第六句集『有為の山』など三年毎に刊行するなど意欲も満々であった。

ただ母が大病を患いその心労を抱えながら仕事に向かっていたのである。

母は脳腫瘍という大病を患い七年間の療養生活にあったが、六十四歳で亡くなった。私もその母の年齢は越えられたことになるが、六十五歳という大きな節目を迎えることから一層健康には気をつけていきたいと思っている。

この三月で公務の仕事を全て終了し、いくらかは自由な時間が取れるかと思ったが、中々そうはいかないようで多忙を極める毎日である。間もなく長年仕事が停滞していた俳人協会の自註句集も刊行されることになり、今年の暮れまでには第七句集も纏めて来年には刊行したいと考えている。

来たるべき平成二十七年は「沖」の創刊四十五周年の年であるので、六十五歳のわが身に鞭打って一層励んでいきたいと思っている。

丁寧に暮らす

平成二十七年一月

「沖」創刊四十五周年の記念の年を迎えた。先師より主宰を継承して十五年目でもある。

昨秋より、四十五周年の記念事業についてはお知らせしている通りで、一部の企画については「沖」誌の通常号でも掲載が始まっている。また一昨年より準備にとりかかっている「沖季語別俳句選集」も、編集作業がいよいよ大詰めの段階である。

本年が四十五周年の記念の年でもあるので、一月号より表紙デザイン及び巻頭ページのレイアウトを一新した。表紙絵は市川美術会でお世話になっている、水墨画家の池田蘭径先生の「ヨーロッパの街を行く」のシリーズから「ザルツブルグ冠雪」を一月号から三か月を飾らせていただく。三か月ごとに表紙絵を替えて行く予定である。この絵は先生から市川市が寄贈を受け、市川市文化会館のロビーに二百号の大作が掲げられている。私も四、五年前にザルツブルグを訪ねた時に、この絵の描かれた場所に行ってみたいと訪れたことがある。四十五周年の記念事業は十月二十六日の祝賀会を頂点に各事業も盛り上げていきたいと思っている。幸い私も公務の仕事が無くなったので、フルに俳句の時間として費やすことが出来るようになった。本年からは、従来は同人有志に一部お願いしていた地方支部の指導も私自身がお伺いしたいと思っている。本年の抱負としては、忙しい中で仕事をこなす中、より丁寧な仕事をしていくよう心掛けていきたい。昨年亡くなった高倉健さんは人の気持に寄り添って、人のために丁寧に生きられた人で、自分が触れる人に、自分が何が出来るかを考えて、身を粉に出来る人であった。私などは忙しさにかまけて、毎日を行き当たりばったりの暮らしをしてきたように思う。常に何かに追いまくられながら日々を過ごしているようで、生活や人生に落ち着きというものがなかったようにも思う。俳句に向かう時も、与えられた時間を雑に使うのではなく、少しの時間でも大切にしながら「丁寧に暮らす」という意識を持っていきたい。

自註句集

平成二十七年二月

昨年の暮に、俳人協会から自註句集シリーズ第十一期の『能村研三集』を刊行した。最初にお話しをいただいてからかれこれ十年以上が経ってしまったかも知れない。協会から指定の原稿用紙をいただき机の抽斗にしまったままでかなりの時間が経過してしまった。協会としてもこのシリーズをそろそろ終了させたいとの意向があり、昨年、刊行されるのなら早くとの催促をいただいた。昨年の暮の押し詰まった時期に何人かの親しい方に送らせていただいたところ、多くの方からありがたい反響をいただき恐縮をしている。本年になってから、やはりこの自註シリーズの『松尾隆信集』をご本人からいただだいた。そのあとがきには、俳人協会から原稿用紙が届いて十六年が経過してしまったことが書かれていて、思わず私だけではなかったのかと少し安心するやら苦笑してしまった。松尾さんも、やはり手をつけたくても結社のことやお弟子さんの句集などでお忙しかったことと推察する。

さてこの俳人協会の自註シリーズはかなりの歴史を持っている本で先師の『能村登四郎集』は第Ⅱ期として昭和五十四年に刊行されている。『定本咀嚼音』から『有為の山』までの六冊の中から抽出した三百句に自註が付けられている。そしてそのあとがきには「自註というものは前書と同じく著るしく句の香りを失くすものだという事を知った」とあった。本来五七五の十七文字だけで普遍性をもって簡潔しなければならない俳句からすればなるほどと頷くものである。さらにあとがきには「しかし一句一句にまつわる思い出を書くことは自分の歴史を書いているようで意外と楽しいことでもあった。」とも書いている。これも然りである。登四郎はこの時六十七歳と、ほぼ私の年齢と近かったが、私ももっと若い時より、ある程度の年齢に達した時にこの本が刊行されたことが良かったと思っている。

谷中のヒマラヤ杉

平成二十七年三月

能村家菩提寺の谷中の延壽寺には檀家総代を務めていることからお盆やお彼岸の他に年数回行くことがある。地下鉄根津の駅を出て、交差点から言問通りの坂を鶯谷方面に登った所を左へ折れると細い路地で、しばしば映画のロケなどにも使われるところである。この路地には新内岡本派稽古所などもあり、時折、三味線のお稽古をする音が聞こえてくることから「おけいこ横丁」とも呼ばれている。ここをもう少し突き進むと三叉路に出るが、ここには今や谷中のランドマークにもなっている大きなヒマラヤ杉が聳え立っている。江戸時代には三方地店《さんぼうちだな》と呼ばれた歴史のある地区で、三方をお寺に囲まれた中に、ヒマラヤ杉を目印に古くからのお店や工房、アトリエなどが並ぶこの一画は、谷中の寺町らしい風情のある場所である。最近は外国語のガイドブックにも紹介されていることから、ヨーロッパからの中高年の観光客も散策していることが多い。

ヒマラヤ杉のあるミカドパンの角は、かつて榎の木のあるお団子屋で、近隣の人に加えて、芸術家、墓参客等、多くの方が立ち寄ったそうだ。その隣にはアメリカ人の日本画家のアトリエなどもあり、大正、昭和の住宅も現在まで引き継がれ、歴史ある貴重な町並みと風情をつくっている。

このヒマラヤ杉はもともとは戦前、パン屋の店主の祖父が鉢植えの状態から育て始めたものだという。ところが最近、開発計画が持ち上がり、谷中のシンボルとして愛されてきた大木が伐られてしまうかも知れないという話があり、この環境を守ろうという署名活動も行われているようだ。

このヒマラヤ杉のすぐそばに延壽寺があり、私も父や母に連れて来られた時は、こんなに大きな木ではなかった筈で、私の半生をずっと見守っていてくれる木でもある。

時には他流試合も

平成二十七年四月

「沖」の人たちは余り俳壇との交流に積極的ではないのが残念である。いろいろ忙しく自分の結社の句会で精一杯という方もおられるが、他結社の方々や、中央俳壇で活躍する著名な俳人と時折お話しをしてみるのも大切なことであると思うのだが。年に何回か開催される、総合誌主催の新年会や各賞授賞式にも、最近は私の他千田百里同人会長と二、三人の方が来られるのみ。各種の全国俳句大会への参加も消極的である。昨年は、結社の交流として「萬緑」の方々と合同句会を開催したことも記憶に新しいが、日常とは違ったカルチャーショックがあって楽しい会となった。

本年から私も俳人協会の役員を担当させていただくことになったが、これからは俳人協会の諸行事にも積極的に参加して俳壇との交流を図っていただきたいと願う次第である。

俳壇といっても、全国的な規模であるものから、地方独自性のものなど多種多彩であるが、私も時間の許す限り、いろいろな場で俳壇交流を深めていきたいと思っている。先師登四郎も若い時は、現代俳句協会の幹事などの仕事で俳壇との付き合いも積極的で、総合誌主催の新年会には出来る限り顔を出していて、その頃は先師を囲むように弟子たちも多く参加してくれた。そうしたお付き合いがあってこそ、自分の結社の周年行事などにも俳壇から応援を頂けたと思う。

本年は「沖」は創刊四十五周年の節目の年ともなるので、俳壇を多く見渡した中で「沖」がどうあるべきかを皆で考える良い機会になるのではと思っている。

秋の記念大会には俳壇から多くの諸先生がお祝いにかけつけていただくことになっているので、今からでもその雰囲気に慣れ親しんで頂ければ幸いである。

書斎訪問

平成二十七年五月

先日、俳句総合誌の企画で「書斎訪問」という取材があった。こうした企画は普段から整理のおぼつかない多忙な俳人にとっては悩ましいものである。編集者からは、「ありのままでも良いですよ」と言われたものの、ある程度の書庫と書棚の整理をすることにした。幸い昨年の夏から書斎の大幅な改造に着手し、畳の和室において座卓で仕事をしていたものを全てフローリングにして、特別に誂えた私の体格にあった杉の木で出来た座卓も知り合いの大工に相談したところ、これにデザインが合うような脚をつけてくれたので、これを再利用している。

書棚も多忙を極めていると、横積みの本が幾重にも重なり、結局は積読の状況になり何がどこにあるかが判らないままになってしまう。我が家には、父の蔵書のための書庫が二カ所あり、これに加えて「沖」のバックナンバーをしまっておく専用書庫がある。これも次女の麻衣が時間をみつけては、バックナンバーの整理をしてくれたので、古い号の「沖」での調べものがし易くなった。

以前林翔先生の書斎を訪ねた時、先生の几帳面さもあって、作家別に句集、著作が纏められ、それを五十音順に並べてあるのを拝見したことがあり、このように書庫は整理していくものだと教えていただいたことを覚えている。

蔵書というものも、ただ仕舞っておくだけでは、何の意味もなさず空間の無駄遣いになってしまうことは明らかなことなのだが、これが日常的にスムーズに出来ないことが悩ましいことである。

今回の書斎訪問の取材は、書庫を整理する良いきっかけになった。これから少しずつ時間をかけて林翔先生のような書斎整理をしていきたいと思っている。

梅雨の句

平成二十七年六月

梅雨の句と言うと、そのほとんどが鬱陶しいものが多い。梅雨という季語が盛んに詠まれるようになったのは、大正期以降になってからだそうで、それ以前は「五月雨」「梅《うめ》の雨《あめ》」「梅雨《ばいう》」と詠まれていた。

どこよりか青梅雨の夜は藻の香せり
青梅雨や流木に知るものの果
部屋ごとにしづけさありて梅雨きざす
男梅雨かな四五日は葦伏して

これは、先師登四郎の梅雨の句であるが、日頃から「晴れ男」「沖晴れ」と晴れを賞賛していたのに、意外と「梅雨」の句が多いように思う。登四郎は「梅雨」のような二文字の季語は、俳句の表現の上でいろいろ応用が効くので面白い俳句が出来ると言っていた。「青梅雨」の季語は、比較的新しく、永井龍男の小説の題名から一般的に使われるようになった。梅雨を浴びてすくすく育つ木の青葉や草花を連想しながら用いるので、単に「梅雨」を用いる場合よりも鬱陶しさ、暗さがやわらぎ、しっとりした感じに包まれる。まず五月末から六月初めの走り梅雨から始まって六月中旬の「入梅」本格的な「梅雨」「五月雨」となる。沢山降り続くような時は「荒梅雨」「男梅雨」と言い、余り降ること無く空振りの時は「空梅雨」と言う。そしていかにも降りそうな暗い空を「梅雨空」「梅雨曇」と言い、梅雨時の思わぬ冷え込みを「梅雨寒」「梅雨冷」と言う。また梅雨の間にふと晴天が覗けば、それを「梅雨晴間」と表現する。梅雨時も後半に降る大雨を「送り梅雨」と呼ぶ。そしていよいよ「梅雨明」となるのだが、しばらく晴天が続いた後に、また降り出した雨を「戻り梅雨」と言う。今年の梅雨入りはいつごろになるかまだ判らなく、空梅雨になるのかそれとも当たり年になるのか、いずれにせよ大雨の被害が無いことを祈りつつ、梅雨を楽しみながら詠んでいきたい。

二つの連載

平成二十七年七月

発行所には毎月たくさんの結社誌が送られてくるが、その中で毎月欠かさず読む連載ページがある。その一つが「対岸」主宰今瀬剛一さんが書かれている「能村登四郎ノート」である。この六月で回を重ねて〈一六二回〉見開き二ページに渡っての白熱した登四郎論である。すでに平成十三年より百回連載されたものを平成二十三年に単行本として纏められているので、お読みになった方もおられるだろう。この連載のきっかけは、登四郎が亡くなった年、悲しんでばかりいないで、何か自分がするべきことはないかと考え、今瀬さんが知っている登四郎について、ご自身の備忘録のつもりで書き始められたという。「対岸」の六月号では、昭和五十六年あたりの事が書かれている。この年の前年の十二月に福永耕二を亡くし、この年の七月には師である水原秋櫻子が亡くなった時でもあり、深い悲しみの中にも今後独り立ちしていかなければならない覚悟を深めた年でもある。

先師てふ言葉はじめの夜涼かな　　登四郎

この年の毎月の「沖」に連載した登四郎の執筆した文章と作品についてもつぶさに批評をされている。もう一つは水田光雄主宰の「田」に連載されている、仲栄司氏による「福永耕二論・はるかなる墓碑」で、見開き四ページにわたるものでこの六月号で三十九回と回を重ねた。今回の仲氏の文章は昭和五十年の頃の耕二について論じておられるが、氏は耕二の俳句人生で最高潮の時であったと捉えられている。

踏青や手をつなぐ雲ひとり雲　　耕二

さらに氏の文章にはこの年に亡くなった相馬遷子が耕二にあてた編集を気兼ねなくやるようにとの励ましの手紙が紹介されている。「田」の水田主宰から、俳人論が欲しいという話があり、「福永耕二を書いてみないか」と勧められて連載が続いているという。仲氏は耕二の俳人としての生き方、考え方に惹かれていった。とにかく純粋でまっすぐなところに惹かれて連載が続けられている。この二つの連載とも、「沖」が真っ先に取り組まなくてはならない企画であるが、私たちにとっても是非一読しなければならない文章である。

サンディエゴ訪問

平成二十七年八月

　七月十八日から同人のガルシア繁子さんを訪ねてアメリカ西海岸の町サンディエゴへ行った。今まで海外を旅するのは殆どがヨーロッパであったので、アメリカに行くのは初めてであった。今回私に同行してくれたのが、石川笙児さん、塙誠一郎さん、小林和世さんの三人。ロサンゼルスからアムトラックという鉄道で途中オーシャンビューを楽しみながら二時間余りでサンディエゴに到着した。ホテルでガルシア繁子夫妻が出迎えてくれた。これまでは毎月の投句といただくお便りだけで、お会いすることが出来たのは初めてであった。サンディエゴは海軍や海兵隊の基地で太平洋艦隊の重要な拠点でもあり、サンディエゴ湾内にはミッドウェー航空母艦が停泊し現在は博物館として公開されている。ご夫妻の案内で、夕方のサンディエゴ湾のクルージングに招待を受けた。湾内には多くの軍艦が停泊しており、コンドミニアムなどの高層ビルが立ち並ぶダウンタウンの眺めも素晴らしかった。

　翌日の午前中はラグナビーチにお住いでかつて市川学園で登四郎、翔の授業を受けたことのある高橋正弘夫妻に車でオールドタウンなど市内観光を案内していただいた。午後からはガルシアさんのお家を訪ね、歓迎の茶会と句会が開かれた。お家はやや町中から離れた静かな小高い丘の上にあり、庭には紅白の幕と野点傘が張られていた。早速お部屋に案内されたが、八畳の畳敷きで床の間には先師登四郎の遺影と句が揮毫されたものが飾られ、登四郎の命日にちなみ端午の節句の兜も飾られていた。一万キロも離れた異国の地にあっても、先師を慕ってこのような配慮が嬉しかった。茶会の後の句会では、遠くポートランドから参加してくれた黒田素子さんと地元の山下恵美子さんにも参加いただき、当日茶会でお点前を披露していただいたアメリカ在住の若い日本人女性たちからも俳句を出句してもらった。初めてのアメリカ旅行であったが、こんな遠く離れた所でも深く温かい俳縁があることが嬉しかった。

外房の家

平成二十七年九月

妻の母は今も健在で埼玉の老人ホームに入っているため、外房の太東にある家が空き家になっていた。海からは二キロほど奥に入ったところだが、周りには稲がたわわに実る田んぼと梨畑があるなど、環境も良く田舎暮らしが満喫できる所なので、時間が取れる時は、気分転換も兼ねてここに来て原稿執筆や選句などの仕事をすることにしている。海風の影響なのか市川より平均気温も四度位低く快適である。朝は老鶯の声で目が覚め、夜は田んぼから蛙の声も聞こえてきて、都会では見られない星空が輝く。いつも何かに追われているようだが、ここに来ると開放されて気分が落ち着く。市川からは九十キロほど離れているものの高速道路を使うと一時間半くらいで着く。

大原の内山照久さんや大網白里の小河原清江さんなどが近くにおられる。九十九里の南の突端太東岬には太東燈台があり、夜になると闇夜に灯りをともしてくれる。

近くには、浮世絵師として有名な葛飾北斎の作品に描かれた波に大きな影響を与え、波を彫っては天下一と言われた「波の伊八」が残した欄間彫刻のある飯綱寺や、

木枯らしに岩吹き尖る杉間かな

と詠んだ芭蕉句碑のある坂東三十二番札所の清水寺などの名刹もある。

一ノ宮には芥川龍之介のゆかりの宿として知られる一宮館などもある。

先日は孫たちもここに泊まったので、近くの太東の海水浴場で遊んだ。何十年ぶりに泳ぐことになったが、ボディボードで荒波に身体を打ち寄せられるのを楽しんだ。

太東の家には、離れがあり、小さな句会も出来るスペースがあるので、季節の良いときには俳句の有志と近くを吟行して句会をやってみたいと思っている。

第二章　「俳句・ＮＯＷ時評」／「操舵室」

結社の終焉

平成六年一月

十二月も半ばになると、俳句総合誌の「年鑑」が出揃い、その中の巻頭言には、登四郎主宰を始め、俳壇の中心をなす人々が書いている。

昭和俳句の人間探求派の終焉を意味する加藤楸邨の逝去、四Sの一人である阿波野青畝の逝去、また山口誓子の主宰する「天狼」の終刊など、今年は俳句の歴史にとっても大きな転換点になったことは間違いなく、その時代の変革期にあって、結社のあり方、さらには次の時代の俳句についての展望を期待する論調が多くみられた。

昨年の「雲母」の終刊に続き、新聞報道によると「天狼」の終刊が伝えられた。平成六年の五月に終刊記念号を刊行し、四十六年の歴史に終止符を打つという。山口誓子が同人の会合に届けた「終刊宣言」によれば〈最近、体力と視力が低下しましたので、「天狼」の選を止めて、「天狼」を終刊します。「天狼」に、満ちてゐた私の精神を皆様で受け継いでお励み下さい。「天狼」の名称はこれを限りとします。〉九十二歳の山口誓子がその弟子達と俳壇へ打った力の限りの主張と選択であったと思える。健在の内に自らの手で結社を終焉させることは、結社を創刊させる時のエネルギーにも通じるもので、山口誓子の精神の通った「天狼」というものの存在の大きさを改めて認識させられた。同人たちの間には、「ショックが大きく、今後どうしていいのかわからない」といった反響も新聞に載っていたが、これも今の俳壇の状況からすれば、納得の行く率直な発言だ。既に「天狼」を卒業してしまった人々、ひたすらに「天狼」一筋でやってきた人々、それぞれにこの「終刊」に対しての思いはさまざまであろう。

ただここで「結社」というものが生き物であったことを証明してくれたようにも思う。草創期、活性期、円熟期を越えて、山口誓子の資質を受け継ぎ、新たな展開を繰り広げるさまざまな門弟達を世に送り出したことで、その結社の創刊の意義と存在が深く俳壇に刻まれたことは、確かだ。結社の目的と役割を果し、主宰自らが終焉させようとするのは一種の美学でもあろう。ただ「天狼」を唯一の発表機関としてきた人々の今後の行方が気にならないでもない。

ところで「寒雷」は二月からの選者交代、さらには今後誌名の変更と暖響作家という同人達の総合雑誌のような形になるそうだが、「寒雷」も俳句の歴史の上では、多くの俳人を輩出し、結社の役目を充分に果たしたと言えようが、その拠り所としても何らかの形で存在していかなくてはならないところに、結社としての今後のあり方の問題を含んでいるようにも思えた。

俳人協会と四十代

平成六年三月

私達の仲間の中原道夫が第二句集『顱頂』で俳人協会賞を受賞した。平成二年度の『蕩児』の俳人協会新人賞に続く快挙である。彼のオリジナリティの言語感覚と俳諧性は、多くの人が評価するところであり、彼の実力と才能に対して正しくかつ思いきった評価をして頂いた選考委員に敬意を表したい。今年からは、新人賞の対象となる基準が、五十歳未満の第一句集に限定されたことと、従来の俳人協会賞の受賞者の多くが各結社の主宰者クラスで、俳壇的にも一定の評価が決まった方々であったので、そんな事からも若手作家と言われる人々が、第二第三句集を刊行しても何の張り合いもなく協会から益々遊離してしまうのではないかと心配していた。今年は中原道夫の協会賞受賞に加えて、新人賞に四十代が二人、そして新たに評論新人賞も設けられて、「狩」の片山由美子氏が受賞するなど、一時に四十代の作家が四人受賞したことで、ようやく俳人協会における四十代の作家達の位置が確立され始めたようにも思えた。

とにかく若い作家は、俳壇で優遇され過ぎているのではないかという声も聞かれるが、俳人協会においては決してそうは思われなかった。

私はかつて、俳人協会の幹事会で「若手の人々は昼間仕事をもっているので、俳句文学館を利用することが出来にくく、せめて夜の利用を積極的に行ってはどうか、そして若手の人々がいろいろな会に自由に参加できるような日時の設定をした配慮をしてほしい」と提言したことがあったが、その後もその姿勢は余り変わっていない。

俳句の隆盛をある一面で支える、高齢世代とカルチャー族の登場により、俳人協会のターゲットとする力点も自ずとそちらに移行し、協会本来の仕事である作家を育てる機能が希薄になっているようにも思えた。

このごろは二十一世紀の俳句界がどのようになるのか、しきりと云々されるようになってきたが、俳句の主宰者が次第に高齢化していく中で世代のずれによる考え方、感覚の相違などを、どのように適切に汲んでいけるか、そして若い人を育てるにはもっと世代の近い若い指導者が輩出しなくてはいけないとも言われている。

俳人協会の四十代の世代比率がどの位いるのか判らないが、世の中では、一番中心となってエネルギーを出さなくてはいけない世代であるはずなのだから、協会においても若いエネルギーをよりよく活用出来る体制作りと、四十代の作家自身の積極的な活動が望まれ、ひいてはそれが俳壇全体の活性化にもつながっていくと思われるのだが。

俳人にとっての履歴とは

平成六年五月

俳人にとっての履歴とは果たして必要なことであるのだろうか。

普通俳句会に始めて参加した時は「どこどこからまいりました○○です。」位の自己紹介をするものの、年齢が何歳で、どこの学校を卒業し勤めが何であるかなどと言うことは言うべきことでも、また聞くべきことでもない。句会に参加するとその句友のプライバシーには、余り触れることなく、年齢、身分、性別を越えていわゆる会社社会などとは違った独自の世界を確立することができるのである。

親しくなった句友と句会や吟行会へ出掛ける時、親子程の年齢が違っている人を、○○さんなどとお互いによびあう姿は、俳句と全く関係ない人からは奇異なものとして映ることであろう。

お互いの俳句の作品を通じて、その人の職業が何となく判ったり、病気の親の事や、受験の子供の事などを垣間見ることが出来て、始めてその人物像が見えてくるものである。

句集を編む時その奥付に略歴を詳しく載せる人と、簡潔に生年月日と出身地程度しか載せない人等さまざまであるが、句集の奥付にある略歴の内で作品を読んでもらう知識として必要なものとは何であろうか。その人の出身地がどこであろうか、仕事をもっている人は、その職業とか学歴、主婦の場合は家族構成やら家庭環境等々、勿論情報化の世の中であるから、その人物を多面的に見る手っ取り早い方法としては多くの情報が必要であるのだろうが、果たして俳人にとって過剰とも思える略歴情報を与える必要があるのか、また、どこまでをベールに包んでおいたほうが句のイメージをそれぞれで拡げる意味からも都合がよいのか。勿論句集を上梓する人の考えにもよることで、その人のセンスの問題として受けとめられるのかも知れない。

ところで今、「俳人協会会員名鑑」の第三集が編集中であるが、私などは余り抵抗なく、すぐさま設問に正直に答える形で原稿を出してしまった一人だが、いろいろな人の話を聞いて見ると、俳歴はまだしも何故最終学歴や職業について記載する欄があるのか判らないと言う人もいて、改めてこの本の意図するものが何であるのか疑問になってきた。都合が悪ければ書かなくてもよいということもあろうが、一万人にも達するという俳人協会の人物ファイルが果たして本当に必要なのであろうか。

作家的に大成した人の履歴ならまだしも、会員相互の学歴や職業についても設問するとは、個人情報の守秘の問題が世間で取り沙汰されている現在、俳句組織としても慎重に考えなくてはいけない問題のひとつではないだろうか。

俳句はやはり、医者や学者、商店主から、定年を過ぎた高齢者や主婦などが、あくまでも平等な立場で句作の出来る環境を作ることが基本だと思うのだが。

結社から見た総合誌

平成六年七月

「文藝春秋」や「読売新聞」の時評で、このところ俳句総合誌の編集についての意見が頻繁に掲載された。

私もこれらの評者の勢いを借りて誌名を挙げて、論評するつもりはないが、結社サイドから見た総合誌とは、一体どんなものなのだろうか。

俳句総合誌なるものが発刊したころは、結社誌の数も少なく、当然俳句人口も今とは比べものにならず、結社誌の中で育つ有望な俳人達の俳壇的登場の場、交流の場としての役割を果たして来た。出版社の側も、これによって俳句人口を大幅に伸ばそうという考えなどはなく、一定の俳人をターゲットにした専門誌的なものとして、商業主義的価値も大きくは期待していなかった。

そんな時代であったからこそ、総合誌の編集長に評論家の山本健吉や俳人の西東三鬼、大野林火、高柳重信等が坐り自らの俳句観により、俳句に対しての本質に迫るテーマを問題提起し、また新人を育てることにも心血を注いだのだろう。

だからといって、筆者は今の時代に当時の手法を再現させることが最も良い事であるとは思わない。勿論現在は俳句の世界においても当然メディアの時代として、これを中心的に支えるものが俳句総合誌の役割ともなってきているから結社の方も当然これを見のがすはずが無い。

結社としても、総合誌の一頁の隅に会員募集の報告を掲載し、一方総合誌側からは、結社アルバム特集、結社歳時記、結社案内手帳等の結社のニーズに答えた企画により全国的にそれぞれの結社の活動が紹介される機会が増え、宣伝効果としても大いに役立つものとなった。一方総合誌側も、結社人を定期購読者にして発行部数を拡大させる事が出来、結社との相関関係がより一層緊密化してきた。結社の○○周年の時には、総合誌の編集者も来賓として招待を受け主賓の俳人と席を同じくする程に、結社側の気の使いようである。

　自分の結社を少しでも良く評価してもらうためのことであろうが、○○周年のお祝いに立ちあってもらう編集者の席は、なにもそんな表立った所でなくてもよいような気がする。結社と総合誌が緊密な相関関係をとっていくことは、大いに賛成であるが、双方が少し商業主義的な利害ばかりで利用するのではなく、結社の有望な新人を発掘し育てることを陰から応援してくれ、また新しい時代が求めているものを、先鋭的にかつ敏感にリードしてくれるのが、総合誌としての本来の役割でもあるはずだ。メディア時代の俳句総合誌であればこそ、専門俳人から、初心者に至るまで多くの人々を相手にしていかなければならないが、俳壇の羅針盤的な役割をしてゆく総合誌の存在を大きく注視していきたい。

戦後という括り方

平成六年九月

来年は、戦争が終わって五十年という区切りの年になる。といっても戦後に生まれた私達を含め、五十歳にならんとする人達にとって戦争とは自分の親や先輩方からの証言や又学校の教育において教えられたことによって如何に苦しみと不幸の歴史があったかを図り知るしかないが、「戦後」という言葉は現代のあらゆる場面にも普通に使われており一時代をひと括りする大きな歴史的事実として、それ以前とそれ以後を大きく分けている。

勿論俳句の世界においても、然りであって、「現代俳句」という言葉と同時に、「戦後俳句」「戦後の俳人」「戦後生まれの俳人」というように「戦後」という時代の区切り方はやがて五十年が過ぎようとしている現在でも、頻繁に使われる言葉なのである。

「戦後」という言葉と同じように時代を括るものとして「昭和」という言葉がある。こちらの方は六十数年という時代を築き、すでにその時代を終焉して五年半が経過しているが、やはり戦中戦前の二十年と戦後の復興と繁栄の歴史の四十数年というように「戦争」という昭和の外すことの出来ないキーワードを以て語られる時代なのである。

しかし「戦後」という時代の眺め方を自然と出来る世代とは、一体どのあたりを指すのだろうか。明治、大正生まれの戦争体験派、昭和十年代までの疎開経験派、昭和二十年代までの戦後復興期に幼年時代を送った人々、そして戦後生まれで戦争経験が全くなく親から語り継がれたことでのみ知る世代、ここまではそれぞれ胸に秘めるものが違いながらも、「戦後」という言葉の響きを時の経過に薄めながらイメージしているのである。しかし戦後五十年ともなると、戦争についての現実感など全くない世代も生まれつつあり、「新戦後」と呼ばれる時代の認識が一部で始まっているようだ。

では俳人にとって「戦後」という時代の括り方はどこまで続くのであろうか。戦時中は京大俳句事件等、俳句の世界にも戦争の暗い影が及んだ時代もあったが、戦後俳句すなわち現代俳句という認識をもったのは今七十代から上の俳人達であろう。それ以降ずうっと、戦後という時代の括り方のまま現在に至っているが、そろそろ新しい時代の視点に立った機軸を打ち出し、戦後○○年という時代の括り方を考え直す時期にも来ていると思うのだが。それには「戦後」というインパクトを持った時代認識以上のものの出現がない限り、時代に流されたままなのかも知れない。

二十一世紀を数年後に控えた新しい時代に向けた視点というものを、私達の中に芽生えさせなくてはいけないのだろう。

年下のライバル

平成六年十一月

「鷹」が三十周年を迎えた。十月十五日に東京会館で会員・同人八百余名、来賓が約百七十名と合わせて千名近い人を集めて記念祝賀会が行われた。「沖」も来年は二十五周年を迎えるので、その雰囲気をしっかりと受け止めたいという気持ちと、日頃より気になる「鷹」がどんな会を運営するのか興味があり、私もお祝いに参加させていただいた。

主賓として挨拶に立った能村登四郎は「藤田湘子さんとの付き合いは五十数年になろうとしているが、こちらがいくらライバルと意識しても仲々そうは思ってもらえず、少しさびしい気持ちもあったが、私としては、同年代の人と戦うより十五歳年下の人を目標に置いて競争するのが好きだった。そして何より湘子の才能が気になった。」と昔を述懐しながらも、登四郎らしい、いつまでも活力を持ち続けたいという、前向きな姿勢の挨拶を行った。

登四郎、翔と湘子は戦後間もなく「馬酔木」において新人としての鎬を削った仲であるが、登四郎と湘子は、年齢では十五歳の差があった。

このことも含めて「鷹」の三十周年記念号の中で湘子と登四郎が対談を行っており、その中でも二人の関係が詳しく語られているが、やはり登四郎の若さの秘訣とは、常に自分より若い人を目標として、それに負けまいとする気持ちを持つことにあったのだ。

歳月の差の事で、もう一つ登四郎が気になることがあった。それは主宰誌の発刊の時期の開きの事で、先に出されて悔しいという思いは無かったそうだが、主宰誌では若い湘子に五年先行されていることは、ここでも大いに競争心を起こさせることになった。

こうして「鷹」は三十年、「沖」は来年二十五年という誌齢を迎えるわけだが、記念会の日、湘子氏はちょっと気になる発言をされた。

〝雑誌の誌齢は人間の歳に例えれば約倍であり、「鷹」は人間でいうと六十の還暦を迎えたことになる。このままで、何もしないと動脈硬化をおこしてしまう恐れもある。そこで平成八年四月に〈第二次「鷹」〉をスタートさせ皆裸になってもう一度肩を組みなおそうではないか。〟と突然宣言された。一瞬会場からは、どよめきも起こったが、常に結社に新風をおこすべく、さまざまな方法を試みられている湘子氏が自分の結社に、また新しい風を送ろうとされている発言として注目をした。

鷹羽狩行氏は「結社が最も勢のある時期は、発刊から五年から十年である。」と言ったことがあるが、誌齢を重ねていく内に求心力を失い結社としての活力が見出せなくなってしまうことも事実である。湘子氏が〈第二次「鷹」〉構想で、どんな新風が吹き込まれるのか注目していきたい。

俳句はやはり頑張るもの

平成七年一月

最近は、「努力」とか「頑張る」という言葉が流行らなくなってきたのか、少しださくみえるのか、そんな風潮が見え隠れする。スポーツの世界でも、ちょっと前までは「根性」という言葉に代表されるように死にもの狂いの練習により栄冠を勝ち取る事が栄誉とされてきた。ところが最近のスポーツ界でも、力や技の力量は以前より向上しているものの、根性とか努力といった言葉は鳴りを静め、優秀な成績を収めても何食わぬ顔でいることが、ファッションとされる傾向のようだ。スポーツでさえ、そんな世の中になったのだから、文芸の世界でそんなところを微塵も見せまいとするのかも知れない。

俳句の世界でも、よく言われるのが「継続は力なり」とか登四郎主宰の「馬酔木」時代の初期のころの「一句十年」という言葉があり、これらの言葉の根底には、やはり「努力」とか「頑張れ」という気持ちがあり、初心の人のみならず、ちょっとスランプに陥った人の救いの言葉ともなっているはずだ。

先日地方の句会に行ってきた。もう何年も前から俳句をやっている人で、その地方へ行く度に「頑張って下さい」と励ますのだが、少し時間が経つと、熱が引くように冷めてしまい、また成績も低迷してしまうのが繰り返しであった。

しかし今年はどうもいつもとは様子が違うようで、「頑張って下さい」という言葉にも何だか答えてくれそうな気配であった。今までは、頑張りたくても、どうしても子育てとか物理的ないろいろな問題があって空回りしていたのが、やっと今度は抜けきれそうな感じなのである。

朝日新聞の時評欄で草間時彦氏が「俳句は頑張るものか」という意見を述べられていたが、私が結社からものを見る人間にせよ、少し頷けないところがあった。それは「個々の作家の場合、頑張ることによって、秀句が生まれ、第一級の作家となり得るのか、いささか疑問である。俳句は詩なのだ。詩の才というものは天から与えられるもので、努力によって得られるものではない。頑張ればだれでも一級の俳人になれると思うのは錯覚である。」草間氏の言うように確かに努力だけでよい詩が生まれるものではないことは明白だがやはり、初心の人がどのような勉強をしたら俳句が良くなるかと訊ねられたら、「俳句のみならず、いろいろな事を経験して下さい。そして時間の許す限り句会にもたくさん出て、多くの作家のすばらしい作品も読んで下さい」というだろう。そして最後には、やはり「頑張って下さい」と付け加えるだろう。やみくもに頑張ったから、第一級の俳人になれるとは、だれもが思っていないだろうが、やはり俳句の世界でも「頑張る」とか「努力」という言葉は絶対に必要な言葉に思えてならない。

仕事と俳句の距離

平成七年三月

俳句を始めとして文筆に携わる人は、本名の自分とは違った立場で、ものを書くことをする。日常の自分を、この時だけは引きずることなく俳句を作ったり、ものを書いたりして、別の自分の世界を構築しつつも少しは遊びの心をそこに通わせたりもする。現代のように社会構造や人間関係が複雑化してきている時は、なおさら日常の自分との切り離しを容易にさせることで、二つの世界を往復しつつ楽しんでいるのかも知れない。「沖」では、元々登四郎主宰自身が、本名で俳句を詠むスタンスであり、実生活者の自分と俳句を詠む自分とが常に一体であるべきと考えている。そんなことから少し俳句に頭角を表してきた人には、号を授けるのではなく、「そろそろ、その変な名前止めて本名でやったら」と名前を剝奪してしまうのが常である。

ところで先日、最近のビジネス社会についてのテレビ番組を見ていたら、この発想とは全く逆の発想で、ビジネスにこそ「ビジネスネーム」を付けて営業活動をしている会社が紹介されていた。例えば名刺に「白熊太郎」といった名前を刷込み、セールスに出掛けると、まずはその名前の事で話題に花が咲き、すぐにその人の印象を植えつける事になるから、当然ビジネス効果も発揮し会社自体にも利益を及ぼすそうだ。そして会社の狙いは、もう一つあって仕事そのものこそ、個人プレーでなく会社自体の構成員の一人であることの認識を持つことで、個人を会社に持ち込むことなく仕事をさせられるというのだが、果たしてこちらの方は、私にはうなづけない所もあるがこの発想をもう一度逆転させて見ると、今度は私達俳人にその問題がふりかかってくるような気がする。

最近では、俳句に自分の仕事を詠むことが少なくなってしまったようだ。仕事は仕事、俳句は俳句というように自分の中で上手に使い分けながらも、無理してまでも一体化した自分を表現することなどはせず、短時間の間に自分を切り換えることによって、面倒な仕事の事など引きずらず、俳句を楽しむ傾向なのかも知れない。

そんな時代の中にあって、辻美奈子の句集『魚になる夢』では、若いながらも仕事に対する感動とか自信といったものが、俳句に自由に詠みこまれていて、やや悲観的にさえ思える現代の若者像を見直すことが出きた。

冬 麗 の 止 血 鉗 子 を 洗 ふ な り
胎内のそらまめほどが脈打てり
他人の子抱き慣れてゐて四温なり
炎天へ生まるるときはたれも泣く

やはり人生の感動といったものは、自分をいろいろ使い分けながら詠むものでなく、仕事の自分、俳句の自分が一体化した中から詠まれるべきもので俳句は本名で詠むのが一番合っているようにも思えるのだが。

アマチュア化の中の師系

平成七年五月

先日の地方選挙では、今までの既成政党にとらわれない、いわゆる無党派の活躍が目立った。東京や大阪の知事に青島幸男や横山ノックが選ばれびっくりしたが、これも選挙民の既成の状況から新しいものを求めて改革の意識の現れなのであろうか。東京や大阪といった、より新しい文化を発信させる地にあって、最も先鋭的で敏感な意志がそうさせたのかも知れない。これは何も政治の世界だけに限ったことではないようだがさまざまな世界がいろいろな意味でアマチュア化してきていることも現代の状況の特徴的な事である。今までは、知事に最もふさわしい人は、行政経験のある、しかも政治とのパイプを持つ人が良しとされてきた。

今回の東京や大阪の知事選の結果からも窺えることだが、人々はプロの手腕よりも、今までと違ったセオリーで発想出来る人、つまりもっと自由なアマチュアの人が求められていたのだ。

ところで最近の俳句の状況からも判るように大衆化し広範な人々が参加するようになってくると、当然アマチュア化の波が押し寄せてくる。

先生の作風に傾倒し、勇気をもって師の門をたたくということよりも手短なところに、むしろ俳句の方から待ち受けてくれるような現実があることは確かである。すると弟子と師の出会いは、余り努力しなくても簡単に出来上がってしまうもので、その関係も以前より深刻ではないのかも知れない。

「俳句研究」の五月号では、ちょうど「現代師弟論」という特集をやっていた。副題として「あなたにとって師系とは」というもので十六氏がさまざまな論点から語っている。

「結社の時代」と言われることの是非は俳壇でもいろいろあるようだがまさに結社の基本関係で

あるものが師系であり、そのことをここでもう一度検証することも好機な企画といえよう。

俳句のアマチュア化現象により、最近ではこの「師系」という意識が希薄化し、単なる選を受ける指導者という感がないでもない。師の最近作よりも自分の作品が何句入選したかという興味が優先していることもあるようだ。弟子と師の出会いは、別に深刻なものでなくても、偶然があったり、さまざまなものであっても良い。しかし俳句は連衆の文芸であるからには、この「師系」ということをもっと大事にしなくてはならない。これは師の俳句の精神を理解し、自分自身の座標軸の中で組立てることであって、師の作風のレールから逸脱しないという消極的なものであってはならない。

最近の無党派、物事のアマチュア化という現象の中にあって、俳句もその影響を受けているものであるが俳句の本質と「師系」の持つ意味を充分に考えることによって、新たなる自分自身の俳句観を見出していかなくてはならないのだろう。

「女流」「女流」という時代

平成七年七月

先日「沖」の二十五周年の特集企画で「沖」内外の女性俳人にお集まり頂き座談会を開いた。メンバーやその内容は記念号でのお楽しみとしたいが、女性だけで行っているという意識が余り感じられない、熱のこもった充実した座談会となった。

ところで、俳句隆盛時代と言われて久しいが、やはりこれを支えている基本は女性の積極的な参加なのであろう。カルチャー志向の影響で、今まで家庭に留まっていた主婦が積極的に文芸の世界に進出し勉強の機会をもつようになったのは、昭和四十年代ころからであろうか。

私達の「沖」においては草創期のころは、比較的男性の多い結社で、余り男女の比率など気にしたことがなかったが、最近は句会や勉強会その他催し等においても、七割が女性でしかも成績の上位は必ず女性が独占してしまうようになってしまった。

女性の方が素直で勤勉であるのでたちまち技術をマスターし、怠け者の男性をすぐに凌いでしまう傾向がどこでも見られるようになっているようだ。

元来俳句は「男の文学」と言われてきた大方の認識があるが、それは言葉を切り捨ててゆく発句からくる精神の現れを言い、一方短歌的で饒舌な言いまわしは女性が適するとされてきた。

しかしこういった認識は俳句の歴史的過程においてはあるところで当たっているが、現代の世の中では仲々通用しなくなってきた言葉である。

「女流」「女流」という言葉でしきりに囃したてるのが、俳壇ジャーナリズムで、雑誌の売上をよくするには女流特集をして写真入りの作品を載せ、数多くの人を発表させることが秘訣でもあるという。総合誌では近年、年に一度は必ずこの「女流大特集」を行うことが定例化している。昨今は通常の時も男性俳人ばかりをとりあげているのではないのに、女性だけを特別視していく傾向は、ある意味での女性差別と言われることさえある。男性優先時代の名残という見方もあるが、そろそろ「女流特集」という切り口は雑誌の企画の上でも時代錯誤となってきたような気がしてならない。

余り俳壇ジャーナリズムに洗脳されないで、もっと冷静に身近な句会を考えてみても、男だの女だの、或いは若いの若くないのと意識せず自由に俳句を語られることが、現在の自然の姿に思える。

現代の社会現象としては、男女の境というものもはっきりとしない傾向にあり、俳句に参加できる条件も仕事、子育てなどというそれぞれのファクターはあるものの、ずっと受け入れ易い傾向にあり、それぞれが乗り越えて趣味の領域から俳句作家としての自覚をもっていかなければならないのだろう。

二十年経った高柳重信のことば

平成七年九月

今から二十年前のことになるが、創刊五周年を迎えた「沖」は、初めて俳壇的な記念祝賀会を赤坂のホテルニュージャパンで開催した。祝辞を頂いた中で、今は亡き高柳重信の挨拶は、後に「沖」の人々に大きな影響を与えることになり、いろいろな場面で、この挨拶が取り沙汰されることにもなった。

その挨拶の要旨は次の通りである。

――五周年を迎えた「沖」がこれからの五年間に、両先生と肩を並べることができる作家を幾人育てられるかが、今後の「沖」の課題でもあり、雑誌の存在価値である。――

このことは結社というものが、主宰の作風を逸脱しない範囲においてちまちま纏まりながら仲良しクラブ的な存在になることの警鐘の意味が含まれていた。

俳句は個人が創り出すものであるが、昔から連衆という言葉があるように、気のあった仲間とグループを作りながら、お互いの研鑽を進めていくことが良しとされてきた。このようなグループとか団体というものは、旨く活用されれば効果があるが、集団心理というか単なる安心材料として機能する場合は極めて違った意味合いが出てきてしまうのである。俳句の結社という問題がいろいろ議論される昨今、それぞれの結社が理念に基づいた活動をしながら歴史を積んでいくのであるが、どうしても守旧派的な考えから、それぞれの理念の安全な範囲の中での活動を選択してしまうことが多くなってしまい、それが結社というものをぬるま湯的な処にしてしまっているのかも知れない。

主宰者と弟子との間に、お互いの信頼関係を築きながらも、ある意味で弟子達が師を乗り越えようとする意欲を会員の中に育てさせることができる場を作り、結社の中にも緊張状況を作り出すことも必要である。

世間一般では、弟子がやすやすと師を乗り越えることは許されないかも知れないが、その姿勢を育てることは結社の存在意義にも思える。

「沖」は十五周年以降、高柳発言を正に実行するかの如く、中嶋秀子氏の「響」、今瀬剛一氏の「対岸」、鈴木鷹夫氏の「門」、大牧広氏の「港」、小澤克己氏の「遠嶺」の五誌の独立誌が誕生し、それぞれ「沖」とも良好な関係を保っている。俳壇では、結社が新しく独立すると、破門等という問題が起こったりすることがあるが幸い「沖」ではそんなことは一度もない。

高柳発言は、独立誌を出した人達ばかりだけではなく、「沖」の若手作家達にも大きな影響を与えた。若手作家も自由な気風の中で、それぞれ個性を生かした作風をつくりあげ、幅広い作家層を築き挙げてきて、今までにさまざまな賞の受賞等、俳壇の中心で活躍する作家を多く輩出してきたのである。

いずれにせよ、二十年経った現在、結社の存在意義を問う上で、この発言をもう一度見直してみたいものだ。

実作と評論

平成七年十一月

十二月に刊行される「年鑑」の仕事で結社誌の評論について書くことになり、俳句文学館に行った。書架にある結社誌をめくって、まずは評論が収載されているか否かを探ったが、大体の誌面構成を見ていけば評論がありそうな雑誌は大方検討がつくようになった。結社誌の中には雑詠欄や同人の自選による俳句等、殆どのページを作品で占めているものが多く、やっと文章を見つけても吟行の報告記やミニエッセイ、俳句鑑賞的なものばかりで、評論を見つけるには大変なことであった。最近では、俳句の月評や刊行されたばかりの句集評を掲載する結社誌が増えてきたが、これ以上に定期的に評論を掲載する結社誌はというとその数はほんのわずかである。先日も俳句文学館で、この結社なら絶対に評論はある筈と、一年分の雑誌を出してもらったが、見事に期待を裏切られてしまったものもあった。鷹羽狩行さんは最近しきりに俳人に評論を書かせようと奨励されている。俳人協会においても隔年の評論賞を毎年にするようになり、さらに評論の新人賞まで出すようになったのであるから、その力の入れようは並々ならぬものがある。鷹羽さんの「狩」では、評論賞を毎年制定しており今年は第十六回目という。そして評論を書くことがひいては実作の向上にも繋がるのだと説明されている。このようなことが、若手の論客として有名になった片山由美子や足立幸信等の出現にもつながったのである。ところで多くの結社で評論コンクールを募集しても仲々集まらず選考の結果「該当者なし」ということになることである。十編以上の評論が応募されてくるのはよほどのことで、今回の「沖」の記念コンクールは「写生新論」なる難しいテーマであったのにも係わらず十編が集まったことは見事である。

ところで評論と実作の関係であるが、よく「あの人は評論は立派なことを書くのだが、実作の方は今一つ」などと言われることがあるが、俳人にとって実作を常に抱えながら論考を進めていくことは、とりもなおさずそのテーマとなる問題に対しても自分の問題として照射していかなければならないことだ。それだからこそ説得力のあるものとして読者を納得させるのである。『能村登四郎の世界』を執筆した大牧広氏は「港」で「本当の作品を書いている人は、評論に於いても本当の評論が書ける筈なのだ」と言っている。秀作が産み出されれば、それに沿ったすぐれた評論も産み出されるのだと言うことになる。「沖」の創刊の志の一つとして「俳壇に主張のできる雑誌」ということが言われてきて、実作を踏まえつつ評論にも積極的に取り組むことを登四郎主宰は奨励してきた。俳人は実作と批評という常に二面性を負わされていることをもう少し認識しても良いと思うのだが。

結社の継続性

平成八年一月

昨年の「沖」の二十五周年の興奮がまだ覚めやらない新年であるが、いつまでもそれに酔いしれているわけにもいかず、心も新たに「沖」の三十周年あるいは二十一世紀に向けて、帆を立て直して船出をしなければならない。

こんな言い方は不遜であるかも知れないが二十五周年という区切りは、誌齢を重ねたことの喜びの反面、「結社の疲労」ということを感じさせられたことも事実であった。主宰が創刊の志を立てたところに集まった同志の方々の中には体の具合が悪くなったり、又亡くなった方もいて、その活力が失われたこともあった。諸先輩が築き上げてくれた、実績を「沖」に定着させ、さらに不動のものにして未来へ継続させていくことは今、「沖」に参加する者の責務でもあるのだ。

毎月毎月の運動体として活動する結社というものが、マンネリに陥らず、常に新鮮さを保ち続けることは並大抵のことではない。主宰及びその中心的に指導する者は新しさへの希求を常に持ち続けなければならないし俳句への問題意識と、それを実行させる力量と技量についても備えていなければならない。

先日「鷹」に藤田湘子が最近の俳句について「無目的無主義というべき状況が続いている」とし、それは空前の俳句ブームとも密接な関係をなしていると指摘し反響を呼んでいる。

大衆性、継続性という観点から考えると、この「無目的無主義」という方がむしろ都合が良いことなのかも知れない。寝た子は起こさない主義で、「俳句」という全体像を眺めることなく、また問題意識も持ち得ないで、淡々と自らの俳句作りに終始する人が多くなったということである。また難しいことを言うよりもということで、この「無目的無主義」の方が受け入れる側も却って好都合な部分もあるのだろうか。必要以上の批評性を持たず、ただ継続という目的で運営しているのである。

「結社」には必ず、「基本理念」というものがあり、大方は創刊の時に打ち立てられたものであり、それを志として会員が集ってくるのであるが、誌齢を重ねるごとにその精神が薄れ、風化してしまうこともある。特に二代、三代と継承すると、字面として理念は題目として継承されるであろうが、精神そのものは大部履き違えてしまうこともある。

結社というものは、生ま物であるから基本の理念についても時代の変化に合わせて、咀嚼し直して見る必要があるように思われる。つまり、時代をどのように読んでいくかということで、時代に安易に流されることなく、時代に生きる人間そのものを、深く見つめなおす中から、その理念を照射させる必要があるだろう。

結社を余り疲労させることなく、継続させるには常にお互いの批評性を持ち続け、新風を送りこめるような風通しのよいものにしなくてはならないのだろう。一説には、結社の最適齢期は十年から十五年と言われているが、誌齢を重ねつつも、俳句本来の姿を見失うことなく新しさを希求できることが継続の条件でもあるのだろう。

芽吹きのころ

平成八年三月

昨年の暮から、新年にかけて俳句の世界では、若い人の間で新しい動きが芽生えはじめた…。こう書き始めると、またあいつは、「若いものばかりの事を書いて」と、言われそうだが、私たちが、志向する俳句を二十一世紀に確実に伝えて行くためにも、これらの動きには関心をはらっていかなくてはなるまい。

その一つに、今マスコミを賑わせているのは、黛まどかが中心となっている「東京ヘップバーン」である。「十七文字の舞台はいつでもあなたを待っています。」と帯文で今までの句集のイメージを一掃するかのように、横書きに書かれたアンソロジーである。

掌 に 桜 貝 ひ と つ 恋 予 感　kaori
蛇衣を脱いで大人になる夜かな　aiko
その先をいつも言はないソーダ水　yukiko
乗り継いで乗り継いで来し聖夜かな　madoka

結社に属して大ベテランに囲まれるのは気が重い…といった感覚で結成された句会だそうだが、こういった現象が現実に起こりうる今という時代に対して、結社にいる側の私たちも、もっと敏感でなくてはいけないのかも知れない。

ところで、その結社の側にも新しい動きが芽生えはじめている。「鷹」の小澤實が指導する新人スクールは既に六年目を迎えたそうだが、そのアンソロジー「啝啝集」が刊行され第三期までの二十六人の成果をまとめた。

水仙や人形の螺子髪の中　藤沢正英
サングラスかけ音遠くなりにけり　北村　正
坂の上の女はためくたかしの忌　松田瑞江
枸杞の実のかたし十代余すなし　大八木陽介

昭和三十四年から五十年生まれの二三十代の人達であるが、これらの人達は「鷹集」においても上位の成績を収めており、結社としても根気よく次代の担い手を養成しようとする努力と熱意には感心させられた。

もう一つ結社の動きとして、老舗の結社でもある清崎敏郎主宰の「若葉」の若手作家である行方克巳と西村和子が中心となって一月に「知音」という雑誌を創刊した。

なかまど風に硫気の通ひけり　黒澤しのぶ
秋水の面に触れし背鰭かな　花井鷹士
水音のあれば里あり秋海棠　江口井子

老舗の結社であればある程、守旧的な考えに陥りやすいが、それを切り開くような新たな展開が期待できそうである。

俳句の世界にも新しい年を迎え次代に向けて、徐々にではあるが芽吹きのころを迎えたような気がした。

吟行の効用

平成八年五月

今月の二十五日、二十六日の両日北九州市で「沖」の勉強会が行われる。これは全国の「沖」の会員、同人が集まり年に一度開催されるものである。又、この四月には新体制の東京句会で、新宿御苑ではじめての吟行句会が行われた。

「沖」は他の結社から比べると決して吟行会が多く開かれる結社ではないが、昨年登四郎主宰が提唱された「写生新論」においても「沖」の傾向が人事的色彩のある事柄俳句が「沖俳句」の主流になってきたことに懸念し、もっと具体的に「モノ」を詠むことで俳句の原点を取り戻したいという主宰の考えもあり、少し「沖」の定例句会の中にも吟行会を取り入れてみようということになった。

「俳句研究」の五月号では、丁度時を得たように「俳句創作の原点・吟行」と題して特集を行っている。結社誌九誌のそれぞれの吟行について書かれているが、その一誌として、私も「沖」の吟行について小文を書かせてもらった。

ところで吟行の効用ということになるが、「俳句研究」の中でもいろいろ述べられているのでいくつかを紹介する。伊藤通明氏は、「ものを見ることの大切さと、そのあとにつづく感じる力が想像力を飛躍させ、即吟の力を増す。見るものだけを信じるといった弱さから、次第に把握力に厚みが増す。」茨木和生氏は「同じ場にいて俳句するのだから、各自がその視座を広げるのにまず役立つ。なるほどと頷いて、表現方法に納得する。吟行のとき、ものをよく見ておくことで身体で覚えるようになる。」矢島渚男氏「吟行は即吟なので集中力の問題。同じ体験から生まれた仲間の発想や言葉に学ぶことができる。緊張が持続して、その後の句作に影響する。」山田弘子氏「人と自然が一体感を味わう中で、何ら脚色を加えずに眼前の対象のありのままの姿を掬いとる＝真実を詠む。」そして私も「一緒に参加した人が同じものを見たり、聞いたり、触ったり共通の体験をしながらも、人それぞれの感性をもって句の素材として切り取ることができる。」と他の人と基本的には同じ様なことを述べたが、俳句の場を仲間と共有できることは吟行の最大の効用でもあることには間違いがありそうもない。

しかし、この効用に余り頼りすぎてしまってはいけない。伊藤通明氏も指摘していることであるが、「みな同じ経験をしているので句の背景がわかり、少しぐらい作品として緊張感に欠けることがあったとしても、選ぶ方がその不足分を補って理解し、採ってしまうことがある。」と言うように句会にいる鑑賞者も客観的な見方はできず、そこで生まれた句の普遍的な評価が定まらないこともありうる。先日の東京句会の吟行会の講評の中でも同じようなことを言ったが、吟行会の句が参加しなかった人からも理解され、評価される句であれば本物であるが、その場に居合わせた人だけが判る句ではすばらしい作品とは言い難いのである。

結社のマグニチュード

平成八年七月

先日、ある総合誌の企画でこれからの結社について語る座談会が行われ出席した。他に出席者は加古宗也、片山由美子、小澤實の各氏で、いずれも結社を基盤に俳壇で活躍する比較的若手の集まりであった。

ところで、その小澤實氏が編集長をつとめる「鷹」は一昨年秋に三十周年のお祝いの会を催した時、主宰の藤田湘子氏がその席上の挨拶の中で近い内に〈第二次「鷹」〉を発足するということを宣言し、集まった人々に衝撃を与えた。時代に鋭敏な藤田湘子氏のことであるから、どんな展開をされるか大いに興味があったが、この四月号から「鷹」は〈第二次「鷹」〉として出発した。

まず「鷹」の表紙が変わった。今までは、現代的なスマートさが感じられたが、今度はどちらかと言うと、やや復古調の趣で、題字も中国の古辞書の文字をコンピューターで作字したもので、小澤實氏は〈俳句という古い器に新しみを盛ろうとする「鷹」の姿勢〉と言っている。「沖」の編集部でも「鷹」の表紙にはさまざま意見が分かれ、デザイン的には素人の私や北川英子氏は、「前の方が良い」と言い、玄人の中原道夫氏は一定の評価をしているのがおもしろかった。

藤田湘子氏は、かねてから「俳句雑誌三十年説」ということを言われていた。三十年もたてば、老廃物が個々の心の中にも溜り、結社自体にも何となく積もってくる。もう一度初心にかえって新しい気持ちで新しい雑誌に集まるような感じでやりたいということが主旨のようだ。今までにも鷹羽狩行氏が結社のもっとも勢いの良い時期は創刊から十年までだということを言っておられたが、結社が誌齢を積むことの喜びの反面、そのエネルギーの減退に対して率直な感想でもあるのだろう。

〈第二次「鷹」〉の、具体的な展開として、藤田湘子氏は一つに「五人会」の提唱を行っている。これは、句会が大きくなればなるほど、個人にとってはその方向性を見失いがちになるが五人位であったらきめ細かく俳句の話が出来るということなのだろう。俳句ブームに乗ってマスプロ化した警鐘をここで問い直しているのだろう。俳句の原点にある連衆の意識というものは、五人位が一番適切なのかも知れない。

そしてもう一つ俳句の方法論についても、「二物衝撃」を徹底的に学ぶことを具体的に判りやすく提唱している。

これらの新しい提起をより具体化するために藤田湘子氏も出席して座談会が行われている。その中で、「沖」の二十五周年の際に登四郎主宰が提起した「写生新論」に対してただ看板をかけただけ、という意見には納得しかねるところもあるが、「沖」も二十五周年を過ぎて〈第二次「沖」〉という看板こそかかげないが、大きな変革の時期にさしかかっていることは明らかである。やはり、結社が誌齢を重ねても、自らを揺さぶることができるような、マグニチュードを持ちえなければならないのだろう。

老いを輝かせる

平成八年九月

二十一世紀まであと三年余りと迫ってきて俳句の世界でも、これからの二十一世紀に向けた考え方がさまざまな角度から語られるようになってきた。

人間は元々、先の世というものに不安と期待があるからこそ、時代を区切って予測をたてようとするのであるが、決してバラ色に満ちた未来だけを考えるわけにはいかない。

今世間では、二十一世紀は超高齢化社会が到来すると言われている。二〇一〇年ごろを頂点としてわが国の人口は減少すると言われ四人に一人は老人と言う時代になると言われている。まさに戦後のベビーブームで生まれた私たちの団塊の世代と言われる人たちが高齢化する時代である。

経済成長が大きく見込めないこともあってさまざまなセクションで、やがて訪れる高齢化社会に向けた準備が始まっている。

また二十一世紀は、人間の平均寿命が伸びて、さらに仕事の労働時間の短縮により、生涯の自由時間は、二、三万時間が増加し、生涯に渡っての文化やスポーツへの需要が増大すると共に物質的なものを求めるより、心や精神的なものへの志向が強まるとも言われている。

このように考えると、俳句も当然その影響を受けることになり、俳句にも人々の余暇を求めてくるだろうし、また一人一人がかなり高齢になるまで俳句にかかわり、その時間も増大することになるだろう。二十代作家などは姿を消し、八十代作家、九十代作家が大きく台頭しているかも知れない。果たしてこのことが俳句の世界にとって、どれだけの実のある未来であるのかはわからない。

そんなことは、俳人協会とか結社の主宰が心配していれば良いことで、俳句実作者にとっては関係ないことかも知れないが、俳句をとりまく環境というものに、微妙な変化が生じることは今から予測しておかなければならないことだろう。

ところで、昨年蛇笏賞作家で超高齢の九十六歳で亡くなられた右城暮石の全句集が、茨木和生氏の手によって刊行された。大正十三年から七十年を越える全句業が収められているもので、蛇笏賞（昭和四十六年）の対象となった句集『上下』をはじめ、第一句集『声と声』から第六句集の『散歩圏』、さらには『散歩圏』補遺として土佐に戻られてからの作品が茨木和生氏の手によって収載されている。

人間に蟻をもらひし蟻地獄
氷柱折り食ふ口中の脈打つよ
瞬く間なりし一年蕗の薹　（満八十歳）

五年前に暮石先生の長寿を寿ぐ会が大阪で行われ、茨木和生氏からのお誘いで出席し、そこで初めて拝顔の栄に浴したことが記憶に残る。〈そら恐ろしい「老い」〉と茨木和生氏が言っているが、自然の自在に触れながら対象を深化させ、さらに新しいものを吸収しようとする意欲、なお今の自分を向上させようとした姿勢が老いを輝かせているのであろう。

二世時代

平成八年十一月

新しい選挙制度における衆議院選挙が行われた。小選挙区からは一人しか選ばれないという厳しい選挙制度と思っていたら、比例区に重複候補なるものがいて小選挙区で落選しても、こちらでは当選するという訳のわからない制度である。だが小選挙区で当選するには、やはり昔からの地盤、看板…ということになり、二世議員の強みともなるのだろう。今回の選挙では二世議員は四分の一ほどいたそうだが、新党を作った鳩山兄弟や、三木総理の孫という若者までが出馬して話題をよんでいる。

ところで俳句の世界でも、このところ二世三世俳人が多くなってきているようだ。有名な人では、「ホトトギス」の高浜虚子、年尾、稲畑汀子そして稲畑廣太郎という四代に渡るもの、飯田蛇笏、飯田龍太や後藤夜半、後藤比奈夫などは親子共々活躍している例である。

最近の若い俳人を見ても上田五千石、日差子親子、黛執、まどか親子などの親が一流の俳人の娘や息子が登場してくることが多い。御多分に漏れず登四郎、研三もその例の一つであるが。

特に最近二十代の俳人について詳しく見る機会があったが、しっかりと根をおろして俳句に取り組んでいる若手俳人は必ずと言ってよいほど親も俳人として活躍する方が多いようだった。

十八歳で句集『ひとりの領域』を刊行し話題をよんでいる大高翔氏も母親が俳人。十三歳から俳句を作り始めたというが、母親に俳句を直してもらうことを拒否したという。

複雑をつきぬけていく春埃

弱すぎる肯定は罪秋暑し

句作はあくまでも一人の世界と言うが、十八歳にして句集を刊行することを思いたったご自身の意欲と、それに理解を示した周囲の俳句環境を考えると、やはり親子俳人の強みでもあるのだろう。

近年創刊の「百鳥」の編集長の甲斐遊子氏の娘さんの甲斐めぐみ氏も今春大学を卒業後教師の職につきながら句作にも励んでいる。

ちちははの泊まる蒲団を干しにけり
春ショールのまま君からの封を切る

「沖」の同人で「港」主宰の大牧広氏の娘さんの小泉瀬衣子さんも「港」の若手の会で活躍する俳人。

あんな小さな水着に収まってゐる
外 套 は 黒 東 京 に 負 け ぬ や う

他にも二十代俳人の多くが親を俳人に持つ人が多く、俳句の世界ではわずかながらも温かな親子関係を垣間見ることができた。

「沖」における、正木みえ子、ゆう子、辻直美、美奈子の各親子を見ていても、親が俳句に取り組むエネルギーを自然に傍受しつつも、温かな環境の中でそれを育てることが出来ることはこの上ない幸せでもあるのだろう。

最近の二十代俳人を見ていると、一匹狼的な猛々しい俳人の姿は殆どなく、育ちと血統の良い中から輩出されてくるような傾向にあるのも時代の影響なのだろうか。

関西の垣根

平成九年一月

十一月の終わりに、関西へ旅行した。今回は山尾玉藻さんの「火星」の六十周年、『鴨鍋のさめて』の出版記念会に行くことと「沖」の関西大会への出席のためであった。

「火星」の会には、二、三年前にもお祝いの会に出席させていただいたこともあったが、この時はまだ主宰は、山尾さんのお母さんである、岡本差知子さんで、山尾さんは副主宰、自らもお祝いの会の運営に飛び回っていたのが印象的であった。

山尾さんの今回出版された『鴨鍋のさめて』は、後記でも書いているように「集名とした〈鴨鍋のさめて男のつまらなき〉の男は岡本高明である。息子一人娘一人を捨て、この高明と再婚した。つくづく極道な女であると思っている」と一途な愛を正直に吐露している。山尾玉藻さんと岡本高明氏のことは東京の俳壇にも衝撃的に伝わったものであるが、このほど刊行された「火星」の十二月号は創刊六十周年と句集出版を記念して特集号を組んでいるが、その中でも山尾玉藻さんの「正直に生きること」と題した講演記録が載っている。正にこの岡本高明氏との愛を貫いたことを包み隠すことなく公開しているのである。

さて私は今回この話題を単なる興味の気持で取り上げているのではなく、その二人が知りあった関西の俳壇に吹く風にも背景があるような気がしたからである。

関西の俳壇事情には詳しくないが東京のそれとは違って、俳人協会だの現代俳句協会だのといった隔たりが無く、宇多喜代子さんから西村和子さんまで幅広く交流していることに何か羨ましいものがあった。

最近もう一つ関西で話題となっていることがある。山田六甲氏から主宰する「六花」が送られてきた。その中で坪内稔典氏が書かれた「紙つぶて」の文中、鷹羽狩行氏が提唱した「阪神忌」のことで、黛まどか氏や鷹羽狩行氏を地霊に対して横暴すぎるとし、俳人の厚顔無恥をさらすもので、ひどい言語感覚だと厳しく評している。この号の後に出た「六花」の十八号では一部の人に折り込みで、このことへのお詫びと連載中止のお知らせが入っていた。（ちなみに私の頂いた本には入っていなかったが、後で入手した）

山田六甲氏は「六花」の主宰でかつ「狩」の同人であるから、いろいろ物議をかもしたことが想像できるが、このことへの徹底した論議がなされないうちに、何か唐突にお詫びが掲載されてしまったのには何かわりきれないものがある。結社誌とはもっとフランクに意見を戦わせる場であると思うのだが。

ところでこのことの背景にも、東京の俳壇とは違った関西の俳壇の垣根の低さによって起こり得たことにも思えた。どうしても東京のスケールで物事を見てしまいがちであるが、関西の俳壇では先にも述べたように俳人協会、現代俳句協会とかいった尺度も薄く、さらには中央集権的な結社の枠も必ずしもあてはまらないようにも思えた。

「21世紀を睨む」——新刊書から——

平成九年三月

昨年の十一月に大阪で『奥の細道』の自筆本が発見され、話題をよんでいたが、岩波書店から『芭蕉自筆奥の細道』が刊行され、瞬く間にベストセラー、しかも印刷が間に合わないため品切れ状態であるという。私も中原道夫から一冊わけてもらったので幸い手にすることが出来た。芭蕉自筆の『奥の細道』の本文を影印翻字されたものを写真製版したものに、櫻井武次郎氏と上野洋三氏による解説文が付記されている。現在『奥の細道』が流布されていたのが曽良本と言われるもので、昭和十八年に父登四郎の叔父山本六丁字が「奥の細道随行日記」を発見したものによるものとされているので、なおさら興味のある一事である。今回の発見では、「草を刈」と思われていたものが「葦を刈」であることなど、写し間違いと思われるものが八箇所見つかった外、推敲の箇所に貼り紙がされているのが七十四箇所もあったというから、現代の実作者にとっても興味のあるものである。現代の技術を駆使して貼り紙の下の文字を透過撮影する方法も用いられているそうで、これからの研究者の成果が期待される。

このように科学的な推察も可能な今世紀の世紀末になってこのような発見がなされたことも何か象徴的な意味あいがあるようにも思える。

話は変わるが、現代俳句協会の青年部の手により、『二十一世紀俳句ガイダンス』という本が刊行された。

戦後生まれの俳人一三九名に海外七カ国のハイジン一四名を加えたアンソロジーで、現代俳句協会のみならず、広く俳人協会に所属する人達も加えている所も大変意義のあることで、正に新世紀を睨んだ企画と言えよう。帯文には「地球的規模による新世紀俳句アンソロジー」といささか面はゆい言葉が並ぶが、アンソロジーの他に、シンポジウムを二回行っていて、二十世紀の俳句の功罪を点検する中から二十一世紀の俳句の夢に繋げて行こうという企画である。とかくこういった協会が、親睦団体として役割しかできなくなっているのが現状であろうが、その存立意義を、もう一度確かめる中で、二十一世紀の俳人がいかにあるべきかを考える機会がもっとあってもよさそうである。

最後に紹介する新刊本は『歳華悠悠』という、現存する明治生まれによるアンソロジーである。この題名登四郎主宰の命名だそうだが、明治三十年代の永田耕衣から登四郎まで九名の現存作家の今なお俳句への熱い魂を読み取ることができる一書である。言わば二十世紀を清冽に縦断してきた人々の足跡を見ることができるものである。永田耕衣の近作から、

　柿の蒂みたいな字やろ俺の字や

　太陽に埋れてぬくき孤独かな

この耕衣が主宰する「琴座」が、二月で終刊となった。九十六歳になって主宰の任を全うできなくなったため自らが決断したとのことである。また時代が移り変わって行くのである。

結社・地方との距離

平成九年五月

　師弟関係と言うものは、出来るだけ師との距離が短く、句会に出て直接の指導が受けられることが良いのだが、全国的な規模の結社誌ともなれば、中々そうはいかない。「俳句」二月号の、「結社誌の役割を考える」の中で大石悦子氏もこの問題に触れて、雑誌が遠隔地に住む会員とのふれあいの機会をいかにもったらいいか、いくつかの例を挙げて紹介している。

　我が「沖」でも、現在二十いくつの支部が存在するが、その地方支部に所属しながら毎月「沖」に投句をしてくれている人々には頭が下がる思いである。

　「沖」でも、創刊間もなくから、地方に支部が創設されると、主宰をはじめとして中央の同人、会員たちが、各地支部の句会に応援に駆けつけたり、自主的に会員同志が友好を深め、結社の仲間であることの意識を同じにしていることはありがたいことである。しかし、そんな機会も頻繁にあるわけではなく、遠ければ遠いほどその縁は薄まっていくもののようである。

　最近は、高齢の両先生の健康を考え、頻繁に地方支部へ指導に行っていただくことは控えているが、それに変わって、東京近隣支部へ同人を講師として派遣したり、一支部に囚われない地方ブロック大会なるものを企画して地方会員との距離を縮めるよう考えている。又、本部例会にも、広島、京都、岩手、などからも毎月通って来られる方もいたり知りあった同人、会員を通じて、地方から通信投句をしてくる人もいて会員の側からも自らその距離を縮めようと努力されているのは喜ばしいことである。

　さて、結社誌は地方の会員との距離を縮めるのにどのような役割をしたらよいのであろうか。大石氏は結社の主宰が指導される句会での講話や選評を雑誌に掲載している森澄雄氏の「杉」と岡井省二氏の「槐」の例を紹介しているが、遠くにいる会員でも雑誌の読者が読みおわった時、同じ句会に参加しているような気分になるという。「沖」でも、不定期的であるが、同人句会や「舵の会」の合評形式の句会については、「句会盗み撮り」といった企画で句会のライブを読者に伝えている。

地方会員にとっての結社の参加意識の問題は、「沖」に限らずあらゆる結社の問題でもあるが、師弟関係を遠隔地というハンディを乗り越えながら、中身の濃い充実したものにしてゆくことは、これからの結社の大きな課題でもあるのだろう。一昔前までは、結社誌側からも至れり尽くせりに手を差し伸べるようなことなど無くて、ひたすら一月に一回送られてくる結社誌の選に自問自答することのみが師にまみえることであり、それがゆえに選に対する読みもしっかりとする事ができたのかも知れない。

これからの時代、交通の利便に加えて、地方との円滑な情報伝達が時間を問わずいろいろな形で可能な時代が到来しつつあるが、それにより距離を越えた師弟関係がより深くなってくれるのであろうか。

「また辛口に」

平成九年七月

大阪から刊行されている俳句雑誌で「俳句文芸」というのがある。書店で売っている雑誌とは違って多くの読者に読まれているものではないが、ユニークな雑誌である。六月号には四月に建立された登四郎主宰の東吉野句碑について、グラビア入りで紹介し、千田百里さんが詳細にそのレポート記事を執筆している。それに四月号からは、本年新人賞をとった荒井千佐代さんが隔月競詠ということで二十五句を「ホトトギス」の岡田純子さんと作品を発表している。ところで何と言ってもこの雑誌の目玉は「全国縦断雑誌展望五十誌合評座談会」という企画で飴山實、辻田克巳、友岡子郷の三氏による、まさに関西弁まる出しの歯に衣を着せぬ辛口批評である。私達の「沖」も毎号必ず採り上げていただいているが、正に辛口中の辛口で、三氏が選んだ二十句が掲載され、その中でそれぞれの選者がＡＢＣの三段階のランク付けを行い合評批評して行くというものなのだが、厳しいものでＡなどはめったにもらえない。それどころか〈このところの「沖」さんどうしましたのやろ〉と辻田克巳氏に言われることもしばしばで、そういう時は登四郎主宰も気にして見ておられるようだ。ここで言う雑詠欄は各結社ごとにスタイルが違って、「沖」のように雑詠欄が同人に推薦された人を除いた会員だけで構成しているものと、同人も会員も一緒になって雑詠作品を競う結社誌も存在する。そんな訳で辻田克巳氏が〈「沖」もいい作り手はみなさん同人になってしもうてるやろかと前から思っているですけどね〉と言う批評を受けることになる。「ホトトギス」や「若葉」の雑詠を見て行くと、星野椿、後藤比奈夫、藤崎久を、三村純也、轡田進…というようにベテランの人の名が続く。六月号では「沖」の三月号の巻頭付近二十句が選ばれているが、この時はめずらしくＡ（友岡選）が一句あった。

巻頭から八席目の杉本公祥氏の、

伴走車より白息の檄飛べり

で、批評としては「これはマラソンでしょうね。俳句の材料としては難儀だと思ったり、初めから俳句にならないと思っているところを、ずばりと詠んだということでなるほどと思いました。」

同じ杉本公祥氏が巻頭をとった「沖」の二月号をとりあげている「俳句文芸」五月号では採り上げた句が全部がCで厳しい批評の月であった。

鮟鱇のぶつきらぼうに料らるる

これも杉本氏の句であるが、「焦点が定まらないところがある。」（鮐山氏）「折角鮟鱇の料理まで言うではるやから「ぶつきら棒」だけでもたすというのは勿体ないですね。見所はなんぼでもあると思うやけど。」（辻田氏）〈「沖」というのはなかなかベテランの人、上手な人が多いんだからね。まあ少し甘いところで活字になるというのは感心しませんね。活字になる前に少しは上等にしようと気がないと。〉（鮐山氏）「また辛口になってしまいましたね。」（辻田氏）と続く。この三人の方々の厳しい批評も楽しく拝見していたが、この六月号をもってメンバーが変わると言う。残念なことだ。

師系について

平成九年十一月

「俳句研究」十一月号では、上田五千石氏の追悼緊急特集が組まれているが、今年一月から連載されている、「上田五千石の俳句再入門・鼎談講座」が図らずも最終回となってしまった。毎回、五千石氏がレギュラーで二人の俳人を招いて、その都度テーマを決めて語り合うものなのだが、再入門というタイトルがあるように初学時代を過ごした俳人の中級講座的な役目があったのだろう。最終回には、茨木和生氏と私が招かれたのだが、茨木氏の学校の都合で夏休みの八月二十二日に収録されたもので、五千石氏が急逝される十日前に行われた。「俳句研究」のタイトルには、「師系はわが誇り」とあり、その副題には「ぼくは不死男に死に方まで教わった」とある。この言葉は実際鼎談の中で語られている言葉であって、今から思うと十日後の自らの死をどこか暗示していたかのようである。

上田　ガンで骨が細くなって、〈かく痩せて脛おもしろや春の雷〉なんて詠まれた。こんなに細くなって、脛とは言えないか。おもしろいと言える。こんなことを詠まれたんじゃかなわないなあ。そこからこの人の死に様を教わったという感じがする。オレにできるかなあ。いやできないと思います。大騒ぎして喚くかもしれない。

さらにこの鼎談の中で、師を越えられるか、と言う話になった時、五千石氏は、きっぱりと「私は不死男を越えられない。」と断定的に述べられ、「自分より大きな存在だから絶対に越えられない」と、ご自身は師を越えるために常に俳句と係わり格闘しながら、今はもういない師に問い続けていたのである。

この話の中では、師弟というものは昨今の俳句ブームの中で行われる、カルチャーの受動的な先生と生徒の関係とは違うもので、もっともっと絆の深い関係でなくてはならないのだが、最近ではそのような関係も次第に薄まりつつあることが指摘された。昔は、師と仰ぐ人に出逢えたら、通いつめて、通いつめて弟子になり、俳句のみならず人生そのものの教えを師に求めたのである。だから故に、死んでその師の肉体が無かろうとも、永遠に師に問いつづけることは出来るのである。滝春一の句に、

かなかなや師弟の道も恋に似る

という句があるが、どれだけ師に惚れられるかが問題で、五千石氏は、この鼎談の中で、弟子が「惚れた瞬間にその人は先生から師匠になる」と言っているが、最近の俳壇では、このような弟子と師匠の熱い絆によった関係が余り見られなくなり、良好な先生と生徒の関係といったものが広がりつつあるようにも思える。

俳句の略歴には、必ず○○先生に師事と書き出すわけであるのだが、常に受身的な立場で単なる俳句の技法的な面だけを求めただけでは、弟子と師匠の関係にはなり得ない。

師匠と思う人に出逢うまでのエネルギー、そして惚れ抜くまでの熱情、それでこそ師匠と言える存在が初めて成立するのである。最近では師系を誇りとしながらもあたかも有名ブランド的なイミテーションと勘違う人もいるようだが、弟子と師匠の関係はそんな生半可なものではない。五千石氏の「畦」は廃刊と決まったそうで寂しい限りだが、五千石氏をいつまでも師匠と仰げる弟子との間には、「畦」は永遠に残り続ける筈だ。

あとがき

「沖」の創刊四十五周年を記念して自祝の意も含めて私の随筆集をつくることにした。「沖」の原稿に出稿する「五百字随想」の欄は、毎月何を書こうか迷いながらも、書くテーマが決まると書き進んでいくうちに楽しくなる仕事である。

この「五百字随想」の欄は、創刊以来先師登四郎、翔の時代から当月作品十句の下段のスペースを使って、その時々の思いをショートエッセイに書き綴ったものである。創刊時に、このアイデアとレイアウトを考えたのは、当時編集長だった林翔先生、このスタイルは四十五年間ずっと継続してきた。先師登四郎は、この百五十回分を『鴫の手帖』という一冊にまとめた。これは季節季節で感じたこと、旅をすればその印象、書物を読んだり、芝居を観たりして興った感動を書き綴ったものである。登四郎は趣味も多彩で、芝居や美術展の鑑賞など芸術全般に渡ってその蘊蓄の深さがあり、それぞれの文章には味があった。登四郎には、これ以前に名著となった『花鎮め』という随想集があり、さらには「雁渡し」という随筆が日本エッセイスト・クラブのベストエッセイに選ばれ、文藝春秋から出された『耳ぶくろ』というエッセイ集に収められている。俳句のみならず、文章力にもたけていた登四郎には全く敵うものではないが、私なりの思いを書き綴らせていただいた。

私は平成十年一月から、「沖作品」の選を先師登四郎に代わってさせていただき、その翌年から私も作品十句と下段に五百字随想を書くことになったので、十六年の二〇二回分（周年記念号の随筆と「新春メッセージ」を含む）を収載することになった。当初はこの中から選んだものを載せようと思ったが、出版社の考えで全てを載せようということになった。私の全てをさらけ出すようで少し面映ゆい思いもある。

私は登四郎ほどの多彩な趣味は無かったが、この欄を書くようになった頃から、役所の仕事が文化を担当するようになり、市内に在住する多くの芸術家や作家と接触する機会を与えられたことも、私には大きな肥やしとなった。市川の文化のすばらしさをもう一度見詰め直し、それらをいかに輝くものにするかという熱い思いを書かせていただいた。

また二章では、時系列的には逆になるが、平成六年から平成九年まで「沖」の編集長時代、中原道夫氏と隔月交代で時評を「沖」に連載した。「俳句・NOW時評」途中から「操舵室」という名前に変って連載を続けた。今から二十年前の四十代の時の文章なので、今読み返すとやや気負いが感じられる。

随筆集のタイトルは『飛鷹抄《ひおうしょう》』とした。登四郎が『鳰の手帖』としたのも「鳰」の庵号からきたものなので、私は句集名に『鷹の木』『滑翔』などもあることから「飛鷹」という名前を思いついた。

本随筆集の刊行には限られた時間の中で、栞解説文を書いていただいたコールサック社の鈴木比佐雄代表、ご子息で現在「沖」の仲間の一人である鈴木光影さんには細かな編集作業をしていただいた。心より感謝申し上げたい。

二〇一五年九月二十五日　　　　能村　研三

著者略歴

能村　研三（のむら　けんぞう）

昭和 24 年、千葉県市川市に生まれる。
昭和 46 年、「沖」入会、福永耕二の手ほどきを受ける。
能村登四郎、林翔に師事。
平成 4 年、句集『鷹の木』で第 16 回俳人協会新人賞受賞。
平成 13 年 4 月より「沖」主宰を継承。
句集に『騎士』『海神』『鷹の木』『磁気』『滑翔』『肩の稜線』『催花の雷』。

朝日新聞千葉版俳壇選者、北國新聞俳壇選者、倫理研究所「新生」俳壇選者、公益社団法人俳人協会理事、日本現代詩歌文学館振興会評議員、日本文藝家協会会員、日本ペンクラブ会員、千葉県俳句作家協会会長、市川市俳句協会会長。

現住所　〒 272-0021　千葉県市川市八幡 6-16-19

石炭袋

能村研三随筆集『飛鷹抄』

2015 年 11 月 8 日　初版発行
著　者　　　　　能村　研三
編集・発行者　　鈴木比佐雄
発行所　株式会社 コールサック社
〒 173-0004　東京都板橋区板橋 2-63-4-209
電話 03-5944-3258　FAX 03-5944-3238
suzuki@coal-sack.com　http://www.coal-sack.com
郵便振替　00180-4-741802
印刷管理　（株）コールサック社　製作部

＊装幀デザイン　杉山静香

落丁本・乱丁本はお取り替えいたします。
ISBN978-4-86435-225-3　C1095　¥2000E